인류정복자

인류정복자

CONQUEROR OF HUMANITY

❷ 신인류 연합

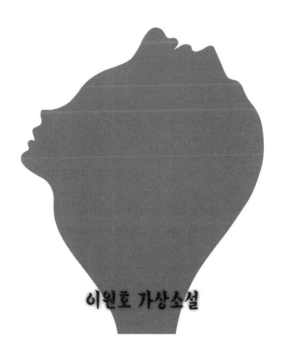

이원호 가상소설

한결미디어
HANGYEOL MEDIA

내 용

11장 혼자가 되다 | 7

12장 반란 | 48

13장 인간의 배신 | 90

14장 전쟁 | 132

15장 신인류 연합 | 173

16장 인류의 위기 | 214

17장 테러 | 255

11장 혼자가 되다

"비상사태야."

고찬일의 앞쪽 자리에 앉으면서 최기종이 말한다. 오후 2시 반, 서초 경찰서 근처의 일식당 방안이다. 식사를 시켜놓고 젓가락도 들지 않은 채 기다리던 고찬일은 긴장한 표정이다. 집행부장 최기종이 호출을 했기 때문이다. 고찬일의 오카 직위는 집행부 소속 분석팀장, 최기종이 바로 용건을 꺼낸다.

"오전에 영등포에서 돌연변이 하나를 체포했어, 이틀 전 밤에 강남 로리타에서 잡은 돌연변이 년하고 같이 있던 놈이야."

"아아, 예."

고찬일이 대답은 했지만 건성이다. 물잔을 들어 한 모금을 삼킨 최기종이 눈을 치켜뜬다.

"그런데 그 연놈들이 누구하고 같이 있었던 줄 아나? 바로 이강진이야. 조금 전에 그놈이 자백을 했어."

"그, 그럼."

놀란 고찬일이 숨을 들이켰다가 뱉는다.

"이강진 거처는 찾았습니까?"

"찾았겠지."

"그러면…."

"특수팀이 그쪽으로 갔을 거야."

"우리한테는 정보를 안 줍니까?"

"그래서 내가 자네를 부른 건데."

다시 한 모금 물을 삼킨 최기종이 말을 잇는다.

"특수팀이 한국지부를 거의 무력화시키고 있어. 이러다간 한국 집행부나 감찰대가 무능하다는 소문이 퍼지겠어."

"…."

"특수팀의 임시본부가 동교동 카슨호텔 스위트룸이야. 자네가 그곳에서 오가는 통신을 도청해서 나한테 보고해 주게."

"알겠습니다."

"할 수 없어, 그놈들이 제대로 보고를 안 하는 터라 우리가 방법을 강구할 수밖에."

입맛을 다신 최기종이 말을 잇는다.

"이번에 둘 잡은 것도 소동이 일어나고 112 신고가 오고 나서 어쩔 수 없이 우리한테 알려준 거라구."

어쩔 수 없이 이강진은 반쯤 열려진 창문을 통해 밖으로 나온다. 일식집 방은 3층이다. 창틀도 없었기 때문에 창밖으로 몸이 빠져나오자마자 아래로 떨어진다. 발아래는 뒤쪽 골목으로 시멘트 바닥이다. 머리부터 떨어졌지만 떨어지는 순간에 몸이 바로 세워졌고 발이 땅에 닿는 순간 공처럼 튀어 오른다, 점퍼. 그러나 온몸을 투명하게 만들어 형체

8

가 보이지 않는다. 이제 변신 특징이 또 개발되어 대기와도 맞춰진다. 그야말로 투명인간, 아니 투명 오카가 된 것이다. 점프 높이가 본래 떨어졌던 3층보다 더 높게 솟아올라 옆쪽 5층 옥상의 베란다 턱에 발이 닿았고 그 순간 이강진은 다시 뛰어오른다. 이번에는 더 멀리 날아간다. 빨리 봉천동의 거처로 가야만 한다. 정지우와 한명식까지 잡힌 것이다. 그리고 한명식은 놈들에게 거처를 자백했다. 마음이 급했기 때문에 이강진의 점프 속도가 총알처럼 빨라진다. 발아래로 건물이 스치고 지나간다. 일직선으로 날아가는 터라 봉천동 숙소는 순식간에 다가온다. 이강진의 심장 박동이 빨라진다. 하나 남은 문영철이 무사히 피했으면, 아니 숙소에 남아 있지 않기를 바란다. 오늘 고찬일을 미행했던 것에 소득이 있었지만 반길 겨를이 없다. 형, 제발 잡히지 마, 제발.

연립주택 옆쪽 건물인 고시텔 옥상에 내려선 이강진이 주위를 둘러보고 있다. 하나, 둘, 셋, 넷, 다섯까지 세고 난 이강진이 어금니를 문다. 이미 연립주택은 놈들에게 뒤집혀진 상태, 2층 베란다 유리문은 활짝 열렸고 아래층 주택 현관도 열린 상태다. 1층 유리창이 깨진 걸 보면 진입해간 놈들이 덫에 걸린 증거다. 문영철의 작품으로 바닥에 압력이 가해지면 폭발하는 장치를 세 개나 설치했다. 2층으로 올라가는 계단 12개 중 홀수 계단을 밟으면 발이 절단되도록 만들었다. 이강진의 시선이 벽을 뚫고 내부를 주시한다. 안에 7명이 있다. 투시기능도 강화되어서 50미터쯤 떨어진 7명과의 사이에 아무것도 가려진 것이 없는 것 같다. 어금니를 문 이강진이 숨을 들이켠다. 사내들은 돈 가방을 찾아내더니 주위에 네 명이나 모여들었다. 문영철은 잡힌 것일까? 연립주택 주위를 감시하고 선 사내들을 보면 이제 자신을 기다리고 있는 것 같다. 이윽고 이강진은 몸을 날려 이 층 베란다 위로 떨어진다.

"이놈들이 엄청나게 모았군."

돈 가방을 열어 보고 사또가 말한다. 얼굴에 쓴웃음이 번져 있다.

"얼마나 되는 거야? 한 10억쯤 되나?"

"아니, 15억도 넘는 것 같은데."

니시무라가 옆쪽 돈 가방을 눈으로 가리키며 대답한다.

"전리품이야, 니시무라, 팀장이 좋아하겠군."

"우리 한 뭉치씩 집어넣는 게 어때?"

니시무라의 제의에 둘러선 둘이 픽픽 웃는다. 공감하는 눈치다.

"좋아, 이런 융통성은 있어야지."

사또가 말하자 니시무라가 먼저 5만 원권 뭉치 하나를 주머니에 넣으면서 웃는다.

"사또, 넌 괜찮은 조장이다."

"밖의 감시조 모르게 하라구, 소문난다."

"당연히, 야, 사나다, 우에무라, 어서 한 개씩 집어!"

방안에 있던 둘이 다가와 서둘러 한 뭉치씩 집어 주머니에 넣는다.

"근데 이 새끼는 어떻게 하지?"

니시무라가 이맛살을 찌푸리고 주위를 둘러본다.

"문영철이는 잡았지만 이강진은 이런 상황에서 매복했다가 잡기는 어려울 것 같은데."

집안은 엉망이 되어 있다. 부서지고 무너져서 폭탄을 맞은 것 같다. 핏자국도 이곳저곳에 흩어졌는데 전쟁터 같다.

"밖에서 잡는 수밖에 없어."

사또가 몸을 일으키며 말한다.

"자, 압수품 옮기고 이곳에서 철수하지."

밖에서는 한국명을 썼지만 일본산 오카들이어서 일본어가 자연스럽다.

"사나다! 철수다!"

사또가 다시 소리치면서 손목시계를 본다. 오후 4시 반이 되어가고 있다.

"한 놈 잡는데 두 명이 죽고 여섯 명이 중상을 입었어, 빌어먹을."

투덜거린 사또가 다시 옆쪽 방에 대고 소리친다.

"사나다! 우에무라! 10분 주겠다!"

옆쪽 방에다 말한 사또가 아직도 돈 가방 옆에 서 있는 니시무라의 어깨를 민다.

"이봐, 거기서 아래층 오까다하고 혼다 불러서 이 돈 가방 가져가라고 해, 세 개나 된다."

오카를 제거하려면 머리를 부숴야 한다. 부수고 나서도 결합되지 못하도록 분리, 또는 소각을 시켜야 된다. 부서진 상태에서 그대로 두면 오카족 특유의 결합력으로 부서진 머리가 모이며 원상회복이 가능해진다. 이강진이 세 번째 사내의 머리를 5킬로짜리 아령으로 부순다.

"퍽!"

수박 깨지는 소리와 함께 흰 뇌수가 쏟아진다. 이미 1층 베란다 앞, 복도, 그리고 이곳 계단 밑에서 세 번째 특수팀을 제거했다. 이강진이 이제는 계단을 올라간다. 이 층에 4명이 있다. 다 제거할 것이다. 변신을 해서 몸은 완벽하게 가려진 상태다. 계단은 절반쯤 부서진 데다 피와 살점이 벽에 튀어 있다. 계단의 홀수 순서를 밟은 놈의 발과 하반신이 날아갔을 것이다. 계단을 오른 이강진이 옆방에서 컴퓨터를 분리하는 사내를 본다. 이쪽에 등을 보이고 일에 열중하고 있다. 두 걸음에 다가간 이강진이 아령으로 뒤통수를 내려친다. 엄청난 힘, 그리고 무기는 가공할 만한 쇠뭉치다. 머리 절반이 부서진 사내가 컴퓨터 위에 엎어졌고 그 소리를 들은 옆방 사내가 소리친다.

"좀 조심스럽게 다뤄!"

뭔가를 떨어뜨린 줄 아는 것 같다. 몸을 돌린 이강진이 문을 나가다가 방으로 들어서는 사내와 마주친다. 니시무라다, 그러나 사내는 이강진을 보지 못한다.

"앗!"

니시무라의 외침, 대기가 된 이강진의 몸을 뚫고 머리가 절반쯤 없어진 사내의 모습을 본 것이다.

"아앗!"

두 번째 외침은 머리가 부서지는 충격음과 겹쳐 들린다. 머리 왼쪽 부분이 떨어져 나간 니시무라가 쓰러진다. 그 순간 이강진은 옆으로 다가온 사내를 본다.

"이 새끼!"

사내는 사또, 외친 순간 스프레이를 뿌리면서 손에 쥔 권총을 겨눈다.

"앗!"

사또의 외침, 스프레이가 그냥 허공에서 흩어졌기 때문이다. 방금 니시무라 옆에서 머리를 내려치는 윤곽을 본 것 같았는데 없어졌다.

“에익!”

눈을 치켜뜬 사또가 소음기를 낀 베레타 92F를 발사한다. 미군전용 권총, 15발 탄창, 가장 보편적이며 강력한 무기다.

“퍽! 퍽! 퍽! 퍽!”

사방에 대고 쏜다. 벽에 맞은 탄알이 뚫고 들어갔거나 튀어 오른다, 그 순간이다. 사또는 팔에 격렬한 충격을 받고 손에 쥔 권총을 떨어뜨린다.

“악!”

둔기에 맞은 팔목이 기역 자로 부러져 덜렁거리고 있다.

“퍽!”

다음 순간 머리가 부서진 사또가 방바닥에 엎어진다.

“퍽! 퍽!”

엎어진 사또의 머리가 다시 둔기에 맞아 산산조각이 난다. 사또의 머리는 형체가 없어진다.

“어어어어!”

갑자기 외침이 올리더니 사내 하나가 뒷걸음질을 친다. 사내가 사또의 끔찍한 장면을 본 것이다. 형체가 보이지 않는 상황에서 사또의 머리가 부서지는 장면이었다. 그때 사내가 등을 벽에 부딪치면서 숨을 몰아쉰다. 집안에 들어온 7명 중 마지막 남은 사내다. 그 순간 사내의 눈앞에 이강진의 모습이 나타난다. 손에 5킬로짜리 아령을 들고 있었는데 피범벅이 되어 있다. 시선이 마주친 순간 사내가 입을 딱 벌린다. 최면, 사내는 이강진의 눈동자에 자신의 몸이 빨려 들어가는 것을 느낀다. 그때 이강진이 묻는다.

“어디로 데려갔느냐?”

사내가 숨을 들이켜더니 대답한다.

"예, 파주의 지부장 안가로 데려갔는데 난 위치를 모릅니다."

"누가 아는데?"

"팀장이 알겠지요."

"지부장 안가로 누구를 데려갔어?"

"이번에 잡은 셋이 다 거기에 있겠죠."

"너희들 병력은?"

"이번에 증원된 인원까지 50명쯤 됩니다."

이강진이 아령을 치켜들었지만 사내는 시선만 줄 뿐 기다리는 자세다.

안에서 불길이 치솟았을 때 밖을 경비하던 다섯 중 선임인 도요타가 옆에 선 아베에게 말한다.

"그렇지, 싹 태우는 게 낫지, 핏자국이 많이 남았을 테니까."

"불길이 세군요, 휘발유를 뿌린 것 같습니다, 도요타 씨."

"소방차가 오기 전에 전소되겠군."

"안에 있는 인원들은 뒤쪽으로 빠져나간 것 같습니다."

"자, 그럼 철수하지."

조금 전에 사또로부터 철수한다는 연락을 받은 터라 도요타가 몸을 돌린다.

"누가 119에 신고했겠지?"

이미 지붕 위까지 치솟은 불길을 보면서 도요타가 묻자 아베가 웃는다.

"아, 그럼요, 119는 금방 연결합니다. 집으로 불이 옮겨 붙으면 안 되니까요."

큰길로 나온 도요타가 핸드폰을 꺼내 들었을 때 아니나 다를까 소방차의 사이렌 소리가 울린다. 몸을 돌린 도요타는 이 층 연립주택이 온통 화염에 휩싸인 것을 본다. 그렇지 않아도 안에서 유리창 깨지는 소리, 부서지는 소리 등으로 주위에서 신경을 곤두세우고 있었을 것이다. 버튼을 누른 도요타가 핸드폰을 귀에 붙였지만 신호음이 15번이나 울렸어도 사또는 응답하지 않는다.

핸드폰을 귀에 붙인 조준기가 눈을 치켜뜨고 말한다.

"말해."

목소리는 가라앉았다. 주위에 둘러서거나 앉아 있던 팀원들이 조용해진다. 오후 6시 반, 이곳은 파주 교외의 안가, 골짜기 안에 위치한 안가여서 외딴집이다. 그때 수화구에서 도요타의 목소리가 울린다.

"예, 소방서에서 시체 7구를 확인했습니다. 모두 머리가 부서졌고 불에 타서 신원 확인도 안 됩니다."

"7구 맞아?"

조준기의 목소리가 가라앉아 있다. 그러나 주위는 이제 숨소리도 들리지 않는다. 도요타가 다시 대답한다.

"예, 소방관이 확인했습니다. 그리고 7구 시신을 나란히 추려놓은 사진을 지금 보내겠습니다."

"…"

"집안에 들어간 사또 조가 7명 맞습니다, 팀장님."

"모두 머리가 부서졌다고?"

"예, 사진을 보시지요."

"알았다."

조준기가 핸드폰을 귀에서 떼었을 때 곧 사진이 전송되어 온다. 시신의 사진이다. 검게 탄 7구의 시체가 나란히 눕혀져 있다. 사진을 확대시킬 필요도 없이 시신 대부분의 두개골은 부서져 있다. 형태가 없어진 두개골도 보인다. 모두 둘러서서 핸드폰의 사진을 보고 있는 터라 둥그렇게 모여 섰다. 그러나 숨소리도 들리지 않는다.

"이강진이군."

마침내 조준기가 입술도 달싹이지 않고 말한다. 조준기의 시선이 베란다의 유리창 밖을 향해 있다.

"그놈이 다 죽인 거야."

"…"

"짐승 같은 놈."

머리를 돌린 조준기가 눈동자의 초점을 잡고 말한다.

"그놈이 우리가 셋을 이곳으로 데려왔다는 것을 알아내고 찾아올지 모른다."

조준기의 얼굴에 희미하게 웃음이 떠오른다.

"그러기를 바라야겠다."

엘리베이터가 멈추고 문이 열렸으므로 오광태와 주경수는 와락 긴장한다. 주경수는 바지 주머니에 손을 집어넣은 자세다. 주머니 안에 소형 리볼버를 쥐고 있는 것이다. 그러나 엘리베이터는 비어 있다.

"이런 젠장."

눈을 치켜뜬 오광태가 엘리베이터 안에 머리를 집어넣고 천장까지 훑어본다.

16

"어떤 놈이 버튼을 누르고 내린 거야."

주경수가 말한다.

"아니면 오작동이든지."

이곳은 카슨호텔의 최상층인 22층 스위트룸 층이다. 따라서 스위트룸 전용 엘리베이터를 사용하고 있는 터라 중간에서 멈추지 않는다. 1층에서 직행으로 올라오는 것이다. 더구나 스위트룸 엘리베이터 앞에는 호텔 직원이 체크를 한다. 거기에다 특수팀원 둘이 경비를 서고 있다. 엘리베이터 문이 닫혔을 때 오광태가 무전기를 꺼내 버튼을 누른다. 1층 경비조 강세용을 부르는 것이다.

"왜?"

대뜸 강세용이 묻자 오광태도 버럭 소리친다.

"야, 엘리베이터가 빈 걸로 올라왔어. 알고 있어?"

"그래, 거기서 누가 타려고 부른 거 아냐?"

강세용이 되묻자 오광태가 이맛살을 찌푸린다.

"어떤 놈이 불러? 여긴 부른 놈 없어, 엘리베이터가 저절로 올라왔단 말이야."

그 순간 강세용이 침묵했고 오광태도 숨을 들이켠다. 옆에 서 있던 주경수가 주위를 둘러본다. 엘리베이터는 아직 22층에 정지된 상태, 그때 오광태가 주경수에게 말한다.

"방에 가봐."

말없이 몸을 돌린 주경수가 복도 끝 쪽의 22호실로 다가가 벨을 누른다.

"누구야?"

안에서 윤주호의 목소리가 울린다.

"아냐, 그냥."

"아니라니?"

"별일 없지?"

"젠장."

그때 문이 열리면서 윤주호가 상반신을 드러낸다.

"왜 그래?"

"아니, 엘리베이터가 빈 거로 올라왔길래."

"그래서?"

"그냥 찜찜해서 말이야."

"미친놈."

문을 반쯤 열어놓은 채 윤주호가 힐끗 엘리베이터 앞쪽 벽에 기대서 있는 오광태를 본다. 오후 7시 10분, 복도에 잠깐 긴장된 분위기가 덮인다.

"하긴 변신 돌연변이는 몸이 보이지 않는다고 하지."

윤주호가 복도를 둘러보며 말한다.

"왜? 무슨 일이야?"

방안에서 목소리가 들린다. 윤주호 일행이다. 방안에는 넷이 있다. 스위트룸이어서 침실이 3개, 응접실, 회의실, 대기실까지 있는 터라 이곳에는 10명도 숙식이 가능하다. 그러나 지금은 방 주인인 조준기가 외출한 상황이다.

"아냐, 아무 일도."

뒤에다 대고 말한 윤주호가 말을 잇는다.

"며칠 전에 잡힌 변신 돌연변이 계집애는 손을 대면 죽이는 특징까지 갖고 있었어."

"벽에 붙어 있었다지?"

"스프레이로 확인한 것이지."

"그렇다면 변신 돌연변이가 엘리베이터를 타고 올라온 건가?"

힐끗 오광태 쪽을 바라본 주경수가 한 걸음 물러섰다.

"좋아, 들어가."

"싱겁기는."

쓴웃음을 지은 윤주호가 문을 닫았다.

이강진이 방안 벽에 붙어 서서 스위트룸을 둘러본다. 주경수가 윤주호를 불러내는 바람에 열린 문 사이로 방안에 들어온 것이다. 변신은 완벽했지만 대기 자체로 변신은 되지 않는다. 그래서 공간이 있어야 움직일 수 있다. 이윽고 몸을 뗀 이강진이 발을 뗀다. 스위트룸 안에는 사내 넷이 있다. 대기 병력인 셈이다. 본부를 지키면서 대기하고 있다. 따라서 이곳 카슨호텔에는 1층에 2명, 22층 복도에 2명, 방안에 4명, 모두 8명이 남아 있다.

눈을 뜬 문영철은 바로 자신의 능력이 끝났다는 것을 깨달았다. 특징이 소멸된 것이다. 몸은 침대에 눕혀졌고 팔다리는 결박되었다. 그리고 뇌에는 전선이 부착되었고 팔에 호스가 여러 개 꽂혀 있다. 돌연변이를 체포하면 그 DNA를 채취하면서 여러 가지 실험을 한다고 했다. 이미 실험이 끝난 것 같다. 방안은 비어 있다. 그러나 정신을 집중시켜도 머릿속은 멍할 뿐이다. 특징은 소멸되었다. 이제 죽은 것이나 같다. 그리고 곧 소멸될 것이다. 태운다고 들었는데 용광로로 데려갈 것인가? 대한제철의 용광로로 넣는다는 소문이 났다. 놈들이 갑자기 습격

해왔을 때 이강진이 떠올랐다. 아쉽다. 이강진과 1년만 함께 더 있었다면 혁명을 일으켰을 텐데. 혁명, 돌연변이의 혁명, 인류와 연합한 새로운 세상의 탄생. 인류는 몇 백 년 문명의 진보를 이룰 것이고 새 세상을 맞을 것인데. 눈을 감은 문영철은 길게 숨을 뱉는다. 아직 이강진은 잡히지 않았을 것이다. 이강진, 부탁한다. 새 세상을 만들어라, 문영철의 감은 눈에서 눈물이 흘러내린다.

"파주 북서쪽 아둔리로 가는 길인데."

윤주호가 이강진을 응시하며 말한다.

"3킬로쯤 가다가 왼쪽 골짜기로 꺾어지는 샛길이 있습니다. 경운기가 다니는 길인데 차 한 대는 갑니다. 그 길로 3킬로쯤 가면 골짜기가 나오지요."

이강진이 눈에 힘을 주었더니 윤주호가 얼굴을 펴고 웃는다. 긴장이 풀리면서 이강진을 의지하게 된다. 오직 이강진에게 잘해주고 싶다는 욕구가 솟아오르고 있는 상황이다.

"골짜기 입구의 산비탈을 지나면 이 층 시멘트 건물이 보입니다. 본래 양로원으로 지은 건물이라 방도 많고 입원실도 있지요, 그곳입니다."

"수고했다."

"거기에 20명쯤 있을 겁니다."

"무기는?"

"모두 총기를 소지하고 있지요, 돌연변이 체포용 스프레이, 그물, 황산총, 마취총, 섬광탄까지 다양합니다."

"이강진에 대해서 준비한 건 없어?"

"이번에 팀장이 이강진과 오상미를 꼭 잡아야 한다고 했지요. 그래서 둘을 위한 체포조를 구성했지요. 모두 5명인데 조장이 사카모도입니다."

"사카모도?"

"한국 이름은 백태성입니다. 신장이 185, 체중이 90킬로, 돌연변이 특징으로 변신, 생각말, 냄새, 검술을 받았습니다."

"검술?"

"일본도를 쥐면 눈썹을 벱니다. 머리카락 한 올 차이를 두고 벱니다. 일본도만 쥐면 천하무적이죠."

이강진의 시선을 받은 윤주호가 이를 드러내고 웃는다.

"일본 검객의 유전자가 몸에서 변형된 것 같습니다."

윤주호가 어깨를 들었다가 내린다. 이강진이 심호흡을 하는 순간 피 냄새가 맡아진다.

방안에 있던 넷 중 셋은 이미 머리가 산산조각이 난 시체가 되어서 욕조에 담겨 있다.

"누구야?"

오길용이 대뜸 묻는다. 모르는 전화번호가 떴을 때는 이런 식으로 받는다. 그때 수화구에서 사내 목소리가 울린다.

"나야."

오길용이 숨을 들이켜면서 자리에서 일어선다. 1팀 사무실에는 팀원 둘이 남아 있다. 서둘러 복도로 나온 오길용이 핸드폰을 고쳐 쥐고 묻는다. 그놈, 오카다.

"무슨 일이야?"

이제는 목소리에 가시가 박히지는 않는다. 그때 이강진이 말한다.

"지금 동교동 카슨호텔 스위트룸으로 가봐, 22호실이야."

"왜?"

"내가 일본에서 온 돌연변이 사냥꾼을 잡았어, 다섯을 죽였고 하나는 생포했어."

"다, 다섯을 죽여?"

"응, 욕조에다 눕혀놨어, 한 놈은 묶었는데 정신을 빼놓았으니까 묻는 대로 다 대답할 거야."

"욕, 욕조에다 눕혀?"

"응, 모두 머리를 부숴놓았지만 두 시간쯤 지나면 살아날 거야, 그러니까 한 시간 안에는 도착해야 돼."

"두, 두 시간쯤 후에는 살아난다고? 머리를 부쉈는데?"

"이봐, 이럴 시간 없어!"

이강진의 목소리가 높아진다.

"그리고 1층 로비에서 스위트룸용 엘리베이터를 탈 때 체포팀 두 놈이 가로막을 거야. 그놈들도 일본에서 온 돌연변이잡이 특수팀이니까 체포해도 돼."

"둘이라구?"

"그래, 한국인으로 위장하고 있지만 조회하면 발각될 거야."

"오카란 말이지?"

"그래, 이제 네 눈으로 봐, 오 경감."

"22호실?"

"그래."

핸드폰을 귀에서 뗀 오길용이 심호흡을 한다. 이제 연습만 하다가

실전에 투입되는 기분이 든다. 사무실로 들어선 오길용이 책상에 앉아 꾸물거리는 김재일과 강수철 형사에게 말한다.

"야, 신고 들어왔다. 살인이다."

"에?"

놀란 둘이 자동으로 자리에서 일어선다. 둘 다 30대 중반, 경찰경력 7, 8년째로 가장 혈기가 높을 때다. 이때가 지나면 요령이 생겨서 눈빛이 흐려진다.

"어딘데요?"

김재일이 묻자 오길용이 권총을 주머니에 넣으면서 대답한다.

"동교동이지만 지금 구역 따질 때냐? 전경 똑똑한 놈 열 명만 데리고 출동이다. 10분 안에 마당에서 만나자."

카슨호텔 앞 횡단보도를 건넌 이강진이 손목시계를 본다. 오길용의 출동시간을 계산한 것이다. 오길용이 송파경찰서에 있으니 강변북로를 달려 도착하려면 최소한 30, 40분은 걸릴 것이다. 그때 옆에서 여자 목소리가 들린다.

"이강진 씨, 이야기 좀 해요."

머리를 돌린 이강진이 옆에 서 있는 여자와 시선이 마주친다. 그 순간 이강진이 쓴웃음을 짓는다. 허를 찔린 것이다. 여자는 오카, 돌연변이 사냥꾼. 눈빛이 강하다. 돌연변이 특징을 이식 받았다. 이 눈빛으로 상대를 기절, 뇌파 작동을 중지시켜 사망시킬 수 있다. 그러나 이강진에게는 안 된다. 시선이 부딪치고 1초가 지났을 때 여자의 얼굴이 일그러진다. 뭔가 심상치 않은 포스를 받은 것이다. 2초가 지났을 때 시선을 떼려고 했지만 안 된다. 못질을 한 것처럼 이강진에게 박혀 있다. 3초,

필사적, 1초, 시선이 약해지면서 여자의 특징이 이강진에게 흡수된다. 그러나 복사를 한 것처럼 옮겨갔을 뿐이어서 원본은 그대로 남는다. 이윽고 눈을 깜박인 여자가 쓴웃음을 짓는다.

"과연 대단하군요."

둘은 지금 카슨호텔 건너편 횡단보도에서 신호를 기다리며 서 있는 자세, 주위에도 수십 명의 행인이 기다리고 있다. 이강진이 웃음 띤 얼굴로 대답한다.

"체포조 같은데, 쫓기는 신세, 혹시 오상미 씨 아닌가요?"

"맞아요."

"나한테 눈빛을 쏜 이유는?"

"시험해 본 거죠, 이강진 씨라면 견디어 내리라고 생각했기 때문에."

그때 푸른 등이 켜졌고 행인들이 차도로 나왔으므로 둘은 옆쪽으로 비켜선다. 누구를 기다리는 자세, 이강진이 오상미를 본다.

"내가 여기 있는 줄은 어떻게 알고?"

"들어가실 때부터 보고 있었죠."

"…."

"현관 부근에서 변신 모드로 나갔기 때문에 놓쳤지만 예상할 수 있었죠."

"…."

"다 처리 하셨죠?"

"1층 경비 둘만 남겨놓고."

"시체 처리는?"

그때 이강진이 오상미를 본다.

"내가 여기 온 건 어떻게 알고 있었느냐고 물었는데."

"특수팀 임시본부가 이곳이라는 건 내가 알고 있기 때문이죠."

오상미가 앞쪽 카슨호텔을 응시한 채 말을 잇는다.

"당신 팀이 잡혔다는 전파는 오카 경찰을 통해 깔리고 있었으니까, 그리고 현장에서 7명이 불에 타 죽었다는 뉴스는 세계로 방영되고 있었지 않아요?"

"…."

"신원 확인이 안 된 시체들, 오카 특수팀이지. 전(前) 내 동료들, 지금은 적이지만."

"…."

"당신이 그 일곱 명을 그냥 죽이지는 않았을 것이라고 믿었지. 죽이기 전에 뭔가 캐냈을 것이고, 그럼 이곳이지."

"…."

"또 있어?"

오상미가 다시 이강진을 보았지만 이제는 눈빛이 부드럽다. 그때 이강진이 몸을 돌려 발을 떼었고 오상미가 옆을 따른다. 다정한 사이처럼 보인다.

"연락이 안 됩니다."

백태성이 말하자 조준기의 얼굴이 일그러진다. 둘러선 팀원들이 모두 숨을 멈춘 것 같다. 파주의 안가, 오후 7시 50분.

"아래층에서 하나만 올려 보내 봐."

조준기가 말하자 백태성이 다시 핸드폰의 버튼을 누른다.

"통화 중인데."

버튼을 누르고 난 백태성이 머리를 기울이더니 다시 버튼을 누른다.

그때 전화벨이 울린다. 조준기의 전화다. 발신자를 본 조준기가 긴장한다. 카슨호텔 아래층 경비, 방금 백태성이 연락한 하라다, 한국명 하충식, 조준기가 핸드폰을 귀에 붙인다.

"무슨 일이냐?"

"지금 경찰이 왔습니다. 바로 22층으로 올라가려고 하길래 오봉한이가 막았다가 공무집행 방해로 체포되었는데요."

하라다가 다급하게 말을 잇는다.

"경찰이 22층으로 올라갔습니다. 이거 어떻게 하지요?"

"어디 경찰이야?"

"그, 그건 아직…."

"너, 지금 어디 있어?"

"로비에 있습니다."

"거기에 대기하고 계속 연락해, 알았어?"

"예."

"그리고 어디 경찰인가 알아봐!"

핸드폰을 귀에서 뗀 조준기가 주위를 둘러보며 말한다.

"경찰까지 동원되었다. 집행부를 바꿔!"

22층에서 내린 오길용이 앞장을 서서 22호실로 다가간다. 뒤를 김재일, 강수철과 전경 5명이 따른다. 1층 로비에서 한사코 막는 사설 경비원 1명을 체포, 전경을 시켜 감시하도록 하고 곧장 올라온 것이다. 그때 앞장서서 앞으로 나간 김재일이 22호실의 문이 조금 열린 것을 보고는 눈을 크게 뜬다. 복도는 텅 비었다.

"어? 문이 열렸네?"

"들어가!"

오길용이 소리치자 김재일이 어깨로 문을 밀고 들어간다. 이어서 오길용과 나머지 인원들이 쏟아져 들어선다.

"으앗!"

비명은 먼저 욕실로 가본 강수철의 입에서 터진다.

"아이구."

어린 전경들은 더 놀란다. 전경들을 헤치고 욕실 안으로 들어선 오길용이 숨을 삼킨다. 피비린내, 욕실 안은 핏물로 덮여 있다. 시체 5구가 욕조에 어지럽게 쌓여 있다. 처참하다. 모두 머리가 부서졌다.

"으악!"

갑자기 전경 하나가 비명을 지른다. 시체 속에 두 손을 결박당한 사내 하나가 누워 있다. 온몸이 피투성이인데 주위 시체로부터 묻은 것 같다. 그런데 이 사내는 살아 있다. 머리도 멀쩡하고 묶인 손발을 꿈틀거린다. 꿈틀거리는 것을 보고 전경이 소리친 것이다. 오길용이 다가가 사내의 입에 붙어 있는 이삿짐용 청테이프를 부욱 떼어낸다. 그러자 사내가 소리친다.

"안녕하십니까? 여러분, 저는 오카 돌연변이 체포 특수팀 소속 윤주호라고 합니다. 메이드인재팬입니다."

8시 25분, 종편 TV가 일제히 카슨호텔의 살육사건을 보도했다. 욕조의 피살체는 모자이크 처리를 했지만 끔찍했다. 종편 4사(社)의 시청률은 일시에 10퍼센트를 돌파했고 계속 상승 중이다. 봉천동 화재사건으로 불탄 7구의 시신을 본 지 하루도 안 되어서 시청자들은 또 끔찍한 장면을 보는 것이다.

27

"경찰은 이들이 일본에서 온 관광객으로 추정하고 있습니다."

종편 앵커가 떠들썩한 목소리로 말한다. 표정 관리를 하고 있지만 특종보도를 맡게 되었다는 기쁨에 콧구멍이 벌름거린다.

"아직 신분 확인은 되지 않았지만 스위트룸의 유일한 생존자가 진술에 협조적이라고 합니다."

파주 골짜기의 안가에서 조준기가 TV를 보고 있다. 주위에 둘러선 팀원들은 굳어진 표정이다. 창밖 어둠 속에서 나뭇가지가 바람에 흔들리는 소리가 난다. 그때 TV화면에 윤주호가 나타난다. 그 순간 모두 숨을 들이켰고 윤주호가 소리치듯 말한다.

"우리 오카의 돌연변이 체포팀은 맡은 바 최선을 다할 것입니다!"

조준기가 리모컨의 버튼을 눌러 TV 전원을 끈다. 그러고는 숨을 죽이고 있는 팀원들을 둘러본다. 눈 흰자위에 깨진 유리창처럼 붉은 핏줄이 어지럽게 얽힌다.

"이것도 이강진이야."

숨을 고른 조준기의 목소리가 떨린다.

"놈이 봉천동에 이어서 카슨호텔로 왔어, 다음 순서는 이곳이야."

"팀장."

백태성이 부른다. 거구를 조금 숙인 백태성이 조준기를 응시한다. 다시 방안에 정적이 덮였고 창밖 나뭇가지가 흔들리는 소리가 난다.

"이곳에 함정을 파놓고 기다린다는 팀장의 작전, 너무 위험한 것 같습니다."

"다른 방법이 있나?"

조준기가 바로 묻자 백태성이 숨을 들이켠다.

"이번은 이강진에게 기선을 빼앗긴 것 같습니다. 일단 이곳에서 피했다가 다음 계획을 세우는 것이 낫다고 생각합니다."

"이강진은 이곳에 틀림없이 온다."

조준기가 이 사이로 말한다.

"동료 셋을 찾으려고 말이야."

"하지만 혼자 올 것 같지가 않습니다."

백태성이 꺼진 TV를 눈으로 가리킨다.

"카슨호텔에 진입한 경찰은 이강진의 제보를 받은 것이 분명합니다. 그리고…."

숨을 들이켠 백태성이 조준기를 본다.

"이곳에도 경찰을 먼저 진입시키면 우리가 불리합니다."

"나도 예상하고 있었어."

"저하고 이강진 체포팀만 남는 것이 낫겠습니다, 팀장."

백태성의 시선을 받은 조준기가 어깨를 올렸다가 내린다.

"좋아, 맡기겠다."

조준기가 주위를 둘러본다.

"들었지? 철수다. 이곳 작전은 백 조장한테 맡긴다."

"널 찾으려고 일산에서부터 헤맸어."

이제는 오상미가 거침없이 반말을 했고 이강진도 마찬가지다. 둘은 홍대 앞쪽 골목의 삼겹살집에서 마주앉아 있다. 8시 45분, 식당 안은 젊은 남녀 손님들로 가득 찼는데 밝고 소란스러운 분위기, 웃음과 외침이 끊이지 않고 일어난다. 오상미가 말을 잇는다.

"결국 만나게 되었다. 아휴, 힘들어."

"지금쯤 종편에 뉴스가 나갈 텐데."

이강진이 주위를 둘러보는 시늉을 하다.

"여긴 TV도 없네."

"얘들은 사건 따위는 관심이 없어."

술잔을 든 오상미가 웃는다.

"참 세상이 어떻게 돌아가는지 모르는 인류들이지."

"아직 젊어."

"넌 젊지 않니?"

"넌? 늙었어?"

이강진이 되묻자 오상미가 풀썩 웃는다.

"난 네 사진을 보았지만 실제 분위기는 살기가 뚝뚝 흐르는 놈인 줄 알았어."

"실제로 그렇지, 난 하루 만에 10여 명의 네 동료를 죽였으니까."

"이제 내 동료가 아냐."

"너도 병원에서 꽤 죽이고 나왔더군."

"죽이기 전문이니까."

삼겹살을 집어 입에 넣은 이강진이 손목시계를 본다.

"함정을 파 놓았을 거야."

이강진이 자꾸 시계를 보자 오상미가 말한다.

"넌 함정 속으로 들어가는 셈이고."

"셋을 죽였을까?"

이강진이 외면한 채 묻자 오상미도 머리를 돌린 채 대답한다.

"너도 예상하겠지만 이미 늦었어. 셋은 특징 다 제거당하고 머릿속에는 새 매뉴얼이 입력되었어."

"…"

"넌 인형을 구하러 가는 거야."

"…."

"기다리는 놈들은 네 돌연변이의 감성에 기대를 걸고 있는 거지, 돌연변이들은 인간과 비슷하니까."

"…."

"그래도 가겠지? 넌?"

오상미의 시선을 받은 이강진의 얼굴에 쓴웃음이 번진다.

자유로를 달리는 차 안에서 오길용이 핸드폰을 귀에 붙인다. 발신자는 서울경찰청 수사국장 박기정 경무관, 오길용의 생사여탈권을 쥔 인간이다.

"예, 오길용입니다."

"응, 너, 지금 어딨어?"

대뜸 박기정이 묻는다. 당년 57세, 치안감은 못 올라가고 곧 정년퇴직할 인간, 오길용이 어깨를 펴고 대답한다.

"예, 지금 작전 중입니다, 국장님."

"작전 중이라니? 무슨 작전?"

봉고는 자유로를 시속 130으로 달리는 중이다. 옆에 앉은 김재일도 듣고 있었으므로 오길용이 어깨를 편다.

"예, 파주에 납치범이 있다는 신고가 들어와서요."

"너, 카슨호텔에서 잡은 두 놈을 지금 싣고 가는 거냐?"

"아뇨, 팀원이 송파로 데려가는 중입니다."

"송파로 데려가서 뭐하려고?"

"아, 제가 잡은 놈 아닙니까?"

목소리를 높였던 오길용이 호흡을 고른다. 신문 기자를 팼을 때 살려준 인간이 바로 박기정이었던 것이다. 당시 서장이었던 박기정이 위험을 무릅쓰고 고위층에 매달리지 않았다면 진즉 옷을 벗었을 것이다. 그때 박기정이 말한다.

"야, 위에서 연락이 왔다. 이건 네가 상상도 못 할 곳이야. 그, 현장에서 잡힌 놈, 병원으로 보내. 두 놈 다."

"예? 무슨 말씀이세요?"

카슨호텔에서 잡은 두 놈은 욕조에 누워서 헛소리를 하던 윤주호와 아래층에서 업무방해를 한 오봉한이다. 그런데 이 두 놈을 병원으로 보내라니? 그때 박기정이 말을 잇는다.

"송파에다 연락해봤더니 차가 밀려서인지 아직 강변북로에 있는 것 같더구만."

"예, 그런데요?"

"네 부하들한테 연락을 해."

"무슨 연락을요?"

"지금 연락해서 여의도 영심병원으로 데려가라고 해."

"영심병원 말입니까?"

"바로 금방이다."

"아니, 그놈들 다치지도 않았습니다."

"내 말 들어."

박기정의 목소리가 굳어졌다.

"당장 연락하란 말이야, 알았어?"

"입원시키면 됩니까?"

"영심병원에 가면 일본 대사관 사람들이 나와 있을 거다. 그 사람들한테 인계하면 돼, 알았나?"

"예, 경무관님."

"서둘러."

전화가 끊겼으므로 오길용이 어깨를 부풀렸다가 내린다.

"시발."

욕을 했지만 박기정은 은인이다. 오길용이 고분고분 말을 듣는 유일한 인간이다.

총알택시는 홍대 앞에서 파주까지 38분에 주파했다. 차가 밀리지 않았기도 했지만 파주 교외의 작은 교회 앞에 택시가 멈췄을 때 오상미가 5만 원 두 장을 운전사에게 준다. 40분 안에 도착하면 10만 원을 준다고 했기 때문이다. 신이 난 운전사가 돌아갔을 때 이강진이 주위를 둘러본다. 교회는 불이 꺼졌고 주변엔 인가도 없다. 짙은 어둠 속, 택시도 사라지자 도로에도 불빛이 사라졌다. 한적한 도로다.

"저기 있네."

그때 오상미가 눈으로 옆쪽을 가리키며 말한다. 이곳에서 만나기로 한 것이다. 과연 그쪽에서 그림자가 어른거리는 것 같더니 사내 하나가 다가온다. 안기태다. 다가온 안기태가 이강진을 보더니 어둠 속에서 이를 드러내고 웃는다.

"이제 찾았구만."

마치 보물을 찾은 것 같은 분위기다. 안기태가 손을 내밀어 악수를 청한다.

"나, 안기태요. 돌연변이 왕국을 건설하려는 설계자지."

이강진이 잠자코 손을 잡았을 때 오상미가 거들어 준다.

"안 선생이 네 이야기를 많이 하셨어. 일산이 오카의 메카가 된 것도 모두 안 선생이 분위기를 이끌었기 때문이야."

"반갑습니다."

이강진은 시큰둥한 표정, 그때 손을 놓은 안기태가 웃는다.

"과연 무서운 흡인력이시군, 내 특징도 모두 빨아 들였다가 뱉어내시는군."

이강진이 대답 대신 주위를 둘러보는 시늉을 한다.

"늦지 않을까요?"

안기태가 안내를 해주기로 한 것이다. 파주 안가는 오상미도 모르는 터라 이강진의 설명을 들어야 한다. 셋은 어둠에 덮인 교회 벽에 붙어서서 이강진이 설명한 안가의 위치를 이야기한다.

"대충 알겠는데 곧 경찰 병력이 온다고 했지요?"

안기태가 묻자 이강진이 손목시계를 본다. 9시 5분, 10분쯤 전에 오길용하고 통화를 했다. 오길용은 자유로를 달려오고 있는 중이다. 파주까지는 앞으로 20분쯤 더 걸릴 예정이다. 지금 셋은 아둔리 옆쪽의 길가에 서 있다. 이곳에서 안가까지는 대략 7킬로, 아둔리로 들어갔다가 다시 왼쪽 골짜기로 꺾어지는 길로 3킬로, 거기서 산비탈을 지나면 이층 건물이 보인다. 이강진의 머릿속에 박힌 지리다. 이강진이 말한다.

"앞으로 30분쯤 더 걸릴 겁니다."

그러자 안기태가 대답한다.

"먼저 우리가 산길을 타지요, 내가 이 근방 지리는 훤합니다."

발을 떼면서 안기태가 말을 잇는다.

"내가 지금 인류 나이로 36세지만 이곳에서 36년 동안 새 세상을 위한 전략을 세웠소."

이강진도 오상미한테 들었다. 안기태의 나이는 인류 식으로 계산하면 78세, 42세까지 돌연변이, 오카의 진화를 연구한 학자, 이제 돌연변이의 혁명 시기가 도래했다고 믿는다는가?

"도무지 정신을 차릴 수가 없는데요, 팀장님."

김재일이 말했으므로 오길용이 머리를 든다. 차는 방금 장항 IC를 지나 달리고 있다.

"갑자기 이게 무슨 일입니까? 그리고 이 정보는 어디서 나오는 겁니까?"

"내 정보원."

짧게 말한 오길용이 봉고차 안을 둘러본다. 안에는 전경까지 6명이 타고 있다. 형사는 김재일, 백수동, 뒤쪽 승용차에 4명, 모두 긴장하고 있지만 잡으러 가는 놈이 납치범이라는 것밖에 모른다. 누구를 납치했는지, 또 누가 납치했는지도 모른다. 그것은 지금 끌고 가는 오길용도 모르는 상황이었으므로 당연하다.

오길용은 누가 물어보면 얼버무리기만 했으므로 형사들은 답답한 상태다. 그때 오길용의 핸드폰이 울린다. 핸드폰을 든 오길용의 이맛살이 찌푸려진다. 서장이다. 송파경찰서장 홍문수, 지가 암행어사 박문수라도 된 것처럼 으스대는 경찰대 출신, 오길용보다 다섯 살이나 연하다. 숨을 들이켠 오길용이 핸드폰을 귀에 붙인다.

"예, 경감 오길용입니다."

"지금 무슨 작전이오?"

불쑥 홍문수가 묻자 오길용도 바로 대답한다, 대비하고 있었기 때문에.

"예, 긴급 신고가 들어와서 파주로 가고 있습니다. 납치범 신고입니다."

긴급 신고는 전화보고도 가능하다, 팀장은 본부에 문자나 전화 보고를 한 후에 출동 가능하다. 그때 홍문수가 말한다.

"카슨호텔 살인사건, 우리가 적발했는데도 난 공중에 붕 뜬 신세가 되었어. 그래놓고 또 납치범 수사요?"

이것 때문이다. 서장한테 생색을 내게 해줄 시간 여유가 없었다. 오길용이 어금니를 물었다가 푼다.

"아직 시간 있습니다, 서장님. 제가 브리핑 자료 만들어서 내일 일찍 서장님께 보고 드리지요, 서장님께서 총체적인 브리핑을 하시면 되겠습니다."

고무되었는지 홍문수는 가만있었고 오길용이 말을 잇는다.

"지금 현장 처리 중인 마포경찰서는 내용을 하나도 모릅니다. 그러니까 서장님께서 브리핑하시지요."

"알았어요."

홍문수의 목소리가 부드러워진다.

"납치범 작전 끝나고 바로 연락해 주시도록."

"예, 서장님."

핸드폰의 전원을 확실하게 눌러 끄고 난 오길용이 이 사이로 말한다.

"시발놈."

전에 핸드폰을 제대로 끄지 않고 욕을 한 적이 있었기 때문이다.

"저 산비탈만 돌면 돼요."

안기태가 앞쪽을 가리키며 말했을 때 이강진이 둘을 번갈아 바라본다.

"내가 먼저 둘러보고 오지."

이강진의 시선을 받은 오상미가 소리 없이 웃는다.

"난 능력 없어."

방금 이강진이 점퍼 능력을 물었기 때문이다. 이강진이 머리를 돌려 안기태를 본다.

"놈들이 틀림없이 함정을 파 놓았을 테니까 빠르게 훑고 오지요."

"돌연변이의 특징이 지금까지 127개가 밝혀졌어요. 적어도 내가 아는 범위가 그렇소."

안기태의 목소리가 다급해진다.

"이강진 씨는 특징 몇 개를 보유했소?"

"세어보지 않았습니다."

이강진이 발을 떼며 말을 잇는다.

"난 지금 특징을 만들어내는 과정이오."

"아아."

놀란 안기태가 탄성을 뱉는다.

"드디어 그 경지가 되었구나, 내가 꿈꾸던 경지가!"

그 순간 이강진이 밤하늘로 뛰어오른다. 별도 없는 밤, 어디까지 솟았는지 땅바닥에 발을 딛고 선 둘의 눈에는 보이지도 않는다. 밤하늘에서 시선을 돌린 오상미가 안기태에게 묻는다.

"그 경지라니요? 안 선생이 꿈꾸던 경지라는 게 뭡니까?"

"돌연변이 왕이오."

안기태의 목소리가 떨리고, 어둠 속에서 안기태의 두 눈이 번들거린다.

"내가 돌연변이 진화를 연구할 때 언젠가는 돌연변이가 자체적으로 진화를 해서 특징을 생성한다고 보았소."

"…"

"지금은 특징이 유전으로 이어가다가 몇 세대 후에야 변이를 일으켜 새 특징이 나타나지만 언젠가는…."

입안의 침을 삼킨 안기태가 말을 잇는다.

"특별한 개체가 탄생해서 스스로 무수한 특징을 만들어가는 것이오. 그것이 돌연변이의 정점이오."

"그러면 이강진이…."

"바로 내가 꿈꾸던 돌연변이 왕이오, 이제 돌연변이 혁명의 시기가 도래했소."

안기태의 목소리가 어둠 속에서 울린다.

날아간다. 긴 거리를 점프해서 발이 땅에 닿는 즉시 뛰어오른다. 거리가 점점 길어져서 이제는 50미터에서 70미터까지, 곧 이강진의 몸은 산비탈 위쪽으로 점프, 산 중턱의 나뭇가지 위에 내려앉는다. 어둠 속에서 골짜기의 이 층 저택이 보인다. 불이 켜져 있어서 뚜렷하게 드러난다. 거리는 5백 미터 정도, 멀어서 투시력을 갖췄지만 안이 보이지 않는다.

이곳은 저택의 뒷면, 이강진은 옆쪽에서 날아와 뒤쪽 산등성이에 위치하고 있다. 함정을 판다고 해도 먼 거리, 이강진은 손목시계를 내려다본다. 9시 40분, 이제 오길용의 경찰부대가 올 시간이다. 오길용의 경찰을 먼저 집어넣고 나서 뒤를 맡을 것이다. 함정을 파놓았다면 경찰이 먼저 빠질 것이다.

산등성이의 숲 속은 조용하다. 벌레 소리만 희미하게 울린다. 벌레가 우는다는 것은 근처에 위험한 동물이 없다는 증거다. 이때 앞쪽 산비탈에서 번쩍이는 불빛이 보인다. 그러더니 불빛이 길게 뻗어 나간다. 자동차 헤드라이트, 곧 또 한 대의 헤드라이트, 두 대가 다가오고 있다. 길이 구부러져서 라이트 빗줄기가 이리저리 흔들린다. 이강진이 주의 깊게 사방을 둘러본다. 다가오는 차량들을 보고 움직이는 물체를 확인하려는 것이다. 이제 차량들은 저택에서 1백 미터 거리로 다가간다. 엔진 소리가 이쪽까지 울린다. 그 때문인지 산새 몇 마리가 날갯짓 소리를 내며 머리 위로 날아간다.

차가 저택 대문 앞에 멈춰 서자 오길용이 소리친다.

"서둘러! 안으로!"

대문이 활짝 열려 있는 터라 봉고차에서 내린 여섯 명이 쏟아지듯 안으로 달려 들어간다. 대문 안은 마당이다. 이어서 뒤를 따르던 승용차에서도 네 명이 뛰어내린다.

마당에는 경운기에다 잡동사니가 쌓여 있다. 그때 현관으로 사내 하나가 나온다.

"누구시오? 왜 그러시오?"

사내의 목소리가 어둠 속에 울린다.

"우린 경찰입니다!"

앞장선 김재일이 소리친다. 경찰증을 내보이는 따위는 연속극에서나 있는 일이다. 오길용은 현관 앞에 선 사내 앞으로 다가갔고 서너 명은 저택 옆쪽, 곧 뒤차에서 내린 경찰들이 뒤와 이쪽을 갈라져 뛰어온다. 훈련이 잘된 기동대다.

"근데 여긴 웬일입니까?"

"여기 납치된 사람이 있다는 신고를 받아서요."

사내 앞으로 바짝 다가선 오길용이 말한다. 40대 중반쯤의 사내, 금방 자다가 깬 것처럼 부스스한 머리, 헐렁한 스웨터에 작업복 바지, 슬리퍼를 신고 있는 맨발, 오길용이 사내를 스치고 지나 현관 안으로 들어선다. 뒤를 우르르 형사들이 따른다.

"아니, 이것 보십시오."

뒤쪽에서 사내의 외치는 소리가 들렸으나 무시한다. 저택 현관 앞은 넓은 마루방, 20평쯤이나 되는 면적, 소파가 놓였고 TV가 켜진 상태, 마루방 좌우로 복도가 있고 줄줄이 방문이다. 왼쪽에 이 층으로 올라가는 계단, 오른쪽에는 지하실 계단, 오길용이 이 층 계단으로 뛰어가며 소리친다.

"김 형사는 지하실 계단! 강 형사는 1층을 맡아라!"

오길용의 뒤를 전경 둘이 달려와 붙는다. 계단을 뛰어오르면서 오길용이 투덜댄다.

"젠장, 왠지 예감이 이상하군."

나뭇가지 위에 앉은 이강진이 숨을 들이켠다. 경찰 병력이 저택에 진입한 지 5분쯤이 지났다. 그러나 아직 소동이 일어나지 않는다. 미리 알고 피했는가? 그놈이 잘못 알고 있었단 말인가? 거짓말을 할 리가 없었으니 그렇게 생각할 수밖에 없다. 저택의 뒷면을 응시하던 이강진이 정신을 집중한다. 투시력이 강화되면서 이제 건물 안이 선명해진다. 이

층에 어른거리는 인간 3명, 1층 4명, 지하실 2명, 저택 밖이 4명, 경찰이 운전사까지 12명 투입되었으니 저택에는 1명뿐이다. 계산이 맞다. 그렇다면 저택 안에는 특수팀은 물론이고 문영철 등 셋은 없다는 결론이다. 어깨를 늘어뜨린 이강진이 어금니를 물었을 때 앞에서 인기척이 들린다.

"조용."

낮은 목소리, 나뭇가지에 몸을 붙인 이강진이 50미터쯤 앞쪽에서 울리는 목소리를 듣는다.

"이강진이 다음 순서란 말이지?"

"그놈이 경찰을 앞에 내세운 거야."

"그렇다면 이 근처에 있을지도."

두 놈이 소곤대고 있다. 함정을 만들고 기다리는 특수팀원이다. 심장 박동이 빨라진 이강진의 얼굴에 웃음이 떠오른다. 과연 특수팀이다. 저택을 내놓고 주변에 넓게 포진해 있는 거다. 다행히 이쪽이 조금 더 먼 곳에서 기다렸기 때문에 놈들의 뒤에 붙게 되었다.

경찰이 투입된 지 7분 30초가 지났다. 백태성이 머리를 들고 쓴웃음을 짓는다.

"이 근처에 이강진이 있어."

옆에 엎드려 있던 부하가 긴장한 얼굴로 묻는다.

"조장, 이 근처에 있다니 무슨 말이오?"

"그놈도 우리가 움직이기를 기다리고 있다는 거야."

목소리를 낮춘 백태성이 말을 잇는다.

"먼저 발각되는 놈이 기선을 빼앗기게 되는 거지."

백태성이 주위를 둘러본다. 이곳은 저택에서 2백 미터쯤 떨어진 산 비탈 밑, 둘은 산비탈 밑을 흐르는 작은 개울가 바위 옆에 숨어 있다.

"아무래도 미끼를 보지 못한 것 같군."

백태성이 힐끗 저택 뒤쪽의 산 쪽에 시선을 주면서 말한다.

"아니면 이강진의 능력이 우리들의 예상 이상이거나."

"조장, 경찰이 진입한 지 이제 10분 가깝게 되었소."

"조금만 더 기다려라."

백태성이 낮은 목소리로 말한다.

"이런 일에는 인내심이 강한 자가 이기는 확률이 높아, 순발력이나 기지보다 인내심이야."

이강진이 옆쪽 산비탈로 옮겨와 저택과 저택 주변의 지형을 둘러보고 있다. 거리는 5백여 미터, 이곳에서는 저택의 측면이 보이면서 더 멀어진다. 함정이다. 사방에 매복하고 있고 저택 뒤쪽 산의 두 명은 가장 진입하기가 어려운 지역에 배치되어 있다. 두 명의 특징은 오카 냄새를 3백 미터 거리까지 맡을 수 있는 것과 점프, 그리고 사격이다. 그리고 그 둘의 좌우로 2개 조가 매복하고 있는 것이다. 미끼조가 기습을 받으면 점퍼 특징을 갖춘 2개 조가 동시에 점프, 2초 만에 현장에 접근, 각각 사격과 산 투척으로 공격을 할 것이다.

이강진은 1백 미터 거리에서 3개 조 6명의 역할과 6명의 특징을 식별해낸다. 이미 자신의 몸에서는 어떤 냄새도 나지 않는다, 오카 냄새를 스스로 지웠기 때문이다. 이것은 스스로 개발한 특징이다.

돌연변이는 현재 127개의 특징을 보유하고 있다고 기록되어 있지만 이강진은 자신의 특징수를 이제는 세지 못하고 있다. 컴퓨터로 지식을 흡수한 데다가 몸 안에서 지금 이 시간에도 특징이 개발되고 있기 때문이다. 마치 자동으로 움직여 제품을 생산해내는 자동화 기계가 된 것 같다.

한동안 앞쪽을 응시하던 이강진의 얼굴에 쓴웃음이 번진다. 이제는 보기만 해도 특징을 알아낼 수가 있다. 이강진이 산비탈의 바위 위에서 몸을 솟구친다.

핸드폰의 벨이 울린 순간 저택 안의 모든 시선이 모인다. 오길용이 두리번거리다가 제 바지 주머니에서 벨소리가 울리는 것을 깨닫는다. 핸드폰을 꺼내 든 오길용이 발신자를 보고 나서 바로 귀에 붙인다. 그놈 오카다.

"응, 나야."

주위의 시선이 쏟아지고 있었으므로 오길용의 목소리는 떠들썩해진다. 1층 마루방, 이제 이 층과 지하실까지 훑고 온 기동대 병력이 다 모였다. 저택 관리인이라는 사내는 화난 표정, 눈을 크게 뜨고 오길용을 노려보고 있다.

"아, 어떻게 된 거야? 여기 비었잖아?"

오길용이 버럭 소리치자 오카가 말한다.

"거기, 관리인 있지?"

"그래, 있어."

노련한 오길용은 관리인을 외면한다. 그때 오카가 묻는다.

"그놈 신분증 확인했어?"

"했어, 이상 없어."

"그럼 그곳에 유리창이 3개 있지? 그 유리창 앞에 소파나 집기를 막

아. 서둘러! 빨리!"

"도대체 왜?"

"그놈이 도망치지 못하게 하려는 거야. 빨리 막아!"

그러자 전화구에서 오길용의 소리치는 목소리가 울린다.

"야! 유리창을 소파로 막아라! 저쪽은 선반을 옮겨서 막아! 빨리!"

우당탕거리는 소음이 울리더니 곧 3개의 창이 안에서 가려지면서 어두워진다. 그때 이강진이 다시 말한다.

"좋아, 잘 들어, 오 경감. 권총을 빼내 그 관리인의 발을 쏴, 발등을 쏘란 말이야, 발 두 개를 다 쏴도 돼! 어서!"

"뭐야?"

"그놈 오카야, 발등을 쏘면 알게 될 거라고! 빨리!"

숨을 들이켠 오길용이 가슴에서 베레타92F를 꺼내었으므로 김재일이 놀라 묻는다.

"아니, 반장님. 왜 그러십니까?"

그 순간 오길용이 김재일 옆에 서 있는 관리인의 발을 쏜다.

"땅!"

기겁을 한 김재일이 몸을 뒤로 젖혔고 그 뒤쪽의 강수철은 놀라 입을 쩍 벌린다. 그 순간 오길용이 눈을 치켜뜬다. 발등에 총탄을 맞은 관리인이 펄쩍 뛰어 올랐는데 소파로 가려진 유리창까지 날아가다가 소파에 부딪히더니 떨어진 것이다.

"잡아라!"

오길용이 소리쳤고 놀라 몸을 굳혔던 마루방의 경찰들이 관리인에게 달려든다.

"와앗!"

놀란 외침이 일어난다. 관리인이 다시 도약하더니 반대편 창까지 10여 미터를 화살처럼 날아가 창문을 가린 찬장에 부딪힌 것이다. 찬장이 박살났고 관리인은 마룻바닥에 뒹군다. 몸이 빠른 전경이 달려가 관리인을 덮쳤고 그 위를 또 다른 전경이, 다시 강수철이 위를 덮었다.

"꽉 잡어!"

권총을 휘두르며 오길용이 고함친다.

"반항하면 패!"

이젠 다섯 명이 덮치고 있다.

창문이 가려지더니 안에서 총소리가 울린 순간, 백태성이 이를 악문다.

"당했다."

"조장, 안도가 점퍼인 것을 아는 것 같소."

옆에 있던 부하가 다급한 목소리로 말한다.

"조금 전 창문을 가린 건 뭔가로 막은 것이었군요. 뛰어 달아나지 못하게 말이오."

"이건 도무지."

숨을 들이켠 백태성이 주위를 둘러본다. 어둠에 덮인 산기슭, 개울물 소리가 희미하게 울릴 뿐 주위는 정적에 덮여 있다. 아직 3개 조 6명의 그물 함정에 이상은 없다. 저택 안의 관리인 안도는 한국 신분증까지 확실하게 갖춘 특수팀원이다. 점퍼 특징에 오카 감별, 생각말 읽기, 시선 최면 특징까지 갖춘 특급 팀원이 하찮은 인간 경찰팀에게 당한단 말인가? 그때 백태성이 말한다.

"그놈, 이강진이 저택 안에 있다."

핸드폰을 귀에 붙인 나카무라가 백태성의 말을 듣는다.

"바로 일어나 저택 뒷문을 맡아라. 저택 안에 이강진이 있다."

소스라친 나카무라가 옆에 엎드린 스즈키에게 말한다.

"야, 저택에 이강진이 들어갔다. 우린 저택 뒷문을 맡는다."

나카무라가 서둘러 몸을 일으킨 순간이다. 어깨에서 뜨거운 기운이 쏟아지더니 온몸이 나른해진다. 순식간에 일어난 일이다. 머리를 돌린 나카무라가 숨을 들이켠다.

뒤에 사내 하나가 서 있다. 장신, 어둠 속이어서 얼굴은 잘 보이지 않는다. 사내가 두 팔을 뻗어 자신과 스즈키의 어깨를 쥐고 있다. 이강진인가? 눈을 치켜떴던 나카무라가 몸을 돌리면서 사내의 팔을 후려친다. 스즈키도 몸을 비틀더니 사내의 몸통을 주먹으로 친다. 그 순간 사내가 뒤로 물러난다. 그러고는 순식간에 사라진다.

"어, 어떻게 된 거야?"

스즈키가 헐떡이며 묻는다. 나카무라는 사내의 팔을 쳤지만 몸이 비틀리는 바람에 넘어졌다가 일어나는 중이다. 그런데 이상하게 온몸이 나른하고 기운이 없다.

"이, 이게 어떻게 된 거야?"

스즈키의 목소리는 겁에 질린 것 같다. 그 순간 나카무라는 숨을 들이켰으나 냄새가 맡아지지 않는다. 다음 순간 두 발을 땅에 딛고 뛰었지만 몸이 지상에서 5센티도 올라가지 못하고 앞으로 넘어진다.

"아이구."

앞쪽 바위에 가슴을 부딪친 나카무라가 신음한다. 스즈키가 헐떡이고 있다. 스즈키의 특징은 점프와 냄새, 그리고 강철 같은 체력이었다.

46

"이, 이게."

나카무라가 몸을 일으키려다 격심한 고통에 신음한다. 이제 알겠다. 몸 안의 모든 특징, 오카의 특징까지 소멸되었다. 하등동물인 인간의 몸체가 된 것이다.

"아니, 이 새끼들 왜 이렇게 늦어?"

와락 짜증을 낸 백태성이 뒤쪽을 본다. 어둠 속, 움직이는 물체는 없다. 모두 점퍼들이어서 5초면 이곳에 닿을 수가 있다. 그런데 매복조 2개 조 4명이 오지 않는다.

"이거, 어떻게…"

말을 멈춘 백태성이 숨을 들이켜고 얼굴도 순식간에 굳어진다. 옆을 따르는 부하도 분위기를 느낀다. 몸을 굳히고는 주위를 둘러본다. 이곳은 저택 측면 50미터 거리, 그때 백태성이 다시 핸드폰을 들고 버튼을 누른다. 이곳까지 온 1개 조를 부르는 것이다. 그런데 신호음만 울리고 있다.

12장 반란

사로잡힌 관리인은 뒤로 수갑이 채워진 데다 다리가 묶였다. 아직도 발광을 하고 있었지만 전경 2명이 누르고 있다. 모두 긴장한 상태, 관리인이 인간 같지가 않은 것을 모두 본 것이다. 그때 오길용의 손에 쥔 핸드폰이 울림에 모두가 긴장했고 시선이 핸드폰으로 모인다, 밖에서 정보가 들어온다는 것을 알기 때문에. 핸드폰 발신자를 본 오길용이 바로 귀에 붙인다. 이제는 동료나 같다.

"응, 말해."

"그놈 잡았지?"

오카가 물었으므로 오길용이 어깨를 부풀린다.

"그래."

"사람 같지가 않지?"

"그래."

"이제 밖으로 나와서 다른 오카 놈들을 잡아."

"응?"

놀란 오길용이 눈을 크게 떴을 때 오카의 말이 이어진다.

"저택 뒤쪽 산기슭으로, 오른쪽 2백 미터만 올라가면 나뭇가지에 옷가지가 걸려 있으니까 쉽게 찾을 수 있을 거야."

"옷, 옷가지가."

"내가 바지를 벗겨놓았어, 두 놈이 쪼그리고 앉아 있을 테니까 체포해, 그놈들도 납치범들로 오카야."

"여기서 잡은 놈하고 같아?"

"아니, 내가 무력화시켜놓았으니까 잡기만 하면 돼."

"알았어."

"그놈들 두 놈 잡고 나면 또 네 놈이 있어, 둘씩 흩어져 있으니까 내가 다시 말해줄게."

"또 있다구?"

"서둘러, 넌 인류역사상 처음으로 오카를 대량으로 체포한 경찰이야."

"오, 오카라는 증거는…?"

"그놈, 잡은 놈 발을 쏘았지?"

"그, 그래."

"그놈 발을 봐라."

오길용이 핸드폰을 귀에 붙인 채 엎어져 있는 관리인에게 다가간다.

"야, 그놈 발 들어봐, 총 맞은 발."

관리인 몸 위에 앉아 있는 전경에게 소리치자 모두 모여 선다. 그때 전경이 관리인의 발을 잡고 치켜든다.

"어?"

둘러선 경찰들의 입에서 놀란 외침이 터진다. 맨발의 발등이 드러나 있다.

"이거 어떻게 된 거야?"

형사 하나가 관리인의 다른 쪽 발등을 쥐고 들어올린다. 멀쩡한 발등, 다시 총에 맞은 발등을 치켜든 형사가 눈을 치켜뜨고 오길용을 본다. 핏자국만 나 있고 총알이 들어간 흔적도 없어졌다. 피만 어지럽게 번진 발등, 오길용도 눈을 치켜뜬다. 총을 맞았던 발등은 끔찍했다. 직경 3센티쯤의 구멍, 드러난 살점과 뼈, 모두 보았다. 그때 형사 하나가 소리친다.

"이놈, 괴물이야! 인간이 아니라고!"

그것을 오카가 들었는지 아직 오길용의 귀에 붙여진 수화구에서 말한다.

"서둘러! 밖의 오카놈들을 잡아야지!"

"어엇!"

저택에서 경찰들이 쏟아져 나오더니 뒤쪽 산기슭으로 달려 올라가기 시작했으므로 부하가 놀라 소리친다. 경찰들이 달려가는 쪽은 매복조 나카무라와 스즈키의 은신처다.

"조장! 저놈들이."

부하가 백태성에게 다시 소리쳤을 때는 이제 밖에 나와 있던 경찰들도 합류한다.

"이런 빌어먹을."

백태성이 몸을 일으키며 이 사이로 말한다.

"늦었어."

"조장, 늦다니요?"

"벌써 당했단 말이다."

"그, 그럼 구해야…."

"조원들은 이제 특징도 다 지워졌다. 그래서 움직이지도 못하는 거야."

"그, 그러면…."

"이강진의 짓이야."

부하가 머리를 돌려 어둠 속을 둘러보았을 때 옆쪽에서 환성이 울린다. 경찰들이다.

"여기 두 놈 잡았다!"

나카무라와 스즈키다.

"저것 봐라."

백태성이 숨을 들이켜며 말한다. 두 눈이 어둠 속에서 번들거리고 있다.

"이 근처에 이강진이 있어."

부하가 어깨를 웅크렸고 백태성이 이 사이로 말한다.

"난 못 당한다. 철수한다."

"큰일 났어."

지부장 김동준의 목소리가 떨린다.

"일곱이야, 일곱. 일본놈들 일곱이 한국 경찰에 체포되었다고."

최기종이 핸드폰을 고쳐 쥐었지만 당장에 대답할 말이 궁색하다. 밤 10시 45분, 최기종은 서초경찰서 서장실에서 전화를 받고 있다. 서장이 사무실에 남아있는 터라 서에 남아 있는 간부들은 눈치를 보고 있는 상황, 다시 김동준의 말이 이어진다.

"지금 송파경찰서 강력1팀장 오길용의 지휘하에 자유로를 타고 돌

아가고 있어, 일산 경찰서에서 병력 10명을 지원받았는데 지금 장항IC
를 지났어!"

"지부장님."

숨을 들이켠 최기종이 말한다.

"이미 늦었습니다. 경찰 내부 통신을 보니까 이미 경찰청장한테까지
보고가 된 상황입니다."

"그래서 그냥 놔두란 말이야?"

"이건 일본 아시아본부 책임입니다, 지부장님. 그 팀장이란 놈이나
조장이란 놈이 책임을 져야지요."

"오카의 문제란 말이야!"

버럭 소리친 김동준이 말을 잇는다.

"지금 잡혀가는 놈들의 정체가 드러나면 오카가 3백 년 만에 세상에
알려지게 된단 말이야, 한국에서!"

"장소가 한국일 뿐이지 일본산 오카올시다, 지부장님."

"이봐! 집행부장!"

김동준의 목소리가 더 커진다. 집행부장 임기는 영구적이다. 최기종
은 19년째 집행부장을 연임하고 있었는데 그 전(前) 집행부장은 돌연변
이 체포 실적이 미달되어서 연구위원으로 좌천되었다. 김동준의 고함
이 이어진다.

"이게, 책임 소재 따질 상황이야? 지금 오카의 미래가 걸린 사건이란
말이다!"

"이건 지부장님도 책임이 있습니다. 집행부장의 권한으로 아시아본
부에 이번 사건을 직보하겠습니다."

최기종의 목소리도 강경해진다.

"일본 특수팀에게만 일임하고 한국 실무자들은 접근하지도 못하게 했기 때문입니다. 우리는 영문도 모르고 책임만 지라는 말씀입니까? 이렇게 만든 지부장님도 책임이 있습니다."

"아니, 이런."

"전화 끊습니다."

핸드폰을 귀에서 뗀 최기종은 이제 될 대로 되라는 생각이다. 송파와 일산경찰서 형사 20여 명이 대거 동원된 사건이다. 그리고 오카 7명이 체포되어 호송되고 있다. 오후에 오길용에게 체포되었던 두 놈도 겨우 병원에서 빼돌렸지만 이미 그 보고도 경찰청에 올라간 상황이다. 일본 대사관에서 데려갔다고 하지만 언론이 알면 야단법석이 일어날 것이다. 눈을 치켜뜬 최기종은 심호흡을 세 번이나 하고 나서 다시 핸드폰을 든다. 그러고는 천천히 버튼을 누른다. 지부장에게는 아시아본부인 도쿄에 연락을 할 것이라고 했지만 지금 누르는 번호는 뉴욕의 세계본부다. 아시아본부가 일본정보부 소속 특수팀에게 호의적이라는 소문을 들었기 때문이다. 아시아본부 간부가 대부분 일본인이어서 일본지부의 일에는 한 수 접어줄 것이다.

조준기가 신성만을 본다. 눈빛이 강해지면서 어금니를 물어서 볼 근육이 드러난다.

"지금 자유로를 달려가고 있겠지."

조준기의 목소리는 낮다.

"오길용이 우리 정체를 알고 있어, 오카라는 것도."

얼굴을 일그러뜨리며 웃은 조준기가 주위를 둘러본다. 방배동의 안가 안, 응접실에는 조준기와 신성만 둘뿐이다. 주위는 조용하고 밤 11

시 10분, 조준기가 혼잣소리처럼 말을 잇는다.

"오상미하고 이강진이 결합하면 시너지효과가 날 거다. 잡은 문영철, 정지우, 한명식을 합한 것보다 몇 배나 더 강한 파워가 일어나겠지."

"…"

"이제 오카가 한국땅에서부터 처음으로 알려지겠다."

"팀장님."

신성만이 긴장한 얼굴로 조준기를 본다.

"지금 7명이 경찰에 끌려오고 있습니다. 그냥 놔둘 수는 없지 않겠습니까?"

조준기는 시선만 주었고 신성만이 말을 잇는다.

"어떻게라도 조처를 해야…."

"백태성이 남은 조원 유봉학이하고 둘이 갔어."

"둘이 말입니까?"

"그래."

"부족하지 않겠습니까?"

"20명이라도 부족해, 이 상황에선."

숨을 죽인 신성만을 향해 조준기가 얼굴을 일그러뜨리며 웃는다.

"이강진의 능력에 지금 대적하기가 어렵다. 놈은 백태성의 조원을 무력화시켰어, 능력을 모두 흡수해 버렸단 말이야."

"…"

"7명은 지금 일어날 힘도 없는 인간이 되어 있어. 아니, 인간 이하다."

조준기의 눈빛이 다시 강해졌고 어깨가 부풀려진다.

"더구나 호송팀에 이강진이 붙어 있을지도 모르는 상황이야."

"이것 봐라."

눈을 치켜뜬 오길용이 손에 쥔 잭나이프를 치켜들고 말한다. 봉고차 안의 모든 시선이 모인다. 운전사까지 백미러로 오길용을 본다. 봉고차는 맹렬하게 강변북로를 달리고 있다. 차량통행 원활, 앞쪽에 순찰차 2대, 뒤쪽엔 봉고차 4대, 다시 뒤에 순찰차 2대가 경광등을 번쩍이며 달리고 있었으니 대통령 행차와 비슷하다. 잭나이프를 치켜든 오길용이 번들거리는 눈으로 차 안을 둘러본다.

"너희들, 이거, 마술 아니다."

"아이구, 팀장."

옆에 앉은 김재일 형사가 말리려 든다.

"그만하시지요."

"너희들, 지금 역사적인 현장에 서 있는 거다. 아니, 앉아 있는 거지."

그러고는 오길용이 옆에 앉은 사내의 팔목을 움켜쥔다. 오카, 산기슭에서 바지가 벗겨진 채 체포된 사내 둘, 바지는 입혔지만 아직 옷차림은 어수선하다. 그러나 체포될 때 형사들을 놀라게 했다. 몸을 비틀면서 반항을 하다 팔 하나가 뒤로 꺾였기 때문이다. 마치 나뭇가지처럼 딱 소리를 내고 부러졌다. 어쨌든 수갑을 채우고 났더니 부러졌던 팔이 바로 제대로 움직였다. 그때 오길용이 사내의 손등에 나이프를 깊게 박는다.

"으앗!"

비명은 앞쪽에 몸을 돌리고 보던 형사가 질렀다. 일산경찰서에서 지원 나온 형사, 그는 오카 체포 현장에 없었다. 다 체포하고 내려왔을 때

도착한 것이다.

"지금 뭘 하십니까?"

그 옆쪽 형사도 일산서 형사였는데 오길용한데 버럭 소리친다. 눈까지 부릅뜨고 있다.

"아무리 용의자라고 해도 칼로 쑤시다니요? 내일 옷 벗으실 거요? 이거, 우리까지 걸리는 것 아냐?"

"미쳤군, 미쳤어."

비명을 지른 형사도 거친 목소리로 거든다. 그때 오길용이 손잡이 부근까지 깊게 박혔던 나이프를 사내의 손등에서 쑤욱 뽑는다. 그 순간 피가 솟구쳐 나왔으므로 형사들이 외침을 뱉는다. 이번에는 뒤쪽 형사들까지 거든다. 봉고차 안에는 일산서 형사가 넷이나 된다.

"이 양반 미쳤어."

"어이, 차 세워!"

제각기 그들이 떠들었을 때 오길용이 소리친다.

"이 손등을 보라구!"

그때 모두의 시선이 사내의 손등으로 옮겨진다. 피가 솟구치는 손등이다. 사내는 눈만 부릅뜨고 있다.

"으앗!"

또 한 번의 외침은 앞쪽 형사가 뱉었다. 손등의 칼자국이 없어졌기 때문이다. 지저분하게 피가 묻어 있을 뿐 칼이 들어간 흔적이 없다.

"이게 어떻게 된 거야?"

아예 사내의 팔을 잡아 올린 형사가 눈앞에 대고 보더니 황급히 밀친다.

"이거, 마술 아냐?"

"시끄러!"

버럭 소리친 오길용이 잭나이프를 형사에게 내민다.

"네가 해봐라, 이번에는 목을 베어 봐."

"아이구."

머리를 뒤로 젖힌 형사가 사내와 오길용을 한꺼번에 흘겨본다.

"도대체."

뒤쪽 형사들이 사내의 손등을 노려보면서 투덜거린다. 봉고는 속력을 내며 동작대교를 우측에 두고 지나간다.

"차는 좋은 걸로 바꿔야겠어."

가속기를 계속해서 밟으면서 안기태가 투덜거린다. 안기태의 차는 소형차로 낡았다. 뒷좌석에서는 썩은 냄새까지 난다. 차는 강변북로를 달리고 있었는데 앞쪽으로 경찰차의 경광등이 보인다. 지금 오카를 체포해가는 경찰 차량들을 따라가고 있는 것이다.

"내가 사드리지."

뒷좌석에 앉은 이강진이 말한다.

"내일 당장."

"돈은 있는 거야?"

앞쪽에 앉은 오상미가 묻자 이강진이 대답한다.

"털어야지."

"변신할 때 물체도 함께 되나?"

"그래."

그 말을 들은 안기태와 오상미가 서로의 얼굴을 본다. 지금까지 변신 특징은 변신자가 입은 옷으로 한정이 된다. 손에 쥔 물체까지 변신 능력이 뻗치지 못했다. 그러나 이강진은 물체까지 가능하다고 한 것이다. 그것은 곧 은행에서 돈을 갖고 나와도 보이지 않는다는 것이다. 앞쪽 경찰차가 속력을 줄이면서 우측 차선으로 붙는다. 이제 다 와 가고 있다.

"놈들이 경찰서 앞에서 대기하고 있을 가능성이 많아."

안기태가 혼잣소리처럼 말한다.

"도로상에서 저지시키기엔 일이 커지고 복잡해질 뿐만 아니라 다 구출하기도 어려울 테니까."

안기태는 백미러로 이강진을 본다.

"그리고 오카놈들은 대장이 따라오고 있다는 것을 예상하고 있을 거야."

"대장이라니?"

이강진이 되묻는다.

"나한테 대장이라고 했소?"

"앞으로 그렇게 부를 거요."

안기태가 정색하고 백미러를 본다.

"대장이 저택에 침투했을 때 오상미 씨하고 호칭에 대해서 상의했소."

"둘이 결정하면 되는 거요?"

"어쨌든 대장은 우리 리더요, 어쩔 수 없습니다."

그때 소형차가 대교를 건너려고 우회전을 한다. 모두 입을 다물고 긴장한다.

송파경찰서 현관 앞으로 다가간 봉고차가 멈춰 선다. 뒤를 이어서 또 한 대, 그때 먼저 멈춰선 차에서 뒤로 수갑이 채워진 사내 두 명이 양쪽에서 팔짱을 낀 경찰들에게 끌려 곧장 현관 계단을 올라간다. 경찰서 현관 주위에 10여 명의 경찰들이 둘러서서 구경을 한다. 곧 두 번째 봉고에서 세 명, 세 번째에서 두 명이 내린다. 모두 7명이 체포되어 경찰서 건물 안으로 들어간다.

"뭐야? 조폭 소탕한 건가?"

영문을 모르는 경찰 한 명이 옆쪽의 동료에게 묻는다. 그도 모르는 모양으로 머리를 기울이며 대답한다.

"글쎄, 도박장 덮쳤나?"

"그럼 여자가 끼어 있어야지."

수군대던 경찰들은 모두 건물 안으로 사라지자 흩어진다. 밤 11시 50분이 되어가고 있다.

"7명을 한 방에 몰아넣는 게 낫다."

오길용이 결정한다.

"잡범들하고 섞지 마, 그놈들이 소문내면 안 돼, 이건 큰일이란 말이야."

"그럼 1호 감방에 넣지요."

형사 하나가 서두르면서 나갔으므로 오길용이 다시 지시한다.

"7명을 대기실에 몰아넣고 감시해."

대기실은 문 하나밖에 없는 곳으로, 사방이 시멘트벽이어서 문만 닫으면 감방보다 더 안전하다. 형사들이 몰려나가자 오길용이 쓰러지듯 의자에 앉는다.

"아이구, 죽겠다."

"팀장, 서장한테 보고 안 해요?"

김재일이 묻자 눈을 치켜떴던 오길용이 핸드폰을 꺼내 든다. 버튼을 누르자 곧 박기정의 목소리가 울린다.

"어, 지금 어떻게 된 거야?"

"예, 7명을 모두 잡아왔습니다. 지금 곧 감방에 넣을 겁니다."

"그놈들이 오카, 오카란 괴물들이란 말이지?"

"그렇습니다. 경무관님이 보시면 놀라실 것입니다."

경무관이란 말에 김재일이 긴장한다. 김재일은 오길용이 서장인 홍문수에게 한 줄로 알았기 때문이다. 오길용은 별장에서 오카를 잡았을 때부터 다시 박기정에게 보고를 한 것이다. 그때 박기정이 말한다.

"좋아, 내가 직접 보러 갈 테니까 감시 잘해, 그리고 언론에 노출시키지 마."

"알겠습니다."

"아까 영심병원에 데려간 놈들, 그놈들도 오카일까?"

"그놈들은 실험을 하지 못했습니다, 경무관님."

"실험을 했나? 오카를 알려면 실험을 해야 돼?"

"예, 경무관님."

"어떻게?"

"와 보시지요, 제가 보여 드리겠습니다. 내일 이것들을 언론에 보이면 세계가 경악할 것입니다."

"내가 갈 테니까 기다리고 있어."

통화가 끊기자 오길용이 심호흡을 하고 나서 앞에 앉은 김재일을 본다. 두 눈이 번들거리고 있다.

"알아? 내일 저놈들 정체가 드러나면 세계가 떠들썩하게 될 거다. 아마 제2차 세계대전과 맞먹는 뉴스가 될지도 모른다.”

그때다.

“불이야!”

복도에서 요란한 외침, 발자국, 고함 소리!

“불이다! 불! 119!”

외침이 한꺼번에 쏟아진다. 벌떡 일어선 오길용과 김재일이 복도로 뛰어나간다. 그때 둘은 복도 앞쪽 방에서 뿜어 나오는 불길을 본다. 엄청난 불길, 문짝은 어느새 떼어졌고 안에서 쏟아져 나오는 불길이 복도 건너편 문짝도 태우고 있다.

“우앗! 소화기!”

오길용이 발을 구르며 소리쳤지만 다가가지도 못한다. 복도 좌우에 가득 찬 경찰들도 마찬가지로 안에서 쏟아져 나오는 불길을 잡을 엄두도 못 낸다. 서너 명이 소화기를 안에 대고 뿌렸지만 정면으로 서지 못하고 비스듬히 서서 문 앞에다 대고 뿌린다.

“아이고!”

오길용이 다시 발을 구르며 소리친다. 안에 오카 7명이 갇혀 있기 때문이다.

안에서 불길이 일어났을 때 이강진이 복도에 들어섰다.

“아차!”

정신이 번쩍 든 이강진이 그쪽으로 달려갔지만 이미 불길은 안을 가득 메우고 밖으로 뿜어져 나오고 있는 상황이었다. 몸을 돌린 이강진이 변신한 채 반대로 달려 나온다. 그동안 몸이 경찰들과 부딪쳤지만 소란 통이어서 부딪친 당사자는 무엇에 걸렸는지 정신이 없는 상황이다. 경찰서 마당으로 뛰어나간 이강진이 숨을 들이켠다. 어둠 속이었기 때문에 시각보다 후각을 이용하여 오카를 찾으려는 의도다. 그 순간 서쪽 담장 쪽에서 오카 냄새가 풍긴다.

"됐다."

이강진의 후각은 '냄새로 오카 찾기' 수준의 특징이 아니다. 그보다 몇 십 배 향상이 되어 있다. 이강진이 그쪽을 향해 점프한다.

백태성과 유봉학이 점프로 날아간다. 송파경찰서 담장을 넘어 한 번 점프에 옆쪽 5층 건물을 건넜고 다시 한 번 점프로 주유소를 뛰어 넘었다. 세 번째로 3층짜리 슈퍼마켓 건물을 뛰어 뒤쪽 골목에 내려섰을 때 유봉학이 가쁜 숨을 몰아쉬며 말한다.

"조장, 이제 됐지요?"

백태성이 눈을 치켜뜨고 유봉학을 본다. 이곳은 상가 옆 골목, 시멘트로 깨끗하게 포장이 된 데다 가로등이 환하게 켜져 있다. 옆쪽 상가 건물에 부착된 CCTV가 비치고 있어서 어슬렁거리는 행인도 없다.

"조장, 다 끝냈습니다. 이제 연락하시지요."

유봉학이 밝은 표정으로 말했을 때 백태성이 머리를 젓는다.

"조장, 무슨 일 있습니까?"

이제는 조금 이맛살을 찌푸린 유봉학이 묻자 백태성이 어깨를 늘어뜨린다.

"임무는 완수했으니까 미련 없다."

"조장."

"자, 나타나라."

백태성이 주위를 둘러보며 말한다. 골목 안은 조용, 이제는 유봉학도 몸을 굳히고 서 있다. 그때 둘의 바로 앞에서 이강진이 나타난다. 두 발짝 앞이다. 이강진이 웃음 띤 얼굴로 백태성을 본다.

"언제 알았느냐?"

"두 번째 점프한 직후."

"왜 더 도망치지 않고?"

"내 뒤에 바짝 붙어 오지 않았느냐?"

"왜 공격하지 않고?"

"난 내 능력을 안다."

"이놈은 모르더군."

이강진의 시선이 유봉학에게 옮겨진다. 그 순간 유봉학의 몸이 굳어진다. 입이 딱 벌려졌고 치켜뜬 눈에서 눈물이 흘러내린다. 그것을 본 백태성이 숨을 들이켠다.

"그건 무슨 특징인가?"

"내 시선을 받은 저놈 눈알이 녹는 것이지, 지금 뇌가 녹고 있다."

그 순간 유봉학이 허물어지듯 땅바닥에 구겨져 넘어진다. 눈에서 피가 쏟아지듯 흘러내린다.

"왜 나는 그렇게 되지 않는가?"

백태성이 갈라진 목소리로 묻자 이강진이 웃는다.

"내가 안광을 조절했으니까."

"처음 보는 특징이군."

"이제 나는 어떻게 할 건가?"

"네 특징은 6개로군, 점프, 생각말, 냄새 구별, 변신, 안광으로 최면 걸기, 사격."

그 순간 이강진이 손을 뻗어 백태성의 어깨를 움켜쥔다. 놀란 백태성이 몸을 굽혔다가 얼굴을 일그러뜨리며 웃는다.

"내 능력을 다 흡수하는가?"

"다 죽었어?"

눈을 부릅뜬 박기정이 오길용을 노려본다. 송파경찰서 마당, 오길용은 박기정 앞에 서 있었지만 그 옆에 서장 홍문수도 와 있다. 서에 화재가 났다는 말을 듣고 뛰어온 길이다. 홍문수는 오길용이 납치 용의자 7명을 연행해온 것으로 알고 있다. 오길용이 둘을 번갈아 보면서 대답한다.

"예, 안에 인화성 물질이 있었던 것 같습니다. 갑자기 화재가…."

"무슨 인화성 물질?"

버럭 소리친 홍문수가 힐끗 박기정의 눈치를 보더니 이 사이로 말한다.

"대기실에 인화성 물질이 있을 리가 없어. CCTV가 마침 작동을 안 해서 확인할 수는 없지만…."

홍문수가 말을 맺지 못하고 어물거린다. CCTV는 방과 복도에도 장착되어 있었는데 귀신이 곡할 노릇이다. 모두 작동이 멈춰 있기 때문이다. 그러면 갑자기 테이블 밑에서 화염이 솟구친 것이다. 그리고 나서 방문이 열리면서 불길이 뻗어 나갔다. 수갑을 찬 채 의자에 묶여 있던 7명은 고스란히 화장되었다. 그때 박기정이 말한다.

"이거 정말 환장하겠군, 어쨌든 안에 인화성 물질이 없다면 용의자가 자체 발화를 했단 말인가?"

그때 오길용이 숨을 들이켜더니 주머니에 든 핸드폰을 움켜쥔다.

핸드폰이 진동을 했기 때문이다. 몸을 돌린 오길용이 핸드폰을 꺼내
들고 발신자를 확인한다. 그러고는 홍문수와 박기정으로부터 서너 걸
음 떨어지면서 귀에 붙인다. 기다리고 있던 이강진의 전화다.

"이봐, 다 탔어."

먼저 오길용이 서두르듯 말한다.

"일곱 명이 타 죽었다구."

"알아."

이강진이 말하자 오길용이 눈을 치켜뜬다.

"알다니? 네가 보았어?"

"내가 그 범인을 잡았어."

"응? 어디?"

오길용의 몸이 굳어진다.

"너, 어딨냐?"

"유천상가 오른쪽 골목, 태화빌딩 옆이야, 시멘트 바닥."

"알아."

"두 놈 중 한 놈은 죽었고 한 놈은 살려놓았지만 움직이지 못한다,
빨리 데려가."

"알았어."

"두 놈 DNA를 채취해서 바로 국립과학연구소에 보내, 그놈들이 또
가로챌지 모르니까 여러 개 준비하도록."

"됐어."

핸드폰을 귀에서 뗀 오길용이 마침 옆을 얼쩡거리는 김재일을 소리
쳐 부른다.

"야, 김 형사! 다섯만 데려와!"

"예!"

오길용의 분위기를 본 김재일이 대번에 몸을 돌렸을 때 홍문수가 묻는다.

"뭐야? 무슨 일이야?"

"어쨌든 뭐라도 찾으려고 합니다!"

대충 이렇게 말하는 게 낫다.

"연락이 안 됩니다."

신성만이 말하자 조준기가 자리에서 일어선다. 밤 12시 반, 이곳은 새로운 안가인 이태원의 웰링턴호텔 안이다.

"그놈들도 잡혔다."

뱉듯이 말한 조준기가 방안의 부하들에게 서둘러 말한다.

"제2 안가로 이동이다!"

모두 잠자코 조준기를 따라 방을 나온다. 백태성과 연락이 끊긴 것은 사고가 일어난 것이다. 따라서 백태성이 이곳 위치를 알고 있는 터라 다시 안가를 옮겨야 한다, 백태성이 잡혀 머릿속을 스캔 당할 수도 있기 때문에. 차에 올라 제2 안가로 이동하면서 조준기가 앞좌석에 앉은 신성만에게 말한다.

"숨 가쁘게 다가오는 느낌이구나."

신성만은 숨을 죽였고 조준기의 말이 이어진다.

"오상미가 그놈하고 같이 있을까?"

"그, 그것은."

"오상미 입장이 되어서 생각해봐라."

"이강진을 찾으려고 할 것입니다. 이제는 적으로가 아니라 서로 제

휴하려는 입장에서 말입니다."

"일산으로 갔겠지."

"이강진을 찾기가 쉽지 않을 텐데요."

순간 핸드폰이 울렸으므로 조준기가 꺼내 본다. 지부장 김동준이다.

"예, 지부장님."

핸드폰을 귀에 붙인 조준기가 목소리를 낮춘다. 차 안이 조용해진다. 김동준의 목소리가 수화구에서 울려 나온다.

"어떻게 되었나?"

"증거를 없앴습니다."

조준기의 목소리가 차 안을 울린다.

"없애다니?"

"예, 체포된 일곱 명을 송파서 안에서 소각시켰습니다."

놀란 듯 김동준이 입을 다물었고 조준기가 말을 잇는다.

"따라서 경찰에 잡힌 요원은 없습니다. 지금 이동 중이니 다시 보고하겠습니다."

"다행이군."

김동준이 말하더니 통화를 끝낸다. 핸드폰 전원을 끊은 조준기가 좌석에 등을 붙이자 차 안에 정적이 덮인다. 조준기는 요원 둘이 다시 실종되었다는 이야기를 안 한 것이다.

이강진이 다가가자 오상미와 안기태가 차 문을 열고 밖으로 나온다. 이곳은 일산 외곽의 골짜기, 차량 통행도 없는 외진 지역이다. 오전 1시 반, 주위가 짙은 어둠에 덮인 산비탈 밑에서 둘이 기다리고 있었던 것이다. 이곳에서 송파경찰서까지는 차로 한 시간 반 거리였지만 이강진은 점프로 30분 만에 온 것이다. 도중에 조준기의 안가였던 이태원의 웰링턴호텔을 거치지 않았다면 15분 만에 도착했을 것이다.

"어떻게 되었어?"

먼저 오상미가 묻자 이강진은 다가선 둘을 둘러본다.

"다 죽었어."

숨을 들이켠 둘에게 이강진이 송파경찰서 안의 사건을 말해준다.

"하지만 다시 둘을 잡아 경찰에 넘겼지."

이강진이 백태성과 유봉학의 이야기까지 마쳤을 때 안기태가 말한다.

"이제 한국에서 돌연변이의 반란이 시작되었군요."

"반란요?"

오상미가 눈을 가늘게 뜨고 안기태를 본다.

"너무 과장하신 거 아녜요? 반란군이 몇 명인데요? 우리 셋요?"

"아니, 그렇지 않아요."

정색한 안기태가 둘을 본다.

"내가 돌연변이를 모을 겁니다. 그동안 연락 방법을 개발해놓았는데 오늘 같은 경우를 대비하기 위해서였소, 모아서 오카와의 전선을 구축할 겁니다."

안기태의 두 눈은 번들거렸고 목소리에 열기가 띠어진다.

"이제 지도자가 와 있으니 군사는 바로 모입니다. 지금까지 우리는 지도자를 기다리고 있었던 겁니다."

그때 이강진이 말한다.

"내가 준비가 덜 되었어요."

이강진이 똑바로 안기태를 응시한다.

"전쟁을 할 준비, 지도자 노릇을 할 준비가 안 되었단 말입니다."

머리를 저은 이강진이 발을 뗀다.

"도대체 무엇을 위해서 어떻게 하려고 반란을 한단 말입니까? 돌연변이가 세상을 위해서? 난 얼굴도 모르는 그들을 위해 목숨을 내놓고 싶지 않아요."

이강진이 골짜기의 바위로 다가가 등을 붙이고 앉는다. 앞쪽에 선 오상미와 안기태가 숨을 죽였을 때 이강진의 목소리가 산기슭을 울린다.

"난 좀 쉴 테니까 밀어 붙이지 말아요."

"나 좀 봐."

이강진이 몸을 일으켰을 때 뒤에서 오상미가 부른다. 오전 3시 반, 이강진은 바위 밑에서 시체처럼 늘어진 채 2시간을 잤다. 돌연변이에게도 잠은 필수다. 두 시간 동안 낙엽이 깔린 맨땅 위에 웅크리고 누웠던 이강진의 몸은 원기가 다시 충전된 상태다. 머리를 돌린 이강진이 다가선 오상미를 본다. 안기태와 차는 보이지 않는다. 자는 동안에 떠난 것이다. 시선만 주는 이강진에게 오상미가 말한다.

"나하고 같이 가, 안가가 있어."

"어딘데?"

"안 선생이 알려준 곳인데 일산 시내야."

다가선 오상미의 몸에서 향내가 맡아진다. 여자 냄새, 연한 화장품 냄새, 이강진이 다시 묻는다.

"안 선생은 어떻게 하신다는 거야?"

"통신망이 있다고 했어, 그 통신망을 통해 동지들을 부르겠다는 거야."

다가선 오상미의 두 눈이 별빛을 받아 반짝인다. 주위는 조용하다. 그러나 희미한 소음이 이어진다. 바람이 나뭇가지를 스치면서 휘파람 소리를 내었고 골짜기 안에서 바위틈으로 흘러 내려오는 개울물 소리, 이곳은 국도에서 3킬로나 떨어진 산비탈이다. 아래쪽으로 경운기 한 대가 겨우 다닐 수 있는 농로가 구불구불 뻗쳐 있다. 그때 다시 오상미가 말한다.

"나도 이젠 돌연변이야, 너희들하고 같은 종족이라구."

"……."

"언제까지나 이렇게 숨어 도망 다닐 수는 없지 않겠어? 싸워야지."

"…."

"우리가 가능성이 없는 것도 아냐, 우린 오카보다 우월한 종족이라구."

"네가 언제부터 돌연변이가 되었다고 이렇게 서두르는 거야?"

이강진이 물끄러미 오상미를 본다.

"넌 본명이 뭐야?"

"하나코."

"일본 태생인가?"

"일본산 오카야."

"네가 이식 받은 특징을 내가 흡수해줄까? 그럼 정상적인 오카로 돌아갈 텐데."

"싫어."

한 걸음 물러선 오상미가 머리까지 젓는다.

"난 이 특징이 좋아."

오상미의 특징은 냄새 감별과 생각말 그리고 시선이다. 시선으로 상대방을 기절시킬 수가 있다. 쓴웃음을 지은 이강진이 오상미를 본다.

"너희들은 우리들을 돌연변이로 괴물 취급하면서 멸종시키려고 했지만 그것이 잘못된 방법이었어. 같은 오카에서 시작되었으니 돌연변이도 포용해서 함께 발전해 나갔다면 이미 이 지구는 오카 세상이 되었을 거다."

오상미가 시선만 주었고 이강진의 말이 이어진다.

"돌연변이가 오카를 지배하면 또 어떠냐? 하지만 이제는 돌이킬 수가 없게 되었어. 돌연변이와 오카의 전쟁이야. 그 전쟁에서 이긴 종족이 지구에서 인류하고 남게 되겠지."

"이젠 네가 먼저 인류하고 연합한 셈이지?"

불쑥 오상미가 묻더니 이강진의 시선을 받는다.

"안 선생이 그랬어, 돌연변이를 대표한 네가 인류에게 손을 내민 것이라고, 돌연변이 왕다운 방법이라고 했어."

"그 셋은 어떻게 되었을 것 같나?"

불쑥 이강진이 물었으므로 오상미의 눈동자가 흔들렸다가 멈춘다.

"이미 특징은 다 제거되었을 거야."

시선을 내린 오상미가 말을 잇는다.

"너도 알겠지만 돌연변이가 특징이 제거되면 무기력해지지, 그러고는 곧 자연사하게 돼."

"…."

"본래 그들을 이용해서 너를 잡으려고 했지만 작전이 실패했으니 그들은 용도 폐기되었을 거야."

이강진의 눈앞에 문영철과 정지우, 한명식의 얼굴이 차례로 떠오른다. 그때 오상미가 말한다.

"자, 안가로 가자. 산속에만 있을 수 없잖아?"

"아, 해리슨 씨."

당황한 지부장 김동준이 핸드폰을 고쳐 쥔다. 오전 4시 반, 갑자기 걸려온 전화는 뉴욕 세계본부 감찰부장 죠지 해리슨의 것이다. 해리슨이 인사도 생략하고 묻는다.

"거기 돌연변이 반란이 일어났지요?"

"반란이요?"

숨을 들이켠 김동준이 눈을 치켜뜬다.

"무슨 말씀이신지? 그런 일 없습니다, 국장님."

"거기, 아시아본부 정보부의 특수팀이 돌연변이 체포를 하다가 전멸되지 않았습니까?"

"예에?"

"모르고 있었던 거요?"

"아닙니다. 그게 아니라…."

"지부장이 사건을 은폐시키는 것 아닙니까? 네 시간 전에 특수팀 9명, 여덟 시간 전에 2명이 각각 돌연변이의 기습을 받아 체포, 소멸되었다는 정보가 있는데 말이오."

"예, 그, 그것은…."

"아시아본부 정보부의 무능과 한국 지부의 무책임이 겹친 참사라는 생각이 드는데, 어떻게 생각하시오?"

"잠깐만, 국장님."

김동준이 심호흡을 한다. 죠지 해리슨 또한 원조 오카로 비슷한 서

열이다. 그러나 본사 중역과 계열사 사장의 관계처럼 본사에서 노는 놈들의 영향력이 세긴 하다, 그렇다고 무책임이라니.

"국장님, 그건 무슨 말씀이시오?"

김동준이 어깨를 부풀렸을 때 해리슨이 덮어씌우듯이 말한다.

"내일 중으로 세계본부 감찰팀이 도착할 거요."

"아니, 이게 뭐야?"

전자현미경에 눈을 붙인 박봉식이 소리친다. 그러자 옆쪽의 임미경, 유선호가 다가온다. 오전 9시 반, 국립과학수사원의 분석실 안, 분석 3팀의 박봉식은 어젯밤 송파서에서 채집해온 혈액을 분석하던 중이다.

"이게 뭐야 도대체?"

다시 박봉식이 소리치자 유선호가 어깨를 밀치고는 제가 현미경에 눈을 붙인다.

"아니!"

유선호가 숨을 들이켠다. 그러나 박봉식처럼 호들갑은 떨지 않고 분석에 열중한다.

"뭔데요?"

동료 임미경 분석관이 묻자 박봉식이 상기된 얼굴로 말한다.

"이건 유전자 변형체야. 나 이런 것 처음 보는데. 유 선배, 어때요?"

그때 현미경에서 눈을 뗀 유선호가 박봉식을 본다.

"이거 어제 송파서에서 가져왔다구?"

"예, 두 명. 한 명은 사망, 또 하나는 중상요."

"교통사고?"

"예, 강력팀장은 그렇게 말했습니다."

"그렇다면."

머리를 기울인 유병선이 박봉식에게 말한다.

"또 하나 있지? 그것까지 마저 보자구."

"어디, 저도 좀 봐요."

궁금증을 참지 못한 임미경이 현미경에 눈을 붙였다가 금방 외침을 뱉는다.

"어머, 이게 뭐야?"

인간의 유전자에 꼬리가 붙어 있는 것이다. 분명한 꼬리다. 인간은 분명한데 꼬리가 붙은 유전자.

"네 말은 못 믿겠다."

어깨를 늘어뜨린 박기정이 눈을 가늘게 뜨고 오길용을 본다.

"이 자식이 좀비 영화를 너무 많이 본 모양이구만."

"좀비가 아닙니다, 경무관님."

"그럼 프랑켄슈타인이냐?"

되물은 박기정이 머리를 젓는다.

"야, 지쳤다. 그만두자."

서울경찰청 수사국장실 안, 오전 10시 정각, 박기정과 오길용 둘이 마주보고 앉아 있다.

"빌어먹을 놈, 세계 2차 대전 뉴스하고 맞먹는 사건? 내가 네놈 공갈에 속은 것이 잘못이지."

박기정이 투덜거렸을 때 오길용의 바지에 있던 핸드폰이 진동을 한다. 핸드폰을 꺼내본 오길용이 서둘러 귀에 붙인다. 전번을 입력시킨 국과수 박봉식이었다.

"예, 박 분석관님."

핸드폰에 대고 대답하자 수화구에서 서두르는 목소리가 흘러나온다.

"오 팀장님이시죠? 저 박봉식 분석관입니다."

"압니다. 분석하셨습니까?"

"이건 인간 유전자가 아닙니다."

대뜸 박봉식이 말했을 때 오길용이 말을 자른다.

"잠깐만요, 여기 수사국장님이 계신데 직접 말씀해주시지요."

"예?"

그때 오길용이 핸드폰을 박기정에게 건네주며 말한다.

"어젯밤에 잡아온 두 놈 혈청을 분석한 국과수 담당관입니다. 받아보시지요."

박기정이 휴대폰을 받아 귀에 붙인다.

"나, 수사국장이오. 말씀하세요."

"예, 국장님."

숨을 고른 박봉식이 말을 잇는다.

"어젯밤에 제가 샘플로 채취해온 두 사람 유전자가 변형된 인류의 유전자입니다. 인류의 유전자가 아닙니다."

"그게 무슨 말이오?"

"예, 인간이긴 하지만 변형인간입니다. 인간이 진화된 상태라고 해야 맞는 표현이 될지…."

"알아듣기 쉽게 설명하시오. 그, DNA를 변형시켰단 말이오?"

"아닙니다. 변형된 채 태어났다고 봐야 합니다. 인류 상태에서 조작한 것이 아닙니다, 국장님."

"그, 그러면…."

"새로운 인류, 새로운 종족이지요."

"확실합니까?"

"지금이 오전 10시 15분인 것만큼 확실합니다, 국장님."

머리를 든 박기정이 벽시계가 10시 14분인 것을 보았다. 그래서 입을 벌렸다가 닫았을 때 박봉식이 말을 잇는다.

"국장님, 제가 원장께 보고서를 올렸습니다. 원장께서도 직접 확인하시고 세계학회에 보고하신다면서 본체를 특별 관리해야 된다고 하셨습니다."

"본체라면."

"예, 샘플 채취한 그 둘을 말합니다."

"어쨌든 알겠소, 수고했어요."

핸드폰을 귀에서 뗀 박기정은 아직도 어리둥절한 표정이다. 오길용에게 핸드폰을 건네주면서 박기정이 묻는다.

"그렇다면 인간이 아냐?"

"국장님은 실제로 보시지 않아서 모르십니다."

어깨를 부풀린 오길용이 말을 잇는다.

"어젯밤 잡아오던 7명 중 한 명을 제가 실험해 보았지요, 제가 잭나이프로 칼날이 손바닥을 뚫고 나오도록 찔렀는데 숨 몇 번 쉬고 나서 보니까 칼자국이 없어졌고 핏자국만 남았습니다."

"먼 소리여?"

"한 놈은 저택 응접실에서 잡았는데 점프해서 10미터를 날아가 창문을 뚫고 나가려고 했지요, 마치 메뚜기처럼 뛰었습니다. 사람 같지가 않았지요."

"도무지 이건,"

"한 놈은 옆에서 말을 거는데 목소리만 들리고 몸체가 보이지 않았습니다."

"아, 그만."

그때 이제는 손에 쥐고 있던 핸드폰이 울렸으므로 오길용이 발신자를 본다. 김재일이다. 핸드폰을 귀에 붙인 오길용이 응답했을 때 김재일이 소리친다.

"팀장, 송파병원에서 두 놈이 사라졌습니다."

숨을 들이켠 오길용의 귀에 다시 김재일의 목소리가 울린다.

"시체실의 시체와 중환자실에 있던 놈까지 사라졌단 말입니다! 이건 어떻게 된 영문인지도 모르겠습니다. 밖에서 전경이 10여 명씩 지켜 서 있었단 말입니다!"

"수고하셨습니다."

미사리의 안가에서 김동준을 만난 조준기가 먼저 인사를 한다. 찌푸린 표정으로 어금니까지 물고 있다.

"아니, 천만에."

대답한 김동준도 외면하고 있다. 2층 대형 유리창 밖으로 한강이 보인다. 오전 10시 40분, 응접실에는 둘이 마주앉았다. 김동준이 외면한 채 말한다.

"뉴욕 세계본부 감찰대가 오늘 오후에 도착할 거야."

"세계본부에서 말입니까?"

놀란 조준기가 되묻자 김동준이 쓴웃음을 짓는다.

"정보가 들어갔어."

어깨를 부풀렸다가 내린 김동준이 그때서야 조준기를 본다.

"어젯밤 국과수에서 둘의 혈청과 피부, 머리카락, 뼈 샘플을 채취해 갔어, 이미 검사가 끝나고 상부에 보고가 되었을 거야."

"…."

"본체가 망실되었으니 샘플 분석의 효과가 반감되겠지만 자료는 남 겠지."

"…."

"오카 DNA가 사상 처음으로 인류에게 공개되었어."

"본체가 없으니까 입증은 못 하겠지요."

말은 그렇게 했지만 조준기의 얼굴은 더 어두워진다. 김동준은 입을 다문다. 오늘 오전, 특수 팀원과 오카 지부의 감찰대는 병력을 동원, 송파병원에 있는 유봉학의 시신과 백태성을 소멸했다. 합동 작전이었다. 변신 특징을 갖춘 특수팀원 6명이 시체실과 중환자실로 숨어 들어가 백태성과 유봉학을 산으로 소멸시킨 것이다. 산을 뿌려 녹아버린 몸은 액체가 되어 배수구로 흘러나가 버렸으니 밖에서 지키고 있던 경찰은 귀신이 곡할 노릇이라고 생각했을 것이다. 그때 김동준이 이 사이로 말한다.

"이번 특수팀 작전으로 우리 지부 내부에도 분란이 일어났어."

"무슨 말씀입니까?"

"집행부장이 우린 책임만 지느냐고 반발하고 있어, 이번 뉴욕 세계 본부에서 감찰대가 급파된 것도 그 때문이야."

"그 때문이라니요?"

"집행부장이 세계본부에 직보한 거야. 내가 아시아지역본부와 밀착해서 문제를 축소, 은폐, 부하들에게 책임을 돌린다는 것이지."

"그럴 수가….."

"집행부장 입장으로는 그럴 만해."

쓴웃음을 지었던 김동준의 얼굴이 곧 일그러진다.

"하지만 배신감이 느껴지는군. 날 신뢰하지 않고 있다니."

조준기는 소리죽여 숨을 들이켠다, 그 원인이 자신에게도 있었기 때문에.

"일어났어?"

옆쪽에서 들리는 목소리에 이강진이 머리를 돌린다. 문 앞에 오상미가 서 있다. 반팔 셔츠에 반바지로 갈아입은 모습이 산뜻하다. 몸을 일으킨 이강진은 벽시계가 오후 1시 반을 가리키고 있는 것을 본다. 이곳은 일산의 안가, 안기태가 만들어놓은 안가다. 일산 외곽의 주택가, 말이 주택가이지 벽돌과 판자로 엉성하게 짜맞춘 집이 대부분, 도시에서 쫓겨난 빈민층의 거주지, 일당노동자, 의지할 곳 없는 노인, 신용불량자의 거주지가 되어 있는 곳이다. 이곳은 방 두 개에 마루방과 부엌이 딸린 단층 벽돌집이었지만 두 평쯤 되는 마당이 있고 철조망까지 쳐진 담장에다 대문도 번듯하다.

"밥해놓았어."

오상미가 말하자 이강진이 피식 웃는다.

"밥할 줄 알아?"

"그야, 일본도 밥을 먹으니까."

"반찬은?"

"냉장고에 반찬통이 있어, 안 선생이 준비를 해놓았어."

"그분 용의주도하군. 도대체 안가가 몇이야?"

"6호 안가라고 했으니까."

자리에서 일어난 이강진이 마루방으로 나간다. 마루방 안쪽이 주방이었고 이미 식탁 위에는 밥상이 차려져 있다. 식탁에 앉은 이강진의 머릿속에 문득 정지우의 얼굴이 떠오른다.

"여자 생각해?"

앞쪽에 앉으면서 오상미가 물었으므로 이강진이 머리를 끄덕인다. 오상미가 이강진의 생각을 읽은 것이다. 시선을 내린 오상미가 말을 잇는다.

"좋아했구나?"

"…"

"미안해."

"네가 한 짓도 아닌데 놔둬."

"나도 좋아했던 사람을 잃은 적이 있어."

"…"

"우리 어머니, 작년에 교통사고로 차가 전소되어서 소멸되었지."

이강진이 밥과 반찬으로 식사를 한다. 국이 없었기 때문에 밥에 물을 부어 물에 만 밥을 먹는다. 오상미도 그것을 보더니 제 밥그릇에 물을 부어서 먹기 시작한다.

"난 3년간 특수팀 교육을 받았어, 넌 6년 동안 복싱을 했지?"

오상미가 묻자 이강진이 눈을 가늘게 뜨고 시선을 준다.

"복싱 외에 온갖 격투기, 사격, 세계 각국의 특수부대 훈련, 전투기 조종까지."

이강진의 얼굴에 웃음이 떠오른다.

"섹스의 테크닉에다 세계 24개국의 언어, 관습, 그리고 수천 년 전의 역사까지.”

이제 수저를 내려놓은 오상미가 숨을 죽였고 이강진의 말이 이어진다.

“돌연변이 특징이 몇 개인지 모르겠어. 아직 세어보지도 않았으니까. 하지만 이것 하나는 분명해, 난 인간과 가장 가까운 돌연변이야.”

“그게 무슨 말이야?”

“특징이 많아질수록 더욱 인간과 닮아간다는 말이지.”

오상미의 시선을 받은 이강진이 빙그레 웃는다. 머릿속을 비웠기 때문에 오상미는 생각을 읽지 못한 것이다. 그때 이강진이 묻는다.

“너, 울어 본 적 있어? 어머니가 소멸 되었을 때는 울었어?”

“돌연변이여, 이제 새 세상이 온다.”

이것은 무료로 배포되는 구직구인지 ‘사거리’에 실린 광고 문안이다. 돈만 주면 광고를 실어 주는 터라 전면광고의 타이틀로 그렇게 쓰여 있다.

“돌연변이여, 기운을 내라. 그리고 힘을 숨기고 기다려라.”

맨 밑에 커다랗게 쓰여 있는 구호.

“곧 여러분의 세상이 온다, 여러분을 이끌 지도자가 부를 것이다.”

일산 지역에 배포된 ‘사거리’ 구직지에 실린 기사다.

“이강진이 일산에 있어.”

최기종이 신문을 접어 탁자 위에 놓으면서 말한다.

“이건 격문이야. 돌연변이 놈들은 이걸 다 보았을 것이라구.”

앞에 선 사내는 일산경찰서 정보팀 소속의 경위 이경호 오카. 이경호가 찌라시 ‘사거리’를 가져온 것이다. 최기종이 이경호를 본다.

"이봐, 이 찌라시가 몇 부나 발송되지?"

"2만 부 찍어서 대개 5백여 곳에 뿌립니다. 아파트, 상가, 거리에는 몇 백 부씩 쌓아 놓아서 가져가게 하구요."

"…"

"구직구인지여서 누구나 다 보지요."

"이놈들이 이걸로 연락을 하고 있었어."

"광고 문안도 직접 보내지 않아도 되니까 누가 보냈는지 모릅니다. 돈도 계좌로 입금시키면 되니까요."

이경호가 찌라시 뭉치를 들고 직접 서초경찰서로 찾아온 것이다. 이 윽고 머리를 끄덕인 최기종이 말한다.

"수고했어, 지금 전쟁 중이니까 곧 그쪽으로 인원을 보내지."

그렇게밖에 말할 수 없다.

이경호가 방을 나갔을 때 최기종이 길게 숨을 뱉는다. 지금 일산의 돌연변이 광고를 조사할 상황이 아니기 때문이다. 지부장은 자신이 뉴욕의 세계본부에 직보했다는 것을 알고 있을 테니 배신감으로 이를 갈 것이다. 뉴욕에서 온 감찰대는 어제 오후에 도착, 지부장에게 통보만 하고 작전을 시작한 상태다. 한국지부의 감찰대장 윤태성은 갑자기 날 벼락을 맞은 상태일 것이다. 세계본부의 감찰대는 윤태성으로부터 현황을 보고받고 아시아본부 정보부 특수팀을 소집시켰다고 한다. 최기종이 바랐던 일이었지만 불똥이 어디로 튈지 모르는 상황이다.

"심각하군."

오웬이 머리를 돌려 심프슨을 보았다. 리버티호텔의 스위트룸 안, 방금 둘은 한국감찰대장 윤태성의 보고를 받았다. 윤태성의 감찰대와 아시아본부 정보부 특수팀이 연합해서 송파병원에 있던 백태성과 유봉학의 시신을 소멸시켰다는 공적(?)을 듣고 난 후다. 오웬의 시선을 받은 심프슨이 이 사이로 말한다.

"오카 역사가 올해로 323년이죠, 돌연변이가 출현한 것은 150년쯤 되었고. 그런데 이제 오카 역사상 처음으로 돌연변이의 대규모 사건이 터지는군요."

"이봐, 심프슨, 과장하지 마라."

지휘관 격인 오웬이 주의를 준다. 50대쯤의 오웬은 회색 머리칼에 푸른 눈의 백인, 감찰본부 제2국장, 이번 사건에 대한 전권을 위임받았다. 오웬의 시선을 받은 심프슨이 쓴웃음을 짓는다. 심프슨은 40대쯤의 흑인, 장신에 건장한 체격이다.

"보스, 이건 반란이오."

심프슨이 잘라서 말한다.

"사건을 축소하면 안 됩니다. 한국에서 돌연변이 사건을 축소, 은폐하고 있어요."

눈을 치켜뜬 심프슨의 흰자위에 붉은 실핏줄이 덮여 있다.

"한국 집행부장 최기종이 직보하지 않았으면 한국과 아시아본부의 무능한 놈들이 유야무야 하면서 사건을 덮었을 겁니다."

"설마⋯."

"지금 일본 정보팀의 열 명 가량이 소멸되었지만 세계본부로 보고나 되었습니까? 일본 아시아본부 놈들도 믿을 수가 없습니다."

"⋯."

"방금 나간 윤태성은 이강진을 잡을 능력이 안 됩니다."

"자, 그럼 조준기를 불러보자."

오웬이 찌푸린 얼굴로 말한다.

"그놈은 뭐라고 변명하는지 들어보자구."

"우리가 이강진을 과소평가했습니다."

굳어진 얼굴로 조준기가 말한다. 오웬과 심프슨은 시선만 주었고 앞에 앉은 조준기가 말을 잇는다.

"그놈은 이미 우리들의 예상을 뛰어넘은 특징을 보유하고 있습니다. 우리가 그놈을 일반적인 돌연변이로 생각한 것이 실책이었습니다."

오웬과 심프슨이 서로의 얼굴을 본다.

"이강진의 특징은?"

오웬이 묻자 조준기는 긴 숨부터 뱉는다.

"측량할 수가 없습니다."

"무슨 말인가?"

"특징이 여러 개여서 셀 수가 없다는 말씀입니다."

머리를 든 조준기가 오웬을 보는 순간, 둘은 조준기의 눈에 공포가 새겨져 있는 것을 읽는다. 둘은 생각말 기능을 이식 받고 있었기 때문이다. 조준기가 말을 잇는다.

"우리 특수팀이 보유한 특징은 22개입니다. 그 정도면 어떤 돌연변이도 제압할 수 있는 특징이지요."

조준기가 둘을 차례로 본다.

"그런데 어떤 것도 제압하지 못했습니다. 그것은 놈이 그 이상의 특징을 보유하고 있다는 것을 의미합니다."

"놈의 약점을 찾아내지 못했단 말인가?"

이번에는 심프슨이 묻는다. 팀장인 심프슨은 돌연변이 제거의 전문

가라고 볼 수 있다.

미국의 돌연변이는 별종 수준이어서 거칠고 교활하다. 돌연변이 간 교배로 기형이 태어나는 상황이다. 심프슨은 작년에 기형을 체포한 적도 있다. 그때 조준기가 대답한다.

"아직 찾지 못했습니다만 그놈의 특징이 시간이 지날수록 개발되고 있는 것 같습니다."

"기록을 보니까 이강진의 특징은 생각말, 인간화된 눈물이었지?"

"그것으로 돌연변이 판정을 받았는데 체포 과정 중에 변신, 점프, 후각 감별의 특징이 있는 것을 확인했습니다."

"또 있는지 모르겠군."

"그렇습니다."

"특징이 늘어난 이유는 뭐라고 생각하나?"

"그것이 의문입니다."

그러자 오웬이 입을 연다.

"별종이군. 이렇게 자꾸 특징이 늘어나는 놈은 처음이야."

"실종된 오상미, 그리고 이강진의 생모 서진숙을 추적해야 돼요."

심프슨이 오웬에게 말한다.

"이것들이 합칠 가능성이 있습니다."

머리를 끄덕인 오웬이 조준기에게 지시한다.

"앞으로 심프슨 지시를 받도록 해."

오후 5시 반, 이강진이 방을 나오자 주방 앞에 서 있던 오상미가 눈을 크게 뜨고 묻는다.

"어디 가려고?"

"아무래도 군자금이 있어야 될 것 같아서."

"군자금?"

되물었던 오상미가 들고 있던 국자를 내려놓고 웃는다. 저녁식사 준비를 하고 있었다.

"어디로 가려는 건데?"

"돈 많은 곳."

"어디?"

"지금 은행은 닫혀 있을 테니까 고금리 대부업체에나 가보려고."

"그곳이 어디 있는지 알아?"

"다녀보면 알겠지."

이강진이 발을 떼자 오상미가 말한다.

"같이 가."

"넌 안 돼."

"왜?"

"난 점프로 움직여."

"날 데리고 뛸 수 있지 않아?"

"귀찮아."

그때 오상미가 눈을 치켜뜬다.

"같이 움직여. 내가 방해는 안 될 테니까, 그리고…."

오상미의 눈빛이 강해진다.

"떨어져 있다가 영영 만나지 못할 수도 있다는 걸 겪었잖아?"

한 수저 콩나물국밥을 떠 넣었던 서진숙의 가슴이 턱 막힌다. 갑자기 이강진의 모습이 떠올랐기 때문이다. 이강진은 콩나물국밥을 좋아했다. 어렸을 때부터 밥투정은 없는 아이였지만 콩나물국밥을 유난히 좋아했다. 이유는 모른다. 입안의 음식을 삼킨 서진숙이 식당 안을 둘러본다.

일산 탄현의 시장골목 안, 이곳은 맛있고 싼 식당이 많아서 시장이 끝났어도 손님이 많다. 오후 6시 반, 옆 좌석에는 40대 부부와 고교생 아들, 중학생 딸로 보이는 네 식구가 국밥을 먹고 있다. 남자가 무뚝뚝한 성격 같지만 와이프가 사근사근하게 분위기를 이끌고 있다. 식당 안에 오카는 없다. 돌연변이도 없다. 다시 한 수저 국밥을 뜬 서진숙이 저도 모르게 소리죽여 숨을 뱉는다. '사거리' 광고에 난 돌연변이 광고에 인간들은 전혀 관심을 기울이지 않는다. 보았다고 해도 장난이거나 무슨 신호로 넘겼을 것이다. 그러나 돌연변이라고 대놓고 광고를 한 것은 오카 역사상 이것이 처음일 것이다.

오늘 아침에 광고가 났으니 아마 내일쯤이면 한국의 전 오카 감찰대, 집행부, 거기에다 아시아본부의 특수팀까지 이곳으로 쏟아져 들어올 것이다. 그와는 별개지만 돌연변이는 '사거리'에 실린 격문을 보고 크게 고무되었을 것이다. 국밥을 씹으면서 서진숙은 내일 일찍 일산을 떠나야겠다고 결심한다. 일산으로 온 이유는 이곳이 돌연변이가 많은 곳이었기 때문이다. 이제 오카로부터 축출당하고 제거 대상이 된 터라 언제부터인가 돌연변이의 소굴이 되어 있는 일산으로 오게 된 것이다. 적의 적은 곧 친구라는 의식 때문인가? 저도 모르게 쓴웃음을 지은 서진숙이 수저를 내려놓는다. 그때 두 테이블 건너편에 앉아 있던 젊은 남녀가 자리에서 일어선다. 무심코 그들의 식탁을 본 서진숙이 숨을 들이켠다. 식탁 위에 국밥이 절반 이상 남아 있었기 때문이다. 반찬 그릇에는 손도 대지 않았다. 두 남녀가 계산을 하고 식당을 나가자마자 서진숙이 자리에서 일어선다. 그러고는 계산대로 다가가 계산을 하고 나서 몸을 돌린다.

"나, 뒷문으로 나갈게요."

카운터의 주인에게 말한 서진숙이 식당을 가로질러 주방 옆쪽 통로로 들어간다. 통로 끝 쪽 뒷문을 열자 골목이 나온다. 식당에 들어오기 전에 미리 뒷문을 봐놓고 있었던 것이다. 골목으로 나온 서진숙이 오른쪽으로 달려간다. 바지에 운동화 차림이라 몸놀림이 날렵하다. 골목을 오른쪽으로 꺾어지자 공터가 나왔고 공터 왼쪽 판자로 만든 벽에 이른바 개구멍이 있다. 몸을 틀어 개구멍으로 나오자 이번에는 주택가 골목이 나온다. 허리를 편 서진숙이 빠르게 걸어 어린이 놀이터를 지나 도로를 건너자 시장 입구가 보인다. 길 건너편이 되어 있고 비스듬한 위치다. 택시 정류장 앞에 선 서진숙의 앞으로 택시 한 대가 다가와 선다. 운전수는 인류다. 택시에 탄 서진숙이 운전사에게 말한다.

"근대백화점으로 가세요."

택시가 출발하면서 시장입구를 지난다. 그때 서진숙은 이쪽에 등을 보이고 선 두 남녀를 본다. 주위에 선 남자 셋, 모두 오카다. 오카 감찰대 요원들일 것이다. 두 남녀는 오카 정보원이었다. 오카 냄새를 풍기지 않은 것은 돌연변이 특성을 이식 받았기 때문일 것이다.

"같이 가자."

이강진이 말하자 오상미가 쓴웃음을 짓는다.

"CCTV에 찍히자는 말이야? 넌 변신이 되지만 난 TV 탤런트가 될 생각 없어."

둘은 길 건너편의 건물을 바라보고 이야기를 나누는 중, 건너편 3층 건물의 위에 '한강신용금고'라는 네온이 빛나고 있다. 대부업체다. 밤에 일 나가는 사람들을 주 손님으로 받는 터라 지금도 영업 중이다. 창가에 사람들이 어른거렸고 현관으로 남녀가 오가고 있다.

"2층에 금고가 있어."

이강진이 오상미를 바라보며 말한다.

"금고가 열려 있더구만."

조금 전에 이강진이 정찰을 하고 왔다.

"이 가방에 5만 원권으로 가득 채우면 되겠지."

이강진이 등에 메는 헝겊 가방 2개를 손에 쥐고 말한다.

"너도 한 개 메고 와야겠다."

"글쎄, 난 안 된다니까 그러네."

이맛살을 찌푸린 오상미가 짜증을 내었을 때 이강진이 불쑥 손을 쥔다. 놀란 오상미가 손을 빼려고 힘을 주었을 때 이강진이 말한다.

"네 몸을 봐."

13장 인간의 배신

"서진숙이 분명해요?"

확인하듯 물은 조준기가 윤태성을 본다. 얼굴에 쓴웃음이 떠올라 있다.

"그년이 일산으로 기어들어 갔구만."

"놓쳐서 분해."

이 사이로 말한 윤태성이 긴 숨을 뱉는다.

"세계본부 놈들한테 보고를 해야 할 텐데 또 망신을 당하겠군."

"난 이제 면역이 되었어."

입맛을 다신 조준기가 손목시계를 본다. 오후 8시 반, 서교동 한성 오피스텔 안, 윤태성의 안가로 조준기가 찾아온 것이다. 조준기가 말을 잇는다.

"오늘 밤 10시에 전략회의요, 이제는 세계본부 지휘하에 세계대전을 치르는 꼴이 되었어, 한국에서."

"거창하군."

이번에는 윤태성의 얼굴에 쓴웃음이 떠오른다. 서진숙을 발견한 오

90

카 행정부 요원이 재빠르게 신고를 했지만 또 놓친 것이다. 신고를 받은 감찰대 요원, 집행부 요원까지 달려갔지만 서진숙은 도망친 후였다.

"그런데 이번에 온 심프슨이 만만한 오카가 아니더군."

윤태성이 목소리를 낮추고 말한다.

"미국 돌연변이에 별종이 많은 모양이야. 그래서 그런지 이번에 데려온 요원들도 별종 특징을 많이 이식 받은 것 같아."

"나도 들었소."

미국의 세계본부 감찰대가 오기 전만 해도 아시아본부 소속 조준기와 서울팀들은 소와 닭 관계였지만 이제 달라졌다. 세계본부에 공동 대립하는 자세가 은근히 만들어졌다. 그러나 대놓고 그러지는 못한다. 세계본부의 지휘는 받아야 한다. 입맛을 다신 조준기가 말을 잇는다.

"솔직히 오웬이나 심프슨한테도 말했지만 우리가 한국 돌연변이를 가볍게 생각했소. 우리 작전은 실패요."

"그렇게 말하면 내가 부끄럽지."

쓴웃음을 지은 윤태성이 외면한다.

"우린 이런 개망신이 없어, 망했다구."

경찰청장 하재명은 경찰대 출신으로 서울청장에서 승진했다. 그만큼 요직을 거친 터라 문제의 핵심을 짚는 것에 익숙하다. 서울청장을 지낼 때 대통령으로부터 직접 칭찬을 받기도 했다. 데모대를 여경으로만 막았기 때문이다. 물론 수백 명의 여경이 다치고 머리카락이 뽑혔지만 데모대는 몽둥이를 휘두르지 못했다. 오전 10시, 경찰청장실 안, 하재명이 앞에 선 박기정을 바라보고 있다. 서울청장 시절에 하재명과 함께 근무했던 터라 서로 알고 있는 사이, 그래서 면담을 허락한 것이다.

"이건 도무지."

하재명이 앞에 놓인 파일을 눈으로 가리키며 입맛을 다신다. 박기정이 가져온 보고서를 방금 읽은 것이다.

"무슨 말인지 모르겠네. 당신, 좀비 영화를 너무 많이 본 것 아냐?"

말은 그랬으나 하재명의 얼굴은 굳어져 있다. 농담은 아니라는 표정이다.

"사실입니다, 청장님. 이제 증거가 잡혔습니다. 국과수에도 남아 있고 아직 샘플도 제가 더 보관하고 있습니다."

"그 샘플이 그 오가의 것이라는 증거가 되나?"

"오카입니다, 청장님."

"오카인지 뭔지."

"이건 세계적인 사건입니다, 청장님. 지금 이 시간에도 오카는 암세포처럼 전 세계로 번져나가고 있습니다."

"나아 참."

"이건 핵폭탄보다도 더 위험성이 있습니다. 이것들은 인류를 말살시키려고…."

"잠깐."

말을 막은 하재명이 박기정을 노려본다.

"말 듣다 보니까 내가 정신병자가 되겠다. 과장하지 마."

"과장이 아닙니다, 청장님."

"그렇다면."

하재명이 다시 파일을 들고 펼친다.

"우리한테 정보를 준다는 돌연변이 이강진이를 만날 수 있나?"

"청장님께서 직접보고 싶다고 하시면 나타날지도 모릅니다."

힐끗 박기정에게 시선을 준 하재명이 파일을 본다. 파일에는 이강진의 가족사항까지 다 적혀 있다. 이강진이 오길용에게 자신이 인류 노릇을 할 때의 신분을 밝혔기 때문이다. 따라서 아버지 이동규, 어머니 서진숙의 기록도 다 나와 있다. 다시 서류를 훑어본 하재명이 머리를 들고 박기정을 본다.

"내가 직접 봐야 믿겠어."

"부자가 되었군."

앞에 놓인 돈 가방 두 개를 보면서 안기태가 웃는다. 탁자 위에는 어젯밤 이강진과 오상미가 훔쳐온 돈이 가득 담겨져 있다. 5만 원권만 넣은 것이라 세어보지도 않았지만 10뭉치짜리가 10여 개였으니 5억이 넘을 것이다.

"마침 이것저것 경비가 드는 참이었는데 잘 쓰겠습니다."

안기태가 앞에 앉은 둘을 번갈아 본다. 안가 안, 오전 11시 반, 안기태가 찾아온 것이다.

"요즘 '사거리', '내일신문', '스포츠'지에 광고를 내느라고 돈이 꽤 듭니다."

안기태가 웃음 띤 얼굴로 말을 잇는다.

"일산 지역에 집중적으로 광고물을 뿌리고 있습니다."

"그것이."

오상미가 조심스러운 표정으로 안기태를 응시한다.

"저도 일산 지역에 돌연변이가 많다는 것을 알 정도가 되었는데 그것이 오카 감찰대나 외부 처리반을 끌어들이는 결과가 되지 않겠어요?"

"그렇습니다."

선선히 시인한 안기태가 둘을 번갈아 본다.

"하지만 실보다 득이 많습니다. 돌연변이가 모여들면서 어제만 해도 내가 6명을 만나 조직을 결성했습니다."

"조직이라고 하셨어요?"

다시 오상미가 묻는다.

"예, 돌연변이 조직."

안기태의 두 눈이 번들거린다.

"우리도 오카 같은 조직이 필요합니다."

숨을 들이켠 오상미가 입을 다물었고 안기태의 말이 이어진다.

"조직이 만들어지면 쉽게 당하지만은 않게 됩니다. 그리고 조직이 있어야 우리가 승리하게 되지요."

열띤 목소리로 말한 안기태의 시선이 이강진에게로 옮겨진다.

"이제 지도자가 나타나셨으니 조직이 필요한 것입니다."

이강진은 입을 다문 채 듣기만 한다. 무조건 부정하고 사양만 할 분위기가 아니다.

"난 네 경호원 겸 시중꾼이야."

안기태가 떠나고 둘이 되었을 때 오상미가 말한다. 주방에서 점심을 준비하면서 오상미가 말을 잇는다.

"잠자리 상대로 이용될 수도 있겠지."

"…"

"안기태 씨가 그렇게 생각하고 있는 것 같단 말이야."

"…"

"돌연변이 조직 구성 이야기를 하면서도 정작 앞에 앉아 있는 날 없는 사람 취급하는 것을 보면 그렇지."

"…."

"지도자인 네 옆에 앉은 나를 말이야."

"…."

"내가 부속물인가? 아니면…."

머리를 돌린 오상미가 조금 전까지 소파에 앉아 있던 이강진이 보이지 않는 것을 발견한다. 기척도 없이 사라졌다.

"변신한 거야?"

집안을 둘러보며 묻던 오상미가 들고 있던 식칼을 휘두른다.

"대답해, 날 어떻게 생각하는지!"

"…."

"넌 날 믿고 있기나 하는 거야?"

오상미의 목소리가 높아진다.

"내가 돌연변이 체포 특수팀 출신이라고 아직도 불신하는 거야?"

벽에 붙어 선 이강진이 바로 옆에서 소리치는 오상미를 본다. 오상미의 숨결까지 느껴지고 있다. 오상미를 불신하는 것이 아니다, 오히려 그 반대다. 어젯밤 금고를 함께 털었을 때도 동료의식을 느꼈다.

이강진이 손을 잡는 순간 오상미의 몸이 함께 변신되어 보이지 않게 되면서 일체감을 느낀 것이다. 오상미의 특징은 이미 다 이강진이 보유하고 있는 것이었지만 마음을 읽을 수 있었던 것이다. 이제 이강진은 상대방의 감정까지 읽을 수 있다.

"짜증 나!"

오상미가 식칼을 개수구에 던지면서 뱉듯이 말한 순간 이강진이 다가가 뒤에서 껴안는다. 오상미가 깜짝 놀랐지만 곧 몸을 굳힌 채 움직이지 않는다.

"널 믿어."

이강진이 오상미를 안은 채 부드럽게 말한다. 오상미의 굳어진 몸이 풀리는 느낌이 들었지만 아직 아무 말도 안 한다. 이강진이 말을 잇는다.

"어때? 너도 이제 내 마음을 읽지?"

그때 오상미는 가슴에 따뜻한 기운이 밀려들어 오는 느낌을 받는다. 뭐라고 표현할 수 없는 느낌, 그러나 밝고 기쁘다. 오상미가 앞을 향한 채 머리를 끄덕인다.

"어, 너, 어떻게 된 거야?"

이강진의 목소리를 들은 오길용이 와락 소리친다. 이강진이 다른 핸드폰을 썼기 때문이다.

"내가 수십 번 연락을 했는데, 전화 바꾼 거야?"

"그래서 이 전화를 쓴 거 아냐?"

이강진이 쓴웃음을 짓는다. 오후 1시 반, 안가 위쪽의 산에 올라간 이강진이 오길용에게 전화를 한 것이다. 그때 오길용이 서두르듯 말한다.

"잘됐어, 나 좀 만나자."

"왜?"

"우리 청장이 만나고 싶대, 경찰청장이 말이야, 경찰청장."

경찰청장을 강조한 오길용이 말을 잇는다.

"내가 국장을 거쳐 직접 보고를 했더니 너를 만나보자고 한단 말이다. 우리 국장이 지금 난리야.”

“우리 국장이라니?”

“내가 믿을 만한 국장이 있어, 서울청 수사국장이야.”

“날 만나서 뭘 하겠다는 거야?”

“아, 오카 존재를 확인시켜 줘야지, 이건 세계 제1, 2차 대전보다도 더 큰 사건이 아니냐? 외계인이 침공했다는 것보다도 더 큰 사건이다.”

“보고를 했는데도 증거가 더 필요하다는 말이지?”

“너도 알겠지만 놈들이 증거를 다 없앴다. 병원에 데려간 두 놈도 흔적없이 사라졌어. 내가 샘플 채취를 해놓지 않았으면 우린 그림자하고 전쟁한 꼴이 되었을 거다.”

오길용의 목소리에 열기가 띠어진다.

“보고서하고 국과수의 분석 자료만으로는 이 엄청난 사건의 증거로 부족해, 네가 와서 보여줘 네 능력을, 그러면 청장이 믿을 거다.”

“믿으면?”

불쑥 이강진이 묻자 오길용은 숨을 들이켜는 소리부터 낸다.

“믿으면이라니? 믿고 나서 확신을 갖게 해야지, 오카라는 존재가 있다는 것을.”

“그러고 나서?”

“뭘 그러고 나서야?”

되물었던 오길용이 말을 잇는다.

“그럼 청장이 행정장관, 국정원장과 상의하고 대통령께 보고를 하겠지, 물론 극비로 말이야.”

“그래서?”

“오카를 색출해서 잡아야지.”

"어떻게?"

"그것은."

숨 들이켜는 소리를 낸 오길용이 말을 잇는다.

"너, 너희들과 협조해서 잡아야지."

"아직 시기상조야, 일러."

"뭐가?"

오길용이 버럭 소리쳤다.

"언제는 나한테 큰일 났다고 하던 놈이 왜 뒤로 빼는 거냐?"

"지금 오카 세계본부에서도 감찰대가 몰려왔어, 나를 잡으려고."

어금니를 물었다가 푼 이강진이 말을 잇는다.

"날 잡으려고 놈들이 혈안이 되어 있다구, 지금은 청장 면담을 할 여유가 없어, 도움도 안 되고."

오웬이 방안을 둘러보며 말한다.

"이제 한국에 세계본부팀까지 다 모인 셈이니 결판을 내야 되겠어."

테이블에는 조준기, 윤태성에다 집행부장 최기종까지 둘러앉았으니 아시아, 한국의 담당 간부까지 다 모인 셈이다. 오웬이 엄격한 표정으로 말을 잇는다.

"먼저 지휘체제를 일원화한다. 내가 18지부장님으로부터 한국 집행부, 감찰대의 지휘권을 인계 받았고 아시아본부의 정보팀도 내 지휘하에 포함되었다."

오웬의 목소리가 굵어진다.

"이제 서로 빈틈없는 업무 협조가 이뤄져야 될 거야. 독자 행동은 용납하지 않는다, 알았나?"

“예.”

조준기는 물론이고 최기종도 입을 벌려 대답한다. 그때 윤태성이 헛기침을 한다.

“국장님, 송파서에서 이번에 일본 특수팀의 샘플을 채취, 경찰청 고위층에 보고를 했습니다. 국과수의 DNA 검사 보고서까지 첨부한 보고서입니다.”

“고위층이 누구야?”

굳어진 얼굴로 오웬이 묻는다.

“예, 서울청장입니다.”

“서울청장이 윗선에다 보고했나?”

“아직 안 한 것 같습니다. 지금 증거를 보완시키려고 합니다.”

“이거 잘못하면 한국에서 오카가 터지겠군.”

입맛을 다신 오웬이 옆에 앉은 심프슨을 본다.

“이런 경우에는 어떻게 처리했지?”

이강진의 말을 들은 오상미가 머리를 한쪽으로 기울인다.

“서울청장한테 가 보는 것이 낫지 않을까? 네가 먼저 제의를 했던 일 아니냐?”

“그렇지만 지금 그럴 경황이냐? 세계본부에서까지 사냥꾼들이 몰려온 상황이야, 인류를 끌어들인다고 해도 도움이 안 돼, 피해만 입을 거다.”

“네가 인류 걱정까지 할 필요는 없어.”

오상미가 똑바로 이강진을 응시한다.

“이 기회에 오카의 존재를 확실하게 알리도록 해.”

"변절자가 무섭군."

"배신당한 복수를 해주겠어."

오상미의 눈빛이 강해진다. 생각말까지 그대로 읽을 수가 있었으므로 이강진이 머리를 끄덕인다, 생각말은 복수심으로 가득 차 있었기 때문에.

"알았어, 연락을 하지."

"그런데."

오상미가 정색하고 말을 잇는다.

"국과수에서 DNA 검사 보고까지 했다면 이미 오카 정보망에 다 포착되었을 거다. 이런 경우에는 오카 집행부나 감찰대, 지휘부에서 어떻게 나올 것 같니?"

"그건 내가 지휘부가 안 돼 봐서 모르겠는데?"

"이제는 오카 정보를 아는 관련자를 모두 제거할 거야."

오상미가 반짝이는 눈으로 이강진을 본다.

"오길용한테 주의를 주도록 해, 경찰에도 오카가 있다고 말이야."

"…."

"서초경찰서장이 오카 집행부장이야, 조심하라고 해."

"네 말 들으니까 조급해지는군."

이강진이 몸을 일으키자 오상미가 따라 일어선다. 오후 1시가 되어가고 있다.

심프슨이 일산 중심가인 웨스턴 돔 안의 커피숍에 앉아 있다. 이곳은 10대, 20대 손님이 대부분으로 항상 밝은 분위기다. 가게와 음식점들이 가득 찬 새로운 형태의 마켓거리다. 커피숍 안에도 젊은 남녀가 대부분, 외국인 남녀들도 흔한 터라 심프슨도 자연스럽게 어울린다.

"오카도 많이 보입니다."

심프슨 앞자리에 앉은 한국 오카 감찰대장 윤태성이 말한다.

"우리가 여기 앉아 있는 20분 동안 오카 7명을 보았어요."

"과연 여기가 돌연변이 집합소라고 불릴 만하군."

한 모금 커피를 삼킨 심프슨이 말한다.

"난 돌연변이도 보았소."

"아니, 언제요?"

놀란 윤태성이 심프슨을 본다.

"누구 말입니까?"

"조금 전에 지나간 안경 쓰고 흰 야구모자 쓴 사내.

"아, 오카였죠."

윤태성이 말하자 심프슨이 쓴웃음을 짓는다.

"돌연변이오, 생각말 특징에 숨을 10분쯤 참을 수 있는 특징을 갖췄소."

"응? 아니, 어떻게?"

"콧구멍이 닫힐 수 있고 눈의 망막이 인간의 두 배, 저런 돌연변이는 미국에서 처음 발견되었지."

"그, 그럼."

"수중 생활이 가능한 돌연변이지, 그 유전자가 한국까지 건너왔군."

윤태성이 사내가 지나간 쪽을 흘깃거리자 심프슨이 머리를 저었다.

"그런 돌연변이는 무해하니까 지금은 놔둡시다. 우리는 이강진과 같은 위험한 돌연변이를 찾는 중이니까."

"심프슨 씨, 당신은 돌연변이 특징을 이식 받았습니까?"

윤태성이 궁금한 듯 묻자 심프슨은 머리를 끄덕였다.

"체포하기 위해선 무기보다 특징을 이식 받는 것이 낫죠, 그런데 어떤 특징들인가는 차츰 알게 될 거요."

"아, 올 거야?"

이강진의 목소리를 들은 오길용이 대뜸 묻는다. 오후 2시 반, 경찰서 강력1팀 사무실 안, 사무실에는 마침 혼자뿐이다.

"잘 들어."

이강진의 목소리가 굳어져 있다.

"조심해, 오카놈들이 당신을 해칠지 몰라, 증거를 다 없애려고 할 거야."

"허, 바라는 바다."

쓴웃음을 지은 오길용이 말을 이었다.

"나타나라고 해, 쏴 죽일 테니까."

"오카가 경찰에도 끼어 있어, 오카 집행부장이 서초경찰서장 최기종이야."

"무엇이?"

"이건 확실한 정보야, 당신 주위에도 오카가 있을지 모른다구. 내가 갈 때까지 기다려."

"언제 올 거야?"

"서울청장하고 약속을 잡아."

"내가 바로 연락하지."

오길용이 활기 띤 목소리로 말하고는 핸드폰을 귀에서 뗀다. 심호흡을 한 오길용이 다시 핸드폰의 버튼을 누른다. 서울청 정보국장 박기정에게 연락을 하려는 것이다.

　사무실 안, 박기정이 핸드폰을 귀에 붙이고 웃는다.

　"좋아, 내가 바로 청장께 연락을 하지."

　"그럼 기다리고 있겠습니다."

　오길용의 목소리에 활기가 띠어진다. 벽시계가 오후 2시 40분을 가리키고 있다. 박기정이 인터폰의 버튼을 누르자 곧 청장실 근무자가 전화를 받는다.

　"예, 청장실입니다."

　"아, 나 수사국장인데 청장님 지금 뵐 수 있나? 지난번 면담 건이라고 말씀드리면 아실 거네."

　"예, 알겠습니다. 잠깐만 기다려주십시오."

　"기다리지."

　전화기를 귀에 붙인 박기정이 심호흡을 한다, 그 순간이다. 뒤에서 목이 졸렸으므로 박기정은 입을 딱 벌린다. 엄청난 완력이어서 몸을 비틀었지만 목이 풀리지 않는다. 그때 딱 벌린 입안으로 알약 하나가 들어간다. 알약은 목구멍 안으로 떨어지면서 녹는다.

　"아악."

　그때 감긴 목이 풀린 박기정이 숨을 들이켰다가 두 손으로 가슴을 쥐어뜯으면서 쓰러진다.

　"여보세요."

　책상 위에 떨어진 전화기에서 청장실 담당 직원이 부르는 소리가 들린다.

　"여보세요."

방바닥에 쓰러진 박기정이 두 손으로 가슴을 움켜쥔 채 두어 번 발버둥을 치다가 사지를 쭉 편다.

3시 10분, 핸드폰을 귀에서 뗀 이강진이 오상미를 본다. 얼굴이 굳어져 있다. 일산의 안가 안.

"수사국장이 심장마비로 급사했어."

오상미가 눈만 크게 뜨자 이강진이 얼굴을 일그러뜨리며 웃는다.

"서울청장 면담을 시켜주려고 했던 국장이야, 오길용의 상관."

"그, 그러면⋯."

"오길용이 이제는 청장한테 직보를 해야만 하는데 절차가 필요해."

"그놈들이 죽였군."

"네 예상이 맞았어."

"오길용도 위험해."

"내가 가봐야겠다."

"같이 가."

이강진이 퍼뜩 시선을 들었다가 머리를 끄덕인다.

"오상미뿐만이 아냐."

지부장 김동준의 목소리가 방을 울린다.

"서진숙이 조직을 알고 있어, 그년이 터트리면 곤란해."

"아직 서진숙이 인류와 접촉했다는 흔적은 보이지 않습니다."

최기종이 말한다. 방안에는 행정부장 임국도, 심사부장 강현주, 원로위원들까지 모인 비상대책 위원회가 열리고 있다.

감찰대장 윤태성은 뉴욕 세계본부의 오웬 지휘하의 특공단에 포함되어 회의에 참석하지 않았다. 김동준이 주위를 둘러본다.

"이제 한국은 세계의 이목이 집중된 전장이 되었어. 이것을 망신이라고 생각하지 말기로 하지."

심호흡을 한 김동준이 말을 잇는다.

"이번 작전으로 한국의 돌연변이를 모조리 소탕하는 전화위복의 계기로 만들자는 거야."

감동적인 연설이었으나 모두 어두운 표정이다. 그때 최기종이 헛기침을 한다.

"서울청의 수사국장한테 보고를 한 놈이 송파서 강력팀장 오길용입니다. 오길용한테 정보를 준 놈은 이강진이지요."

최기종이 말을 잇는다.

"송파서에서 도망쳐 나오던 정보부 특수팀을 잡은 것은 이강진이었고, 이강진이 오길용을 시켜 그 둘의 유전자를 채취시켰을 것입니다."

"오길용도 지금쯤 특공대가 처치했을 거야."

김동준이 똑바로 최기종을 본다.

"오늘부터 한국은 전시(戰時) 상태야, 당분간 오카 한국 지부는 비상체제로 운영된다. 오늘 그 말을 하려고 부른 거야."

오웬이 계엄사령관 격이 되었다는 말이다.

"진즉 그랬어야지."

돌아오는 차 안에서 최기종이 옆에 앉은 조장 백천수에게 말한다. 백천수는 관악경찰서 강력1팀장으로 최기종의 심복이다. 최기종이 말을 잇는다.

"한국지부는 고인 물이었어. 쉬쉬하고 문제만 덮고 있었다구. 이번에 돌연변이 제거뿐만 아니라 오카 지휘부도 대폭 쇄신해야 돼.”

“그렇습니다.”

백천수가 맞장구를 친다. 오늘은 백천수가 운전하는 차를 타고 돌아가는 중이다. 백천수가 백미러로 뒷좌석의 최기종을 본다.

“부장님, 오길용을 누가 제거할까요?”

“특공단이겠지.”

최기종이 말을 잇는다.

“오웬이 끌고 온 심프슨팀이 일본 특수팀보다 월등해.”

“그렇군요.”

“어쨌든 이번에 지부장도 혼이 나겠지.”

“지부장이 교체되지 않을까요?”

“그럴 가능성도 있어.”

“부장님이 뉴욕본부에 직보했다고 지부장 심기가 좋지 않은 것 같았습니다.”

“할 수 없지.”

그때 핸드폰이 울렸으므로 최기종이 머리를 기울였다가 전화 버튼을 누른다. 모르는 번호였기 때문이다.

“여보세요.”

“나, 서진숙입니다.”

여자 목소리, 숨을 들이켠 최기종이 핸드폰을 고쳐 쥐고는 목소리를 높인다. 앞에 앉은 백천수가 들으라는 의미다.

“아, 서진숙 씨, 목소리 들으니 반갑구만. 그런데 나한테 무슨 용건인가?”

"이강진 수사 내용을 알려줘요."

서진숙이 말하자 최기종의 얼굴에 웃음이 떠오른다.

"왜? 돌연변이처럼 모성이 발동되었나?"

"그렇다고 해둡시다."

"내가 알려줄 이유라도 있다는 건가?"

"의무가 있는 거죠."

"배신자에게 해줄 건 처형뿐이다."

"내가 이강진을 잡으면 원상회복이 되겠죠."

순간 숨을 삼킨 최기종이 백미러에 비친 백천수와 시선을 마주친다.

"네 아들을 잡겠다는 건가?"

"배신한 건 오카였지, 난 최선을 다했다구."

"인류하고 사랑을 나눈 것도 중죄인데."

"그건 이강진 체포하고 별개지, 안 그래?"

"과연."

"이강진 수사내용을 알려줘요, 이강진을 내 손으로 잡고 원상회복을 하고 싶으니까."

"그것이 가능할까?"

"다시 연락할 테니까 그 결과를 알려줘요, 집행부장."

통화가 끊겼으므로 최기종이 긴 숨을 뱉는다.

"모자가 신경을 뒤흔드는군."

이 사이로 말한 최기종이 핸드폰을 고쳐 쥐었을 때 백천수가 묻는다.

"부장님 어쩌실 겁니까?"

"보고는 해야지."

최기종이 이 사이로 말한다.

"내가 계속 끌려 다니는군."

"저기."

심프슨이 눈으로 가리킨 곳에 사내 하나가 다가오고 있다. 후드 달린 점퍼를 입고 큰 키에 두 손을 주머니에 넣은 채 옷가게를 기웃거리며 다가온다.

"아니, 인류인데?"

머리를 기울인 윤태성이 말하자 심프슨이 쓴웃음을 짓는다.

"돌연변이, 놈도 우리를 눈치 챘어, 점퍼 능력도 갖췄고 피부가 불에 견디는 힘이 강하군."

"피부가…"

놀란 윤태성이 입을 벌렸을 때 옆쪽에 앉은 심프슨이 보이지 않는다. 머리를 돌린 윤태성은 다가오던 사내도 종적을 감춘 것을 깨닫는다. 점프했는가?

"벌써 와 있군."

벽에 붙어 선 이강진이 말했으므로 오상미가 숨을 들이켠다.

"어디?"

"커피 자판기 옆."

그쪽을 본 오상미가 머리를 기울인다, 아무것도 보이지 않았기 때문에. 이곳은 송파경찰서 2층 복도, 왼쪽에 강력팀 사무실이 늘어서 있다. 1팀은 맨 끝 쪽이다.

"안 보여."

오상미의 얼굴이 쑥스러움으로 일그러진다. 지금 손이 이강진에게 잡혀 있는 터라 운신하기 힘들다. 손을 잡고 있어야 변신이 유지되기 때문이다. 이강진의 변신 능력은 손에 닿는 생명체를 함께 변신시킬 수가 있다, 절정의 특징이다. 그때 이강진이 말한다.

"네 눈에는 안 보이지만 난 투시력이 있어, 놈들은 셋이야."

"놈들이 오길용을 노리는 거야?"

그쪽을 응시한 채 오상미가 묻는다.

"그리고 저놈들의 눈에는 우리가 보이지 않는 거야?"

"그러니까 이쪽으로 다가오고 있는 거지."

놀란 오상미가 되묻는다.

"다가와?"

"그래."

"거리는?"

"지금 안경 쓴 경찰관 옆에서 나란히 걸어오고 있어."

그렇다면 거리는 5미터, 오상미가 숨까지 멈췄을 때 이강진이 말한다.

"말해도 돼, 내가 주변에 차단막을 쳐놓았으니까."

"차, 차단막이라니?"

"투명한 방탄막이라고 할까, 어쨌든 이 막 밖으로는 소리나 냄새가 새나가지 않아."

"그건 무슨 특징이야?"

어느새 안경 쓴 경찰관은 복도를 내려가고 있다. 경찰관만 바라보는 오상미에게 이강진이 말한다.

"저놈은 서장실을 감시하는군, 저 자판기 앞에 서 있는 두 놈이 오길용을 맡은 것 같다.”

“자세히 말해봐, 두 놈, 무기 들었어?”

“한 놈이 손에 조그만 플라스틱 용기를 들었는데 안에 흰 알약이 몇 개 있군.”

“보여야지.”

“내가 잠깐 특징을 빌려주지.”

갑자기 머릿속이 화끈거리는 느낌이 들더니 오상미의 눈에 자판기 옆에 선 두 사내가 보인다. 둘은 자신들의 몸이 벽과 자판기 일부에 맞춰 변신되어 있는 것에 자신감이 넘친 듯 자연스러운 표정으로 이야기를 나누고 있다. 과연 사내 하나의 손에 작은 용기를 들고 있는 것도 보인다.

“보, 보인다, 보여.”

오상미가 들뜬 목소리로 말한다, 사내들과의 거리는 15미터 정도, 서로 정면으로 바라보고 서 있는 위치다.

“저기 경찰서장실 앞에 서 있는 놈들 감시해.”

이강진이 말하자 오상미가 응석 부리는 목소리로 묻는다.

“나 이번에는 변신 특징도 따로 떼어줄 수 없어? 그럼 더 효율적일 텐데.”

“나하고 떨어지고 싶냐?”

“아니, 그건 아니지만.”

시선이 마주치자 오상미의 얼굴이 붉어진다. 그때 이강진이 말한다.

“난 생각말 이전의 사고도 읽을 수 있다는 걸 알아라.”

“그래서 어쨌다는 거야?”

이제 오상미의 얼굴이 더 빨개진다. 그때 오상미를 잡고 있던 이강진의 손이 뜨거워지는 느낌을 받는다. 온몸에 뜨거운 기운이 옮겨가면서 사지가 비틀리는 느낌이 든다. 저도 모르게 입을 딱 벌린 오상미가 숨을 들이켰을 때 이강진의 목소리가 들린다.

"자, 이제 너도 변신 특징이 이식되었다. 아래층 놈한테 조금 더 접근해서 관찰해."

정발산 중턱의 숲으로 떨어진 심프슨이 바로 옆쪽 소나무 둥치를 향해 손에 쥐고 있던 가스총을 발사한다.

"퍽!"

가스가 터지는 낮은 폭음과 함께 흰 가스가 화염방사기의 불기둥처럼 쏟아진다.

"악!"

그 순간 소나무 둥치에서 비명이 울리더니 사람 형태가 나타난다. 바로 후드점퍼의 사내, 가스를 마신 사내가 나무에 머리를 부딪치면서 쓰러진다. 몸에 흰 가스가 덮여 있다. 심프슨이 익숙한 솜씨로 주머니에서 비닐 백을 꺼내더니 끝 쪽 버튼을 누르자 금방 부풀어 오른다. 심프슨이 부풀어 오른 비닐 끝 부분을 후드점퍼 사내의 머리에 뒤집어씌우고는 다시 버튼을 누르자 금방 비닐로 포장이 된다. 사내는 움직이지 않았고 둥근 비닐 통이 나무 밑에 놓여 있다.

"오길용이 회의를 끝내면 바로 제거하겠습니다."

제롬이 보고한다.

"지금 복도에서 기다리고 있습니다."

"알았다."

통화 상대는 오웬, 이번 작전은 오웬이 직접 지휘하고 있다.

"경찰서장은 건드리지 않는 것이 낫겠다."

오웬이 지시한다.

"회의 끝나면 오길용만 제거하고 귀대하도록."

"예, 국장님."

"오길용이 수사국장 박기정이 급사한 것을 보고 눈치를 챘을 것이다. 이강진에게 연락해서 함정을 파 놓았을 가능성도 있어."

"알고 있습니다."

"너한테 맡기겠다."

"염려하지 마십시오, 국장님."

핸드폰을 귀에서 뗀 제롬이 쓴웃음을 짓는다.

"국장도 신경과민이 되어 있군."

"팀장, 이강진의 특징이 몇 개라고 했소?"

옆에 선 마빈이 물었으므로 제롬이 혀를 찬다.

"여러 가지인 모양이야, 일본 특수팀은 그놈 특징이 바이러스처럼 번식하고 있다는 거다."

"그놈 진짜 병균이군."

"발견만 하면 X탄으로 다 잡을 수가 있어."

그때 핸드폰이 울렸으므로 제롬이 귀에 붙인다.

"오스카, 뭐냐?"

"회의 끝났습니다."

복도에서 감시하던 오스카가 보고한다.

"사무실에서 형사들이 나옵니다."

"좋아, 우리도 가겠다. 기다려."

발을 뗀 제롬이 다시 핸드폰 버튼을 눌러 뒤쪽의 버튼에게 지시한다.

"버튼, 내 뒤를 맡아라, 작전 시작이다."

"이강진."

핸드폰에서 오상미의 목소리가 울렸으므로 이강진이 어깨를 부풀렸다가 내린다. 이곳은 이 층 복도의 배관 옆, 지금 막 강력1팀 사무실 문이 열리고 형사들이 하나둘씩 나오고 있다. 그때 아래층 서장실이 잘 보이는 층계 쪽으로 옮겨간 오상미가 연락을 한 것이다.

"왜?"

"서장실 앞에 있던 놈이 다시 계단을 올라가고 있어."

"그럼 너도 다시 돌아와."

"지금 뒤를 따라가고 있어."

과연 내려갔던 사내가 올라와 이 층 복도에 닿고 있다. 라틴계로 곱슬머리, 변신을 해서 옆을 지나는 경찰들은 모르고 지난다. 곧 오상미의 모습이 보인다, 이강진으로부터 방어막을 이식받은 터라 귀에 핸드폰을 붙인 채 이를 드러내고 웃는다. 이강진과 오상미만 서로 보는 것이다.

변신한 오카 감찰본부팀은 이쪽을 보지 못한다, 이강진팀의 능력이 한 계단 더 높다는 증거다. 인류는 변신한 오카 감찰단을, 오카 감찰단은 이강진과 오상미를 보지 못한다는 능력비교. 그때 이강진이 긴장한다. 오상미의 뒤를 오카 무리 4명이 따라오고 있다. 그중 하나는 장신의 백인 지휘자로 보인다. 이제 이 층은 강력 1팀 사무실 근처로 옮겨간 2명과 방금 올라온 1명, 그리고 4명까지 7명이 모였다.

"오상미, 네 뒤에 넷이 있다. 서둘러 내 옆으로."

긴장한 이강진의 목소리를 들은 오상미가 뒤를 돌아보았다가 놀래 더니 서둘러 발을 뗀다. 그러다가 마주 오던 경찰관과 어깨를 부딪친 다. 경찰관이 비틀거리다가 이맛살을 찌푸리며 부딪친 어깨를 손으로 감싸 쥔다. 그때 오상미 뒤를 따라오던 장신의 백인 눈빛이 강해진다.

"위험해! 옆쪽 벽으로 붙어!"

그때 이강진이 소리치자 오상미가 재빨리 옆쪽 벽으로 붙어 선다. 재빠른 동작, 두 손을 벽에 딱 붙였고 등과 머리까지 벽에 밀착. 그 순간 이다, 장신 사내가 주머니에서 분무기 같은 물체를 꺼내더니 다음 순간 흰 가스가 앞으로 분출된다.

"쏵!"

소리가 그렇게 났고 복도에 있던 경찰들도 갑자기 앞쪽으로 분사되 는 흰 가스만 본다. 가스는 1미터쯤 곧장 나가다가 직경 3미터 정도로 둥글게 퍼졌는데 복도를 가득 메운다.

"에이취! 에이취!"

복도는 그 가스를 맞은 경찰들의 요란한 재채기 소리로 뒤덮인다. 인간에게는 최루가스 정도의 효력이다. 이강진은 오상미의 얼굴이 하 얗게 굳어져 있는 것을 본다. 오상미의 앞으로 가스가 분사되었던 것이 다. 1미터 정도로 곧게 뻗어 나간 그 사이에 오상미가 서 있었던 것이 다. 그때 해독 마스크로 코를 막은 감찰본부 사내들이 가스막을 뚫고 강력1팀 사무실로 다가간다. 그때 이강진이 핸드폰을 귀에 대고 말한 다.

"오상미, 넌 거기 그대로 있어."

이강진이 발을 떼어 4명의 바로 뒤를 따라간다. 오상미에게는 이강진과 감찰대가 다 보이는 터라 숨이 막힌다. 그래서 겨우 핸드폰에 대고 말한다.

"조심해, 이강진."

자리에서 일어서던 오길용이 핸드폰의 진동을 느낀다. 발신자는 나타나지 않았지만 귀에 붙였을 때 이강진의 목소리가 들린다.

"네 방으로 오카 암살단이 간다. 창밖으로 빠져나가! 지금 당장!"

순간 오길용이 몸을 돌려 유리창 문을 열고 밖으로 나간다. 밖은 창틀이 20센티 폭으로 튀어나와 있다, 엉덩이를 벽에 붙인 채 창틀을 딛고 옆쪽 창문으로 다가가자 강력2팀 형사들이 눈이 둥그레진다. 회의를 하고 있었던 것이다. 2팀 창문을 지나 강력 3팀 방 앞의 창문으로 다가간 오길용이 가스관을 잡고 아래로 내려간다.

"무슨 짓이야?"

그때 2층 창문이 열리더니 2팀장 박창수가 상반신을 내밀고 소리친다. 얼굴에 웃음이 떠올라 있다.

"방으로 술 외상값 받으러 왔냐?"

그때 땅바닥으로 뛰어내린 오길용이 대답도 않고 옆쪽 건물 사이로 뛰어 사라진다.

"없다!"

방으로 들어선 오스카가 소리친다. 방이 비었다. 뒤를 따라 들어선 제롬이 서둘러 열린 창으로 다가가 밖을 내다본다. 그때 2팀 창가에 상반신을 내놓고 있는 박창수가 보인다. 박창수는 마악 방 안으로 들어가는 참이었는데 머리를 돌려 이쪽을 본다.

"어?"

박창수가 놀란 외침을 뱉었고 제롬이 아차, 하는 표정을 지으며 안으로 숨는다. 오길용을 제거하려고 방으로 들어온 순간 변신을 풀었기 때문이다.

"거기 누구야?"

외치는 소리가 들린다. 박창수는 1팀 창밖으로 백인의 모습이 드러나자 놀란 것이다.

"야, 나가자!"

제롬이 서둘러 말한다.

"모두 변신!"

방안에 가득 차게 서 있던 감찰본부팀이 일제히 사라진다. 변신을 한 것이다. 그 순간 방문이 부서질 듯이 열리면서 박창수와 형사 셋이 쳐들어온다. 그러나 방안은 비었다.

"어? 이 새끼 어디 간 거야?"

눈을 치켜뜬 박창수가 좁은 방을 두리번거렸을 때 벽에 붙어 섰던 변신체들이 슬금슬금 열린 문으로 나가기 시작한다.

"백인 놈이었는데 분명히."

끌고 온 부하들에게 염치가 없어진 박창수가 투덜거린다.

이강진이 복도 건너편에 서서 방에서 빠져나오는 감찰본부팀을 본다. 먼저 6명이 쏟아지듯 들어가더니 강력 2팀 형사들이 들어가자 열린 문으로 빠져나오고 있다. 둘이 나오고 셋이 나오는 순간이다. 이강진이 손에 쥐고 있던 골프공을 던진다.

"탁!"

골프공이 날아가 오카 한 명의 이마를 정통으로 맞췄고 3미터도 안되는 거리인 데다 엄청난 속도여서 골프공은 이마에 절반이 넘게 박혀버린다.

"악!"

비명과 함께 흑인 오카의 몸이 뒤로 반듯이 넘어진다. 그 순간 변신이 풀리면서 흑인의 몸체가 드러난 것이다.

"탁!"

또 한 번의 충격음.

"퍽!"

다시 또 한 번, 그 순간 강력1팀 앞 복도는 난리가 일어난다. 흑인 한 명, 백인 두 명이 각각 이마와 콧등에 골프공이 박힌 채로 쓰러져 있었기 때문이다.

"이게 뭐야!"

놀란 2팀장 박창수가 고함을 친다.

"이 새끼들이 뭐야! 어디서 나타났어?"

각각 골프공이 박힌 오카들은 죽어가고 있다. 이강진이 이제는 복도를 달려 도망치는 오카 하나를 향해 다시 골프공을 던진다.

"탁!"

이번에도 뒤통수를 정통으로 맞은 오카가 앞쪽의 경찰관들을 두 손으로 감싸 안으면서 쓰러진다.

"이게?"

갑자기 앞에서 물체가 나타나면서 덮치듯이 쓰러졌으니 깔린 경찰관들이 소리치며 소동을 부린다. 이제 넷이다. 그때 앞쪽에서 비명과 외침이 들린다. 이미 복도는 소동을 듣고 달려온 경찰관, 쓰러진 오카,

아직도 부딪치며 도망치는 오카로 난장판이 되었다.

건물을 빠져나온 오카 감찰본부팀은 넷, 안에서 당한 인원이 다섯이다. 눈이 뒤집힌 제롬이 숨을 헐떡이며 말한다.

"이강진이다. 그놈이 함정을 파고 기다리고 있었어."

오웬이 경고를 했고 염려하지 말라고 호언했던 제롬이다. 제롬이 주위를 둘러보며 이 사이로 말한다.

"놈이 변신하고 있지만 우리 눈에는 보이지가 않아."

"쟈크, 오스카, 버튼도 당했습니다, 팀장."

마빈이 가쁜 숨을 고른다.

"피하는 것이 낫겠습니다."

"안 돼, 팀원을 남겨두고 갈 수는 없어."

벽으로 붙어 선 제롬의 두 눈이 이글거린다. 주위는 소란스럽다. 이제 청사 내의 모든 경찰이 강력팀 앞 복도에서 일어난 사건을 알고 있는 것이다. 지금도 경찰들이 그쪽으로 달려가고 있다.

"저기 네 놈."

오상미가 식당 건물 벽에 붙어 선 넷을 눈으로 가리키며 말한다.

"아주 전멸시켜 버리지?"

"나도 그럴 생각이다."

이강진이 그들을 응시하며 말한다. 둘은 본관 건물의 기둥에 붙어서서 그들을 바라보고 있는 중이다. 거리는 15미터, 넷의 표정까지 다 보인다.

"나도 하나 처치했어."

오상미가 넷을 주시하면서 자랑스럽게 말한다. 복도 끝에서 도망쳐 나오는 감찰본부팀원 하나에게 경찰봉을 휘둘러 머리를 부순 것이다.

"잘했다."

학생을 칭찬한 선생 같은 표정으로 대답한 이강진이 핸드폰을 귀에 붙인다. 오길용에게 통화하는 것이다. 이강진이 차분하게 말한다.

"지금 2층 복도에 오카 다섯이 쓰러져 있어. 그놈들을 밀폐된 용기에 집어넣도록 해. 그래야 도망치지 못해."

"알았어."

오길용이 대번에 대답한다.

"유리나 플라스틱 관을 가져와야겠군."

"서둘러."

"알았어, 그런데 넌 지금 어디 있나?"

"아직도 오카 넷이 경찰서 식당 벽에 붙어 서 있다. 그놈들까지 잡을 테니까 내 연락 기다리고 있어."

"오늘이 역사적인 날이다."

오길용의 목소리가 떨린다.

그 시간, 앞쪽에 선 제롬은 오웬에게 보고를 하는 중이다. 얼굴이 일 그러졌고 목소리까지 떨린다.

"다섯이란 말이냐?"

오웬의 목소리도 굳어져 있다.

"예, 국장님."

"넌 지금 어디 있어?"

"경찰서 안에 있습니다."

"다섯 명 몸체를 빼앗기면 안 돼."

"예, 압니다. 그래서…."

"이강진이 분명하지?"

"예, 변신 상태인데 우리 눈에는 보이지 않습니다. 그런데 그놈은 변신한 우리가 보이는 것 같습니다."

"변신 상태에서 공격을 한단 말이지?"

"예, 특징이 진화된 것이 분명합니다."

"지금도 너희들을 보고 있을지도 모르겠군, 그렇지?"

"예, 그럴 가능성도…."

"그 상태로는 전멸이다."

오웬이 씹어뱉듯이 말한다.

"백 명이 있어도 그놈 이강진을 당해낼 수가 없어."

"하지만."

"너희들이 그곳에서 도망쳐 나온다고 해도 이강진은 따라올 것이다."

"…."

"아마 한두 명은 놔두고 뒤를 따라와서 본부를 덮치겠지."

"…."

"제롬."

"예, 국장님."

"그곳에서 분사해라."

오웬의 목소리가 비장하게 울린다.

"너를 영웅으로 기록해주마, 거기서 네 팀원들하고 오카 인생을 끝내."

돌연변이를 넣은 비닐 백을 들어 올리던 심프슨이 허리를 펴더니 주머니에 든 핸드폰을 꺼내 본다. 그러고는 귀에 붙이고 응답한다.

"예, 국장님."

"제롬 팀이 당했다."

대뜸 오웬의 목소리가 귀를 울린다.

"아니, 어떻게….."

"이강진이 함정을 파놓고 있었어."

숨을 죽인 심프슨에게 상황을 설명해준 오웬이 서두르듯 말한다.

"송파서에는 9명이 출동했어, 심프슨."

"그럼 9명을 완전 소멸시켜야겠군요."

심프슨의 목소리가 착 가라앉는다. 그때 정발산을 올라오고 있는 윤태성의 모습이 보인다. 돌연변이를 체포했으니 이곳으로 오라고 한 것이다. 오웬이 말을 잇는다.

"그렇다, 심프슨, 제롬에게 그곳에서 움직이지 말고 분사하라고 했거든."

"잘하셨습니다, 국장님. 나라도 그렇게 지시했을 겁니다."

"이강진이 이젠 벅차다."

"얕보고 제롬을 보낸 것이 실수였습니다. 제가 직접 갔어야 했는데."

"심프슨, 너도 벅찬 상대야, 놈은 변신한 상태에서 변신체를 본다."

"진화한 것입니다."

"당장 송파서로 가, 심프슨."

"한국 감찰대장하고 같이 있으니 같이 가야겠습니다."

"너한테 맡긴다."

그러고는 통화가 끊겼고 윤태성이 앞으로 다가와 선다.

"이상하군."

이강진이 머리를 기울이며 말한다.

"저놈들이 나란히 서서 움직이지 않아."

"그것이 뭐가 이상해?"

머리를 기울인 오상미가 15m 앞 쪽의 오카 체포팀을 본다. 이쪽도 변신체가 되어있지만 저쪽은 볼 수 없다는 우월감이 몸에서 펄펄 풍겨 나오고 있다. 이강진이 식당 벽에 나란히 선 넷을 보면서 말을 잇는다.

"저놈들이 사형대 앞에 나란히 선 놈들 같지 않아?"

"글쎄, 하긴 그러네."

오상미의 얼굴에 웃음이 떠오른다.

"내 눈에도 그렇게 보여."

"저놈들이 그렇게 만든 거다."

"무슨 말이야?"

"자신을 사형대에 선 사형수로 생각하고 있는 것 같다."

"이해 못 하겠는데."

"저놈들은 우리가 보고 있는 것을 알아."

"알겠지."

"그러니까 도망치는 것을 단념한 거야."

"그래야지."

"여기서 죽으려는 거야."

그때서야 오상미가 긴장한 얼굴로 이강진을 본다.

"꼬리를 잡히지 않겠다는 것이군."

"지시를 받았겠지, 여기서 죽으라고."

"그럼 죽으라지 뭐."

그때 이강진이 핸드폰을 꺼내 귀에 붙인다.

5분 후에 3층 정보과 창가에 책상을 붙여놓고 세 사내가 나란히 엎드려 있다. 셋 중 둘은 저격총을 겨누고 엎드린 경찰특공대 저격수이며 하나는 핸드폰을 귀에 붙인 강력1팀장 오길용이다. 셋 주위에는 정보과장과 송파서장 홍문수까지 서 있었는데 모두 숨을 죽이고 있다. 그때 핸드폰을 귀에 붙인 채 오길용이 저격수에게 말한다.

"식당 왼쪽 벽에서 1.8미터 우측부터 시작."

다시 오길용이 말을 잇는다.

"거기서부터 네 명이 나란히 10센티 간격으로 붙어 서 있다고 생각하도록, 신장은 1미터 80에서 85 사이의 사내들."

지금 오길용은 이강진으로부터 제롬 등 넷이 서 있는 위치를 통고받고 있는 중이다.

"탕,탕,탕,탕,탕…"

총성이 울린 순간 송파서 안의 모든 움직임이 정지된다. 소리도 끊겨서 앞마당의 경찰들은 인형처럼 보인다. 총성이 모든 것을 압도한 것이다.

"아앗!"

외침은 3층 정보과 사무실에서 울렸다. 오길용과 홍문수가 동시에 외침을 뱉은 것이다. 보라, 아무것도 보이지 않았던 식당 벽에서 네 사내가 드러난다. 총탄에 맞은 사내들은 지금 쓰러지는 중이다. 그런데 사내들은 백인 둘에 흑인 둘이다.

"이, 이런."

홍문수가 갈라진 목소리로 소리친다.

"한국인이 아냐!"

"아직 산 사람이 있습니다!"

저격수 하나가 소리쳤을 때 오길용이 바로 지시한다.

"다시 쏴! 확인 사살!"

"탕! 탕! 탕! 탕! 탕!"

저격수들도 놀란 것 같다. 아무것도 없는 벽에 대고 쐈더니 난데없는 네 사내가 드러나면서 쓰러졌으니 귀신에 홀린 것 같았을 것이다. 이번 사격은 물체가 보이는 데다 놀랐기 때문에 발사량이 더 많았다. 이제는 마음 놓고 조준사격을 한다.

"탕! 탕! 탕! 탕!"

총성이 계속되었고 늘어진 사내들의 몸이 총격을 받아 들썩거리고 있다.

"잡았다!"

오길용이 눈을 부릅뜨고 말한다.

"저놈들 넷까지 아홉 명. 오카 아홉이야."

"다 잡았어."

오상미가 앞쪽을 응시한 채로 말한다. 이제 총성이 그치고 경찰들이 쓰러진 넷을 향해 다가가고 있다. 모두 움직이고 있는 터라 현실로 돌아온 느낌이다. 그때 이강진이 오상미를 본다.

"가자."

"어디로?"

124

"저놈들 시신이 미끼야."

"옳지."

오상미의 얼굴에 웃음이 떠오른다.

"이번에도 또 시신을 소멸시키려고 오겠군."

"이번에는 생포해야겠어."

발을 떼면서 이강진이 말한다. 둘은 아직도 변신체여서 옆을 지나는 경찰들에게는 보이지 않는다.

"보십시오."

오길용이 눈을 치켜뜨고 시신을 응시하면서 말한다. 이곳은 경찰서 지하 1층의 유치장 안. 금방 4구의 시신까지 9구를 눕혀 놓아서 임시 시신 보관소가 되었다. 이강진의 연락을 받은 오길용은 이미 죽은 시신이지만 팔을 뒤로 돌린 채 수갑을 채웠고 발에도 채워놓은 상황이다. 피투성이의 시신은 제각기 처참한 모습이다. 그중 한 명 앞으로 다가가 쪼그리고 앉은 오길용이 서장 홍문수를 부른 것이다. 홍문수가 다가가 서자 오길용이 시신의 머리를 가리킨다.

"이것 보십시오."

홍문수가 이맛살을 찌푸린다. 시신의 머리는 피범벅이 되어 있다. 얼굴까지 피로 덮여서 끔찍하다. 골프공이 이마에 박혀 절명한 시신이다.

"어?"

홍문수가 눈을 크게 뜨고 놀란 외침을 뱉는다. 이마가 멀쩡해져 있다. 골프공은 사라졌고 그곳에 흰 이마가 솟아올라서 오히려 골프공이 박혔던 자국만 깨끗하다.

"여기 골프공이 있습니다."

따라왔던 김재일 형사가 소리쳐 말한다. 바로 옆쪽 시신의 몸 근처에 골프공이 떨어져 있다.

"재생된 것 같습니다."

오길용의 목소리가 떨린다.

"이것들은 인간이 아닙니다."

"아앗!"

그때 옆쪽 형사가 놀란 외침을 뱉는다. 뒤통수가 거의 절반이 부서졌던 백인이 꿈틀거렸기 때문이다.

"살아났다!"

뒤로 물러서려다가 시체에 발이 걸려 엉덩방아를 찧은 형사가 소리친다.

"눈, 눈을 떴어!"

"이것들 좀비다."

홍문수가 하얗게 굳어진 얼굴로 결론을 내린다.

"묶어! 죽여!"

홍문수가 두서없이 명령을 내리면서 뒤로 물러섰을 때 오길용이 질서를 잡는다.

"놈들을 테이프로 꽁꽁 묶어라! 반항하면 다시 죽여도 된다! 이놈들은 인간이 아닌 괴물이니까 인정사정 볼 것 없다. 서둘러!"

벽에 물러선 홍문수는 토를 달지 않는다.

오후 6시 10분 핸드폰을 귀에 붙인 최기종이 응답한다.

"그래, 말해."

상대방은 서진숙이다. 서초경찰서 서장실 안. 지금 서울시경은 비상

상황이다. 20분 전. 송파서에서 일어난 괴인 침입, 난동, 사살 사건이 차례로 경찰청에 보고되었고 뉴스에도 떴기 때문이다. 내용은 괴인 9명이 침입, 경찰 간부를 살해하려고 했다가 사살되었다는 내용이다. 시청자는 어안이 벙벙, 시쳇말로 붕 뜬 상태다. 스마트폰으로는 온갖 과장된 소문이 범람하고 있다. 그때 서진숙의 목소리.

"이강진 위치는?"

"너, 스마트폰 없어? 지금 뉴스가 떴을 텐데."

"알아."

서지숙의 냉랭한 대꾸.

"잔소리 말고 대."

"안 댄다면?"

"오카 집행부장이 서초경찰서장으로 떡 버티고 있다는 폭로가 들어가지."

"믿을까?"

"내가 지금까지 그런 폭로를 하고 있지 않았다는 이유를 당신들이 알겠지."

최기종은 입을 다물었고 서진숙의 말이 이어진다.

"내가 반역자라면 내가 알고 있던 오카의 조직, 목적, 현황을 다 터트렸지 않겠어? 어디 대답해봐."

"터트릴 수 있었을까?"

최기종의 목소리에 웃음기가 띠어진다.

"네가 잘 알겠지, 이제 인류사회 어느 곳에도 오카가 파고들었다는 것. 네가 모르는 곳에도."

"…"

"그러니 폭로를 한다고 해도 밑바닥에서 뭉개진다는 것, 너도 오카 간부였으니 그런 경우가 얼마나 있었는지 알거다."

"…"

"네 이야기를 보고했더니 지시가 내려오긴 했어. 네가 이강진을 잡으면 사면복귀 된다는 것, 지부장의 약속이다."

"말해."

"이강진은 일산 지역에 있다. 지금 그 놈이 송파경찰서에서 다시 전쟁을 일으켰지만 도망치면 일산으로 돌아갈 것이라고 감찰대에서 추정하고 있다."

"알았어."

"남자 조심해."

불쑥 말한 최기종이 다시 웃음 띤 목소리로 말한다.

"네 약점은 남자다."

6시 25분, 유치장 입구에 선 강력3팀 홍동근 형사가 다가온 수사팀 형사 두 명에게 묻는다.

"플라스틱 통이 두 개 모자라는데, 한 개 밖에 안 돼?"

"이놈이 크니까 둘을 넣으라는 거야."

수사팀 형사들이 들고 온 검정색 플라스틱 통은 지름이 1미터쯤에 길이는 2미터쯤 되어 보인다. 급하게 가져온 것이어서 상표도 떼지 않았다. 유치장 문이 열리자 안에서 경비를 서고 있는 형사 둘이 있다. 엄중한 경계, 허리에는 실탄이 채워진 리볼버를 찼고 안쪽 철문 앞에는 다시 M-16으로 무장한 특공대 셋이 서 있다. 서장 홍문수의 지시로 수상한 자가 침입하면 즉시 사살할 것이다.

유치장 철문 앞으로 통을 들고 다가간 형사들이 안을 본다. 안에는 시체 7구가 플라스틱 통에 담겨져 있었는데 급조한 것이라 용기가 갖가지다. 긴 것, 넓은 것, 장방형, 어떤 것은 휘어진 것도 있다. 그 안에 시신을 담아놓고 봉한 것이다. 그러나 아직 담지 못한 시신이 2개, 지금 이 큰 통 안에 2구를 함께 넣을 것이다.

유치장 쇠창살이 열리고 안으로 들어간 것은 수사팀 형사 2명 그리고 시체 담당 2명이다. 창살 밖에서 특공대 3명이 구경하고 있고 복도 안쪽 철문 앞에 2명이 경비를 섰다. 철문 밖에도 강력3팀 6명이 경비를 맡는 터라 그야말로 철통이다. 안쪽 유치장은 창문도, 뒷문도 없다.

"시발, 내가 이 짓까지 해야 돼?"

시체담당 책임자는 수사1팀 오길용의 부하 장태일 형사다. 오늘 하필 서 내에 남아 있다가 오길용으로부터 막중한 임무를 받았지만 불만이 쌓여 있다. 그때 플라스틱 통을 가져온 수사팀 형사가 뚜껑을 열더니 통을 바닥으로 넘어뜨린다.

"쿵"

소리와 함께 안에서 액체가 쏟아진다. 순간 코를 찌르는 가스 냄새.

"어, 뭐야?"

쇠창살 밖에서 특공대 책임자가 소리친다. 장태일은 우선 액체를 피하느라고 껑충 뛰어 벽 쪽으로 물러선다.

"뭐야 이건?"

그 순간 수사팀 형사 하나가 주머니에서 수류탄을 꺼내들더니 안전핀을 뽑는다.

"아니, 이봐!"

순식간에 M-16을 겨눈 특공대원 하나가 형사를 향해 소리친다.

"뭐야? 그것 내려놔!"

그때다. 다른 수사팀 형사가 주머니에서 수류탄을 꺼내 플라스틱 통을 향해 던진다. 이미 안전핀을 뽑아놓은 수류탄은 던지자마자 폭발한다.

"쾅!"

이어서 다시 한 발의 수류탄이 폭발하더니 플라스틱 통에서 흘러나온 액체에 불길이 인화된다. 불길이 순식간에 쇠창살 안을 덮는다.

"꽈광!"

다시 또 한 번의 거대한 폭발음, 쇠창살 안에 들어가 있던 네 형사는 비명도 지르지 못하고 산산조각으로 찢어졌고 파편은 밖의 특공대원 셋에게도 튀었다.

"으아악!"

원체 센 폭발이라 특공대원 셋도 폭발 폭풍과 파편, 불길에 휩쓸려 절명한다. 곧 불길은 철문 쪽으로 옮겨가 다시 두 명에게 덮친다.

"으아아악!"

온몸에 불이 붙은 둘의 비명이 처절하다. 이제 안쪽 유치장은 불길로 가득차서 아무것도 보이지 않는다.

폭음과 함께 건물이 들썩인다. 지진이 난 것처럼 책상 위의 컴퓨터 모니터가 굴러 떨어졌고 책장의 유리창이 깨졌다. 문이 저절로 열리더니 비틀렸는지 움직이지 않는다. 비명과 외침이 사방에서 울리고 있다. 정보과 분석계장 고찬일이 자리에서 일어난다. 두 눈이 번들거렸고 입은 꾹 달혀 있다. 그때 비틀려진 문으로 정보과 형사 하나가 뛰어 들어온다.

"유치장에서 폭발이 일어났어요!"

"알았어."

"가 보시죠!"

형사가 몸을 돌려 다시 뛰어나간다. 뒤를 따라 나가려던 고찬일이 주춤 멈춰 선다. 그러고는 이맛살을 찌푸리고 뒷머리를 만진다. 이곳은 별관 건물이다.

고찬일이 2층 계단을 내려가더니 아수라장이 되어 있는 경찰서 마당을 횡단, 밖으로 향한다. 이제 유치장이 있는 본관 건물에 화재가 일어나고 있다. 불길이 1층으로 옮겨온 것이다. 경찰들이 본관 밖에 몰려와 있었고 일부는 유리창을 깨고 서류를 내던지고 있다. 전쟁이 난 것 같다. 서장 홍문수도 3층 사무실에 있다가 방금 뛰어내려와 지휘를 하고 있다. 그런데 고찬일은 그쪽은 시선도 주지 않고 밖으로 나가고 있다.

"뒤쪽 창으로 꺼내!"

고함소리가 들린다. 오길용이다. 오길용의 얼굴은 일그러졌고 이까지 악물고 있다. 또 당한 것이다. 유치장은 대폭발이 일어나 경비팀까지 합하여 10명이 넘는 경찰관이 사망했다. 아직 폭발 원인을 모르고 있다. 수사과 형사 둘이 플라스틱 통을 들고 들어간 후에 폭발이 일어났다는 것만 확인되었다.

14장 전쟁

"소멸작전은 성공했어."

심프슨이 말했지만 찌푸린 표정, 오후 7시 반, 이제 송파경찰서 본관 화재는 진압되었고 정리하는 단계다. 어둠에 덮인 경찰서 앞마당은 을씨년스럽다. 물에 덮인 마당은 검게 번들거렸고 본관 건물은 불에 그을린 데다 유리창 대부분이 깨졌다 심프슨이 옆에 선 마이클을 본다. 둘은 지금 경찰서 남쪽 담장에 나란히 붙어 서 있다.

식당건물이 옆쪽으로 보이고, 심프슨이 이 사이로 말한다.

"마이클, 그놈은 본관 앞에 나타나지 않았어."

"확실합니까?"

마이클은 작달막한 키의 백인, 오웬의 보좌 역이다. 마이클의 시선을 받은 심프슨이 정색하고 머리를 끄덕인다.

"제롬 팀을 소탕하고 그냥 떠났거나 위험을 감지하고 움직이지 않았거나 둘 중 하나야."

"이젠 오카의 시체를 증거로 확보하려는 계획을 포기한 것이란 말입니까?"

132

"그것까지 생각을 못 했을 수도 있지."

"지금 놈이 우리를 보고 있을지도 모르겠네요."

"우리도 이중 변신을 하고 있네."

심프슨이 웃음 띤 얼굴로 쥐고 있던 마이클의 팔을 들어 보인다.

"그놈은 우리를 보지 못할 것이고 우리도 그놈을 직접 볼 수가 없지."

"그렇군요. 그래서 아까부터 내 팔을 쥐고 계시는 군요, 심프슨 씨."

"그놈은 이중 변신을 했어, 그래서 제롬 일행이 꼼짝 못 하고 당한 거야."

심프슨이 눈으로 식당 벽에 찍힌 총탄 흔적을 가리킨다. 핏자국은 검게 보이고 있다.

"저곳에 우리 팀이 서 있었던 모양이야, 놈들은 사형수를 쏴 죽이듯이 사격을 했어."

그쪽을 본 마이클이 숨을 들이켠다.

"아니, 변신을 하고 있었을 것 아닙니까?"

"이강진의 눈에는 다 보인 거지, 그래서 아마 경찰 저격수들에게 좌표를 불러주었을 거야."

이윽고 호흡을 고른 심프슨이 발을 떼면서 말한다.

"자, 상황을 들으러 가지."

"누구한테 말입니까?"

"이곳 소멸작전을 지휘한 오카."

여전히 마이클의 팔을 쥔 채 심프슨이 별관을 향해 다가간다.

"자폭 작전을 쓴 거야."

택시에 오른 이강진이 운전사에게 말한다.

"파주로 갑시다."

"아이구, 자유로가 밀리지 않아야겠는데."

장거리 손님이지만 요즘은 별로 반갑지 않다, 빈 차로 돌아오면 밀리는 시간만큼 손해이기 때문이다. 자유로에서 손님을 태울 수는 없다. 그러나 택시는 속력을 내어 달리기 시작한다. 앞자리에 앉은 오상미가 머리를 돌려 뒷좌석의 이강진을 본다, 생각말이다.

'어떻게 할 거야?'

'오늘은 안 돼.'

'내일?'

'그래야겠지.'

오상미의 시선이 이강진 옆에 점잖게 앉은 고찬일에게 옮겨진다. 고찬일은 앞쪽만 응시하고 있었는데 편안한 표정이다. 오상미가 다시 이강진을 본다. 눈에 사연이 가득 들어가 있다. 이제는 이강진을 진심으로 의지하는 태도, 다시 생각말 대화다.

'이놈을 누구한테 데려갈 거야?'

'경찰청장.'

'이번에는 살려서 데려갈 수 있을까?'

'오길용한테 준비를 시켜야지.'

'그럼 지금 연락해보는 것이 낫지 않을까?'

'내가 잠시 몸을 피하라고 했으니까 파주에 도착하고 나서 해도 될 거야.'

그때 오상미가 시선을 떼면서 생각말이 그친다. 어깨를 늘어뜨린 오상미가 몸을 돌려 앞을 본다. 택시는 이제 강변북로를 달려가고 있다.

이강진이 옆에 앉은 고찬일을 힐끗 본다. 고찬일도 이강진에게 뒷머리의 기억장치를 눌린 후에 지금 머릿속이 텅 비어 있는 상태다. 그래서 이강진이 눈으로 생각말을 하는 대로 따르고 있다.

　오카들이 시신을 소멸시킬 거라고 예상했던 이강진은 본관 밖에서 감시하다가 고찬일이 수사과 형사 둘과 함께 플라스틱 통을 경찰서 안으로 들여오는 것을 보았다. 셋이 다 오카였으므로 바로 그들이 시체가 되어 있는 9명을 지난번처럼 소멸시킬 계획이라는 것을 짐작했다. 본관 앞에서 고찬일은 빠지고 자폭조가 된 형사 둘이 플라스틱 통과 함께 안으로 들어섰던 것이다. 그때 이강진은 둘을 따라 들어가지 않기로 마음을 바꿨다 그것은 함정을 경계하려는 것이었다. 소멸시키려고 행동대를 보냈다면 틀림없이 뒤를 받쳐줄 사냥꾼이 있다고 믿었기 때문이다. 그래서 예정대로 유치장이 폭발하도록 놔두고 고찬일을 생포한 것이다.

　그때 운전사가 차 안의 정적이 답답했는지 라디오를 켠다.

　"폭발 현장에서 말씀드립니다."

　당장 다급한 목소리의 방송기자가 말한다. 운전사가 볼륨을 높였고 기자의 목소리가 차 안을 울린다.

　"송파경찰서에서 사망한 경찰관 숫자는 13명으로 늘어났습니다. 조금 전 무너진 계단 잔해에서 한 명이 또 발견된 것입니다. 신원은….'

　그동안에 3명이 더 늘어났다.

　"없어졌다구?"

　오웬의 목소리에 열기가 띠어져 있다, 화기(火氣) 같다.

　"무슨 소리야? 실종되었는지 어떻게 알아?"

"내가 구내식당에서 만나자고 연락을 했는데 연락도 안 됩니다."

뱉듯이 말한 심프슨의 얼굴도 굳어져 있다. 이제 모습을 드러낸 심프슨과 마이클은 경찰서가 비스듬히 보이는 길가에 주차된 차 안에 있다, 고찬일을 찾다가 못 찾고 경찰서를 나온 것이다.

"이런 개 같은."

오웬이 마침내 욕설을 뱉었다.

"갈수록 태산이군, 심프슨. 그놈이 죽은 놈들 대신으로 산 놈을 데려간 꼴이 된 것 같다. 안 그러냐?"

"그런 셈이 되었습니다, 보스."

"보스라고 부르지 마! 이 새끼야."

"예, 보스."

그때 거친 숨소리를 내던 오웬이 이 사이로 말한다.

"우리 팀이 소멸된 건 다행이다. 한국 오카가 털리겠는데."

"한국 지부가 문제가 많았습니다, 국장님. 최기종이 직보하지 않았다면 지금도 모르고 있었을 것 아닙니까?"

"일본 아시아본부 정보팀의 훈련장 노릇이나 하다가 망했겠지, 하지만 우리도 제롬이 데려간 정예 요원 9명이 몰사했어, 심프슨. 이런 개망신이 없다."

"이강진이 이중 변신력에 가공할 특징이 있다는 것이 확인되었습니다, 국장님."

"네 눈에도 보이지 않았단 말이지?"

"그놈 눈에도 제가 보이지 않았겠지요."

"그나저나 고찬일을 어떻게 할 작정인가?"

"산증인으로 내세울 가능성이 있습니다."

"오카가 처음 지구상에 드러나는 순간이 되나?"

"오길용을 찾았더니 놈도 잠적했습니다. 이강진하고 같이 있을지도 모릅니다."

"할 수 없어, 나타나는 즉시 없애는 수밖에."

오웬의 목소리가 결연해진다.

"기자회견이나 인터뷰할 때는 공개해야 될 테니 그 자리에서 소멸시켜. 인류 몇 백 명이 함께 폭사해도 상관없다."

"알겠습니다, 국장님."

"뉴욕에서 지원을 더 받겠다. 한국이 전쟁터가 되는 것 같군."

전화가 끊겼으므로 심프슨이 쓴웃음을 짓고 마이클을 본다.

"오카와 돌연변이 전쟁이군."

파주 변두리의 연립주택, 안기태와 이강진, 오상미 셋이 거실에 둘러앉아 있다. 오후 9시 반, 거실 옆쪽 방에는 고찬일이 깊게 잠들어 있다. 28평형 연립주택은 분양된 지 몇 달밖에 되지 않아서 깨끗하다. 가구가 벽걸이 TV 하나에 소파도 없었기 때문에 집안이 더 넓어 보인다. 안기태가 상기된 얼굴로 이강진과 오상미를 본다.

"오카와 인류의 전쟁으로 이 상황을 유도해 나가야 합니다. 지금은 시작 단계지만 일단 오카의 존재가 알려지기만 하면 우리의 작전이 절반은 성공한 것이나 같습니다."

"오카도 필사적이에요."

오상미가 어깨를 늘어뜨리며 말한다.

"증거를 남기지 않으려고 총력을 기울이고 있어요."

"이미 시작된 겁니다."

안기태의 얼굴에 웃음이 떠오른다.

"오늘 뉴스에도 오카라는 단어가 여러 번 나왔다구요. 그건 소문이라고 끝을 맺었지만 말입니다."

그때 이강진이 말한다.

"오길용 이야기를 들으면 경찰서장, 저격수 등 여러 명이 오카를 믿게 되었다고 하더군요."

"그렇게 늘어나는 겁니다."

어깨를 부풀린 안기태의 시선이 고찬일이 누워 있는 방을 스치고 지나간다.

"저놈을 잘 이용하면 핵폭탄이 될 것 같은데요, 지도자님."

"지금 뭐라고 했어요?"

이강진이 묻자 안기태는 외면했고 오상미가 쓴웃음을 짓는다.

"그렇게 부르지 마시라니깐."

정색한 이강진이 말한다.

"난 인류한테 오카를 넘겨주고 그만둘 겁니다, 안 선생님."

"그것이 쉽게 되는 일이 아닙니다."

이제는 안기태가 정색하고 이강진을 본다.

그 순간 이강진이 숨을 들이켠다, 안기태의 눈에 눈물이 가득 고여 있었기 때문에.

그때 안기태가 손끝으로 제 눈을 가리키며 말한다.

"우리가 오카라면 넘기고 끝날 수 있겠지요. 하지만 돌연변이란 말입니다. 돌연변이는 인류하고 더 가깝다는 생각이 듭니다, 이렇게 말입니다."

이강진과 오상미는 숨을 죽였고 안기태의 말이 이어진다.

"정을 주고받고 사는 종족으로 인류와 공존하고 싶단 말입니다."

이강진의 어깨가 늘어진다. 안기태는 인류 나이로 78세, 얼굴은 30대 중반이지만 돌연변이 도망자로 36년을 살아온 것이다. 그때 오상미가 말한다.

"공감해요."

"서장님, 우리가 서로 보호해야 됩니다. 방심하면 안 된다구요."

오길용이 다짐하듯 말한다. 밤 10시, 지금 오길용은 송파서장 홍문수와 통화를 하는 중이다. 오길용이 말을 잇는다.

"이제는 물러날 수도, 모른다고 발을 뺄 수가 없는 입장이란 말입니다. 오카놈들은 이미 서장님이 자신들의 정체를 알고 있다고 판단하고 있을 겁니다. 그러니까 최선의 방비는 공격, 선제 공격뿐이라는 것을…."

"이봐, 오 경감."

홍문수가 다급하게 말을 자른다. 지금 홍문수는 집에 돌아가 있다.

"지금 나더러 어쩌라는 거야?"

"적극적으로 나서야 된다는 말씀입니다. 모른 척하고 있다가는 놈들한테 암살을 당하게 됩니다. 그러니까 우리가 먼저 공격을 해야 된다니까요?"

"도대체 누구를?"

홍문수의 목소리는 비명처럼 들린다.

"놈들이 오카라고 이마에 써 붙이고 다니기라고 한단 말이야?"

"그건 이강진이 알려줄 겁니다, 서장님."

"이강진?"

"돌연변이 이강진, 초능력자 말씀입니다."

"그, 그게…."

"그 친구가 우리를 보호해주고 그놈들을 알려줄 겁니다. 그러니까, 서장님."

"말해."

"오늘 오카 정체를 본 특공대까지 합쳐서 우리는 팀을 만들어야 합니다. 그러고 나서 이 팀을 늘려나가야 되겠지요."

홍문수는 가만 있는다. 불평할 수도 없는 것이 그동안 알려고 너무 나댔기 때문이다.

"누구야?"

놀란 하재명이 소리치면서 몸을 일으킨다. 오전 12시 40분, 방배동의 저택 응접실, 혼자 TV를 보고 있던 하재명이 안쪽에 서 있는 사내를 본 것이다. 집안은 조용하다. 늦은 시간이어서 모두 자고 있다. 안쪽 침실에는 부인 안영주가, 건넌방에는 딸 현옥이, 그리고 아래층 주방 옆방에 가정부 김 씨가 있을 것이다. 저택 밖에는 경비초소가 있고 담장위에 고압 전류가 흐르는 철조망, 사각(死角)이 없는 CCTV, 그리고 굳게 닫힌 문과 비상벨 장치를 뚫고 어떻게 침입했단 말인가? 그때 사내의 얼굴에 웃음이 떠오른다.

"놀라지 마, 경찰청장."

사내는 젊은 20대 초반 아니면 중반, 건장한 체격, 사내다운 용모와 근육이다.

"자네 누구야? 여긴 어떻게 들어 온 거야?"

놀람이 가신 하재명의 목소리가 높아진다.

"자네, 내가 누군 줄 알고 온 거야?"

"하재명 경찰청장."

사내가 다가오면서 말했으므로 하재명이 숨을 죽인다. 집안은 조용하다. 하재명이 사내를 노려본다.

"너, 누구야?"

"오카."

"오카?"

"어젯밤 뉴스에 오카라는 단어가 서너 번 나온 것 같은데."

하재명이 숨을 들이켠다. 그러고는 머리를 돌려 침실과 건넌방 쪽을 훑어본다. 그때 사내가 말한다.

"걱정하지 마, 모두 깊게 잠이 들었으니까. 내일 아침까지는 지진이 나도 깨어나지 않을 거야."

"어, 어떻게 한 거냐?"

"잠이 들었을 뿐이야. 자, 청장, 이제 우리끼리 이야기를 하지."

사내가 다시 한 걸음 다가섰으므로 하재명이 손을 뻗어 멱살을 쥔다. 55세였지만 유도 3단의 유단자인 데다 지금도 일주일에 두 번은 도장에 나가 몸을 단련시킨 하재명이다.

"에익!"

멱살을 쥔 순간 와락 잡아당긴 하재명이 허리를 비틀면서 상반신을 낮춰 사내를 업어치기로 넘긴다. 됐다. 넘긴 순간 하재명의 머릿속이 성취감으로 충만해진다. 그러나 바로 다음 순간 하재명이 숨을 들이켜면서 허리를 편다, 내던지기는 했지만 땅바닥에 떨어지는 충격을 느끼지 못했기 때문에. 사내의 육중한 몸이 땅바닥에 닿기 직전에 증발한 것 같다, 기괴함. 그때 뒤에서 누군가 하재명의 어깨를 쥔다. 기겁을 한 하재명이 머리를 돌렸을 때 하재명의 몸이 곤두박질을 치면서 소파 위로 떨어진다.

소파가 흔들리면서 하재명은 공중으로 튀어 올랐다가 내려온다. 땅바닥이었다면 허리뼈가 부서졌을 것이다. 그때 사내가 말한다.

"청장, 내 말을 들어."

사내의 얼굴에 웃음기가 가신다.

"진정하란 말이야, 청장."

다음 순간 하재명이 숨을 들이켜면서 소파에서 상반신을 일으킨다. 베란다 쪽 문이 열리더니 두 남녀가 들어서고 있다.

잠시 후에 이강진은 소파 앞쪽에 앉은 하재명에게 말한다.

"여기, 송파경찰서소속 정보팀장을 데려왔어."

이강진이 옆에 앉은 고찬일을 눈으로 가리킨다. 고찬일의 왼쪽에 앉은 여자가 오상미, 이강진이 오상미와 함께 고찬일을 데리고 온 것이다. 하재명의 시선이 고찬일에게 옮겨진다. 자리에 앉아는 있지만 하재명은 아직 진정되지 않았다. 눈을 치켜뜨고 고찬일을 응시한다. 그때 이강진이 말한다.

"이자도 오카야, 경찰 내부에도 수백 명이 침투해 있지."

고찬일은 무표정한 얼굴로 하재명을 보았지만 눈동자의 초점이 흐리다.

"어떻게 된 거야?"

마침내 하재명이 고찬일에게 묻는다.

"당신이 경찰이야?"

그때 고찬일의 눈동자에 초점이 잡힌다.

"예, 그렇습니다, 청장님."

"송파경찰서 소속이라구?"

"그렇습니다. 정보팀장 고찬일 경감입니다."

"그런데…."

하재명이 힐끗 이강진에게 시선을 주고 나서 다시 묻는다.

"여긴 어떻게 왔어?"

"끌려왔지요."

"어떻게?"

"이분이 점퍼입니다."

고찬일이 옆에 앉은 이강진을 턱으로 가리키면서 말한다.

"점퍼와 함께 날아왔습니다."

"무슨 소린지."

슬슬 부아가 치밀어 오른 하재명이 어금니를 물었다 푼다.

"여기 온 목적은?"

"모릅니다, 끌려왔으니까요."

그때 이강진이 말한다.

"오카의 실체를 경찰청장에게 보여주려는 거야."

이강진이 똑바로 하재명을 본다.

"어젯밤 송파경찰서 살해 사건은 내가 주도했어. 오카 감찰대 9명은 나하고 이 사람이 처리했다구."

이강진이 눈으로 옆쪽 오상미를 가리킨다.

"지금 우리는 전쟁 중이야, 청장. 당신들은 먼저 오카의 존재부터 인식해야 된다구…."

그 순간 이강진이 허리춤에서 대검을 꺼내 들었으므로 하재명은 숨을 들이켠다. 이강진이 대검을 움켜쥐고 하재명을 노려본다.

"오카는 불사의 존재야. 3백 세 가까운 원조 오카가 아직도 살아 있단 말이야."

이강진의 목소리에 열기가 띠어진다.

"오카의 목적은 인류를 말살, 또는 정복해서 오카 세상을 만드는 것이지. 자, 오카의 실체를 봐."

그 순간 이강진이 고찬일의 팔 하나를 잡아당기더니 팔에 대검을 깊숙이 박는다.

"아앗!"

비명은 하재명이 지른다. 대검이 고찬일의 팔을 뚫고 반대쪽으로 나온 것이다. 피가 칼끝을 타고 줄줄 흘러내린다. 그러나 고찬일은 제 팔을 응시한 채 눈만 끔벅거린다. 그때 칼을 빼낸 이강진이 하재명에게 말한다.

"청장, 이 팔을 봐. 금방 칼을 빼낸 이 팔을."

숨을 죽인 하재명이 팔을 응시한다. 그때 팔의 칼자국이 스르르 없어진다. 팔에 핏자국만 남았으므로 하재명이 눈을 끔벅거린다. 잘못 본 것이 아닌가 다시 보는 것이다. 그때 이강진이 그 칼을 고찬일의 어깨에 깊숙이 박는다.

"아앗!"

다시 하재명이 소리쳤을 때 이강진이 심호흡을 하고 말한다.

"이 칼을 빼봐, 청장."

"도대체 이자는 왜 가만있는 거야?"

마침내 하재명이 고찬일을 눈으로 가리키며 묻는다. 시선이 자꾸 어깨에 박힌 칼로 옮겨진다.

"왜 병신같이, 아프지도 않나?"

"나한테 제압당했기 때문이지, 청장."

이강진이 이제는 정색한다.

"오카를 제압한 돌연변이야, 내가. 그러니까 먼저 오카가 어떤 생물체인지부터 알아두란 말이야."

"서장놈은 없습니다."

이맛살을 찌푸린 조준기가 심프슨에게 보고한다. 이곳은 이태원의 안가 안, 응접실에는 한국에 온 아시아 정보부 특수팀과 뉴욕세계본부 감찰국 간부들이 모두 모였다. 말석에 한국의 집행부장 최기종과 감찰대장 윤태성이 앉아 있었지만 발언권은 아직 얻지 못했다. 조준기가 말을 잇는다.

"이강진한테서 연락을 받은 것이 분명합니다."

오길용에 이어서 송파경찰서장 홍문수도 종적을 감춘 것이다. 오카를 목격한 형사들도 마찬가지다. 오웬이 파악한 목격자들은 자취를 감췄다. 국과수의 검사관 셋은 자료와 함께 사라졌다. 그때 심프슨이 손목시계를 보고 나서 말한다.

"곧 오웬 국장이 중대 발표를 할 거야."

오전 9시 반, 머리를 든 오웬이 주위에 둘러앉은 오카들을 보면서 말한다.

"우리의 지도자이신 오카 제3대 세계본부총재 재클린 님께서 한국을 전장으로 선포하셨다. 그리고 내가 한국 전장의 지휘를 맡게 되었다."

모두 숨을 죽였고 오웬의 목소리가 방을 울린다.

"지금부터 전시체제로 개편한다. 오카 한국지부는 내 통제하에 움직이며 지부장은 자문역으로 활동한다."

오웬의 얼굴에 긴장감이 번져있다.

"명심해라, 난 전장의 사령관으로 생사여탈권을 부여받았다는 사실을. 그만큼 총재께서는 이번 한국 사건을 오카 역사상 최대, 최악의 사건으로 보시는 것이다."

그리고 세계본부와 아시아본부에서도 각각 증원군이 올 예정이다. 이제 본격적인 전쟁이 시작될 것이다, 오카와 돌연변이의 전쟁이.

"이것, 심각하군."

하재명이 어깨를 늘어뜨리며 긴 숨을 뱉는다. 오전 10시 반, 경찰청장 하재명이 청장실에서 창가에 서 있는 이강진에게 말한다.

"내가 말해도 누가 믿지도 않겠지만 공개적으로 대응하면 우리가 당해."

이강진이 머리만 끄덕였고 하재명이 말을 잇는다.

"이건 대통령께도 보고를 해야겠고 군(軍), 정보당국의 협조가 필요하지만 극비로 행동해야 돼."

"당분간 청장도 모른 척하고 있는 것이 나을 거야. 당신 주변에도 오카가 있을지 모르거든."

이강진이 말했을 때 하재명이 이맛살을 찌푸린다.

"내가 처음부터 물어보려고 했는데 오카는 늙지도 않는다고 했지?"

"그래."

"원조 오카가 3백 살쯤 되었는데도 아직 20대 몸과 얼굴이라고 했나?"

"직접 보지 않았지만 오카 한국지부장이 173세지만 30대 중반의 용모라고 들었어."

"자넨 몇 살이야?"

"왜 묻는 거야?"

"자식 같은 젊은이가 반말하는 것이 눈에 거슬려서 그래."

"난 78세야."

"그렇군."

심호흡을 한 하재명이 다시 본론으로 들어간다.

"그런데 오카를 구분하는 방법이 있나? 그걸 알면 좋겠는데."

"오카를 쉽게 구분한다면 이런 일도 일어나지 않겠지."

입맛을 다신 이강진이 머리를 젓는다.

"유전자 검사를 해서 구분하는 수밖에 없을 거야, 인류는."

"그럼 당신은?"

이강진이 78세라고 한 후부터 하재명의 눈길이 부드러워졌다. 하재명의 시선을 받은 이강진이 대답한다.

"난 오카의 냄새를 맡을 수 있지, 냄새를 숨기는 오카도 있지만 난 오카를 눈빛으로도 구분할 수가 있어."

"그 능력은 돌연변이만 발휘할 수 있는 건가?"

"돌연변이 특징은 제각각이야, 오카를 구분하지 못하는 돌연변이도 있어."

"너, 아니, 당신은 어떤 특성이 있나?"

"여러 가지."

심호흡을 한 이강진의 눈빛이 강해진다.

"돌연변이를 만나면 그 특징을 흡수할 수가 있지, 난 특징을 빨아들이는 블랙홀 같은 존재야."

"이 상태로 오카와의 전쟁은 백전백패야, 적을 구분할 수 없는 데다 이미 놈들은 암세포처럼 전신에 번진 상태라구."

하재명이 이 사이로 말하고는 어깨를 늘어뜨린다.

"차라리 모르고 있는 것이 나을 뻔했다. 알면서 당하는 것보다는 덜 불안할 테니까 말이야."

그때 노크 소리가 났으므로 이강진의 모습이 사라지고 그것을 본 하재명이 입을 딱 벌린다.

"우리도 팀을 구성했습니다."

오후 1시, 의정부 교외의 폐농가 안, 마루에 걸터앉은 이강진에게 안기태가 말한다. 햇살이 환하게 비추는 맑은 날씨, 하늘에는 구름 한 점 보이지 않고 산비탈에는 개나리가 피어나고 있다, 안기태가 말을 잇는다.

"저녁때 이곳에 모일 겁니다."

"몇 명이나 되죠?"

이강진이 묻자 오상미가 대답한다.

"현재는 7명, 우리 셋까지 합하면 10명."

오상미가 안기태와 팀을 만든 것이다. 아시아 정보국 특수팀원이었던 오상미인 터라 조직력은 뛰어나다. 안기태가 말을 받는다.

"제각기 특징이 다르고 전투력이 강한 개체를 선발했습니다. 목숨을 걸고 싸워야 할 테니까요."

이번에는 오상미가 말한다.

"2개 조직으로 나누었어. 작전부하고 지원부로 말이야. 너하고 나는 작전부로 5명을 이끌고 안 선생은 2명을 데리고 지원부를 맡기로 했어."

"지도자는 이제 앞장을 서면 안 됩니다. 돌연변이를 위해서 몸을 아껴야 해요."

안기태가 말하자 이강진이 쓴웃음을 짓는다.

"글쎄, 그 지도자란 호칭을 좀 바꾸죠."

"뭐라고 할까요?"

"이름을 불러도 됩니다."

그때 오상미가 나선다.

"조직은 위계질서가 필요해."

"꼭 서열을 만들어야 하나?"

이강진이 얼른 받았지만 안기태가 이맛살을 찌푸린다.

"이건 대역사입니다. 인류 역사에 남게 될 사건이고 곧 전쟁이 시작될 것이란 말입니다, 지도자님."

"어휴."

말을 막으려는 이강진을 향해 오상미가 손을 들어 보인다, 들어보라는 시늉이다. 안기태가 말을 잇는다, 심각한 표정으로.

"가볍게 생각하시면 안 된다고 감히 충고 드립니다. 또한 호칭 문제도 이제 돌연변이 집단을 이끌어야 하실 분이니 어색하시더라도 지도자로 불리는 게 통솔에 도움이 됩니다. 곧 익숙해질 테니까요."

"지금 호칭 따위에 신경 쓸 여유가 없어요."

외면한 채 이강진이 말했지만 안기태의 말에 반박할 여지가 없다. 그래서 화제를 돌린다.

"그리고 돌연변이라고 했는데 오카족 내부에서는 우리를 그렇게 부른다고 해도 인류한테도 돌연변이로 소개할 필요는 없어요, 다른 명칭이 없습니까?"

"내가 생각해봤는데 신인류(新人類)가 맞을 것 같습니다."

"그렇군요."

오상미가 커다랗게 머리를 끄덕인다. 검은 눈동자가 반짝인다.

"나도 특징을 이식 받고 나서 인류에 가까워진 느낌을 받았어요. 감동이 자주 오기도 하고 눈물이 난 적도 있어요."

입맛을 다신 이강진이 외면은 했지만 머리를 끄덕인다.

"그래요, 앞으로 우리는 신인류로 부르기로 합시다."

"예, 지도자님."

안기태가 대답했으므로 이강진은 입을 벌렸다가 닫는다.

"누구십니까?"

핸드폰을 귀에 붙인 오길용이 묻는다. 오후 3시, 미사리의 한적한 카페 앞마당에 선 오길용이 주위를 둘러본다. 그때 수화구에서 사내 목소리가 울린다.

"나, 청장이야."

"예?"

"경찰청장이라고."

"옛!"

숨을 들이켠 오길용이 서둘러 카페 벽에 붙어 선다. 낮 시간이라 주위는 한적하다. 옆쪽 벤치에 앉아 있던 김재일 형사가 엉거주춤 일어난다. 오길용을 보고 조금 긴장한 것 같다.

"경찰청장님이시라고요?"

서울청장도 아니고 경찰청장이다. 되묻기는 했지만 오길용의 목소리는 얼었다. 그때 목소리가 묻는다.

"그래, 오길용 경감 맞지?"

"예, 그렇습니다."

"너, 지금 피신하고 있지?"

이젠 너라고 한다, 그러나 오길용은 정신없이 대답한다.

"예, 그렇습니다."

"내가 오전에 이강진을 만났다."

"아아."

오길용의 입에서 감탄사가 터진다. 그때 김재일이 바짝 다가왔고 함께 피신 중인 강수철 형사도 이쪽을 보고 있다. 경찰청장이 말을 잇는다.

"다 들었어, 그리고 증거도 보았다. 이강진이 오카 고찬일을 데리고 왔더군."

"아아, 고찬일이를 만나셨군요."

감동한 오길용의 목소리가 떨린다.

"청장님께서도 이제 믿게 되셨군요."

"그래, 하지만 위험하다. 오카를 알게 된 것이 더 위험하게 된 것이지. 자네처럼 말이야."

"예, 그렇습니다, 청장님."

"이강진이 나한테 왔다가 간 것도 당분간 비밀로 해야 될 상황이야."

"그렇습니다."

"그렇지만 가만있을 수는 없어, 시급히 대비책을 강구해야 돼."

"예, 청장님."

"홍 서장은 연락이 안 되는데 어디 있는지 모르나?"

"피신을 한 것으로 알고 있습니다만 저하고도 연락이 안 됩니다."

"홍 서장도 오카를 본 증인이 되어서 타깃이 된 것이군."

"그런 것 같습니다."

"그렇다면 오 경감, 자네가 먼저 행동대가 되어야겠다."

"예, 청장님."

"믿을 만한 요원을 모아, 당분간 비밀을 지키고, 특공대가 되는 것이지."

"예, 청장님."

"가장 문제는 오카를 구분하는 것인데, 오카가 특공대에 끼어들 수도 있으니까."

"정보가 새나갈 수도 있습니다, 청장님."

"그래서 금방 이강진한테서 연락이 왔어."

숨을 들이켠 오길용의 귀에 하재명의 목소리가 울린다.

"이강진이 오카 감별사를 파견해주기로 했어, 우선 나하고 자네 옆에 말이야."

"아아."

오길용이 탄성 같은 외침을 뱉었을 때 하재명이 말을 잇는다.

"우선 그렇게 시작하자."

"난 최도성입니다."

30대쯤의 사내, 평범한 용모, 시선을 내린 채 우물거리듯 말한다. 그러나 이강진은 사내가 오카 식별력, 숨을 10분이나 참는 무호흡 능력, 3

킬로 앞까지 볼 수 있는 시력까지 갖춘 것을 안다. 3가지 특징, 머리를 끄덕인 이강진이 웃음 띤 얼굴로 말한다.

"세 가지 특징을 갖췄지요?"

"어떻게 아십니까?"

놀란 사내의 시선이 올라간다. 그 순간 사내의 생각말이 들린다.

'이 친구가 지도자란 말이야? 너무 어린데.'

그때 이강진이 말한다.

"최도성 씨는 오늘부터 경찰청장의 수행비서가 되도록 해요."

이강진이 최도성을 똑바로 응시한다.

"내가 경찰청장한테 말해놓을 테니까 경찰청장 옆에서 오카가 접근하지 못하도록 하는 임무를 맡도록 해요."

"알겠습니다."

어깨를 늘어뜨린 최도성의 눈빛이 강해지면서 생각말이 들린다.

'어떤 특징이 있다는 거야?'

"난 여러 가지 특징이 있어요."

이강진이 최도성의 생각말에 대답하더니 불쑥 손을 뻗는다. 의정부 폐가의 마루방 안, 방안에는 안기태가 선발한 '신인류'가 모두 모였다. 7명이 나란히 서 있었는데 그중 최도성이 먼저 신고를 한 것이다. 모두의 시선이 모여졌고 그 순간 최도성이 입을 딱 벌린다. 이강진이 손을 떼자 최도성의 입이 닫힌다. 그때 옆쪽에 서 있던 안기태가 말한다.

"지도자님의 특징은 셀 수가 없어, 방금 최도성의 특징 3가지도 지도자님께 전달이 되었지."

놀란 최도성이 눈을 크게 떴을 때 안기태가 웃으며 말한다.

"걱정 마, 네 특징은 그대로 남아 있으니까. 요컨대 지도자님이 네 특징을 복사해 가시 거야."

"놀랍군요."

사내 하나가 입을 열더니 한 걸음 나선다. 최도성에 이어서 자신의
소개를 하는 것이다.

"난 한재학, 신인류 나이로 35세."

이제 한재학도 신인류란 명칭을 쓴다, 조금 전 안기태한테서 교육을
받았기 때문에. 한재학이 말을 잇는다.

"오카 감별력, 점프력, 변신력이 있습니다."

이강진의 시선을 받은 한재학이 쓴웃음을 짓는다.

"생각말 특징도 있지요."

"당신은 송파경찰서 오길용 팀장과 한 팀이 되도록 해요, 오 팀장에
게 접근하는 오카를 식별하여 처리하도록."

"알겠습니다."

선선히 대답한 한재학이 웃는다.

"내가 5년 전에 경찰이었어요, 적성에 맞습니다."

최도성과 한재학을 떠나보낸 방안에는 신입 5명이 남았다. 그중 셋
이 이강진, 오상미의 행동팀에 소속된 조해규, 곽동호, 양미선이다. 안
기태가 지원팀으로 배속 받은 2명을 데리고 밖으로 나갔으므로 마루방
에는 다섯이 남게 된다. 양미선은 7명 중 유일한 여자 신인류로 미모의
26세, 이강진도 알고 있었던 올림픽 은메달리스트로 스케이트 선수다.
3년 전 대천 앞바다에서 배가 뒤집혀 실종되었을 때 전국이 들썩거렸
다. 한 달 동안이나 수색했지만 결국 포기하고 시신 없는 장례까지 치
렀는데 결국 오카를 피해 도망쳤던 것이다. 양미선도 신인류였던 것이

다. 양미선의 특징은 오카 구별, 변신, 그리고 거미처럼 어느 곳에나 붙는 접착력이다. 이강진의 시선이 조해규에게로 옮겨진다. 30세, 오카 구분력, 사격술이 뛰어나 어떤 총을 쥐어줘도 백발백중이다. 조해규가 인류였다면 진즉 올림픽에 나갔겠지만 오카임이 드러날까 우려한 오카지부에서 만류했다. 그러다가 돌연변이 특성이 발견되어 간발의 차이로 감찰대를 피해 도주했다. 조해규의 시선을 받은 이강진이 말한다.

"오카는 머리를 완전히 부숴야 돼."

"알고 있습니다, 지도자님."

"님자는 빼."

"예, 지도자."

"시간이 지나면 존댓말도 빼고."

"지금 빼면 안 될까?"

그때 오상미가 나선다.

"장난치지 마, 조해규."

"예, 부장님."

오상미는 작전부장이다. 정색한 조해규의 시선을 받은 오상미가 말을 잇는다.

"지도자 나이가 어리다고 무시하지 말란 말이다."

"무시한 적 없습니다."

"넌 생각말을 들킬까봐 머릿속을 비웠지만 지도자는 머릿속도 읽어."

"생각도 없는데 어떻게 읽습니까?"

"네 마음을 읽는 것이지."

조해규의 가는 눈이 이강진에게로 옮겨지더니 묻는다.

"정말입니까?"

"그런 것 같기도 해."

"내 마음이 어떻습니까?"

"나에 대한 존경심이 없어. 이 조직에 대한 충성심도 없고, 그저 널 선택해준 것에 대한 자부심만 있을 뿐이야."

"그 증거가 없을 텐데요."

"없더라도 내가 그렇게 마음을 읽었다면 그것이 증거지."

쓴웃음을 지은 이강진의 시선이 곽동호에게 옮겨진다. 곽동호는 오카 구분, 점퍼, 그리고 생각말이다. 곽동호의 시선을 받은 이강진이 말한다.

"서열을 정하지, 곽동호가 오상미 다음 서열이야, 그다음이 양미선, 그리고 조해규가 마지막이다."

"조해규가 흉포한 성격이지만 실력이 출중합니다. 그래서 선발했는데…."

밤 8시 반, 마당 구석에 이강진과 오상미, 안기태 셋이 둘러서 있다. 안기태가 이강진에게 말한다.

"전쟁 시에는 조해규 같은 신인류도 필요하지요. 아마 살상 실력으로는 신입 중 가장 출중할 겁니다."

"위험한 성격 같아요."

오상미가 머리를 저으며 이강진과 안기태를 본다.

"지도자가 불편하면 지원부로 보내는 것이 어떨까?"

오상미가 안기태에게 조해규 이야기를 한 것이다. 그때 이강진이 입을 연다.

156

"신입 7명 중 마음이 가장 불안정한 상태야. 하지만 내가 측근으로 데리고 있겠어."

"설마 오카 정보원은 아니겠지요?"

오상미가 안기태에게 묻는다.

"그럴 리가요, 내 눈앞에서 오카 요원을 죽인 적도 있었어요. 내가 보증합니다."

정색한 안기태가 머리까지 젓는다. 폐가 안에는 이제 8명의 요원이 모여 있다. 이미 최도성과 한재학이 각각 하재명과 오길용의 경호 역으로 떠났기 때문이다.

"앞으로 신인류와 인류의 공조 관계가 가장 중요합니다."

안기태가 말을 잇는다.

"신인류가 아직 지도자도 모르고 통일되지도 않았어요, 우린 지금 막 시작했을 뿐입니다."

그때 이강진이 길게 숨을 뱉는다.

"내가 혼자 다닐 때가 좋았는데 지도자라니, 팔자에 없는 감투를 썼어."

"인류들이 믿는 운명이란 것이 있습니다."

정색한 안기태가 이강진과 오상미를 번갈아 본다.

"운명으로 알고 받아들여요, 그런 특별한 능력을 갖게 된 것은 지도자가 될 운명이라고 말입니다."

밤, 폐가는 조용하다. 안기태가 지원부 요원들을 데리고 나갔고 오상미는 작전부 요원 셋과 함께 산 위쪽의 경계초소를 둘러보는 중이다. 이강진은 폐가의 방에 누워 휴식 중이다. 온돌방으로 깨끗이 닦아서 바닥이 반질거린다. 불을 꺼 놓았지만 벽시계가 밤 12시 45분을 가리키고 있다. 방바닥에 누운 이강진은 몸이 빈틈없이 밀착되는 느낌이다. 바닥은 따뜻하다. 그때 마당에서 인기척이 들리더니 점점 가까워진다. 이윽고 방문 앞에서 잠깐 주춤거리던 발길이 문을 열고 방으로 들어선다. 오상미다. 밖의 냉기와 함께 오상미의 체취가 맡아진다. 어둠 속이었지만 오상미의 두 눈 흰자위가 드러났고 얼굴 윤곽이 보이더니 오상미가 말한다.

"산중턱의 폐가에서 셋이 자고 내일 아침에 돌아올 거야."

그곳이 곽동호, 조해규, 양미선의 숙소다. 이곳은 한때 축산업 농가가 많았지만 5년 전 광우병이 휩쓸고 간 후에 골짜기와 산속 이곳저곳에 폐가, 폐사가 널려 있다. 셋을 그중 하나에 배치시킨 것이다. 오상미가 잠깐 입을 다문 순간 방 안에 숨소리만 들린다. 그때 이강진이 오상미의 숨소리가 조금 불규칙적인 것을 느낀다. 세 번 중 마지막 한 번이 그랬다.

"이리와."

이강진이 말하자 오상미가 숨을 들이켜고 나서 묻는다.

"괜찮아?"

"난 좋아."

대답한 이강진이 상반신을 일으키며 묻는다.

"넌?"

"내가 좋으니까 괜찮으냐고 물었지."

다가선 오상미가 옷을 벗어 방바닥에 떨어뜨린다. 이강진도 옷을 벗었으므로 방안에는 잠깐 동안 옷 벗는 소리만 들린다. 이윽고 둘은 알몸이 되더니 자연스럽게 엉킨다. 이강진이 오상미를 안아 눕히면서 묻

158

는다.

"오카도 이럴 때 가슴이 뛰는 거야?"

"무슨 말이야?"

두 팔로 이강진의 목을 감아 안으면서 오상미가 되묻는다. 벌써 숨결이 뜨겁고 가빠지고 있다.

"난 이럴 때 몸이 뜨거워져. 숨도 이렇게 가빠지고. 그런데 넌 신인류의 특징을 이식 받았잖아? 오카였을 때는 어땠어?"

"몰라, 어서 해."

하반신을 비틀면서 오상미가 허덕이며 말한다.

"오카였을 때 이런 거 한 적이 없어."

"넌 내 수행비서야, 계급은 경위다."

하재명이 최도성에게 말한다.

"누가 네 신분 확인을 하려고 들지는 않을 거다. 그런 놈이 있다면 미친놈이거나 앞뒤가 꽉 막힌 놈일 것이고."

어깨를 부풀린 하재명이 얼굴을 찌푸리며 웃는다.

"그놈은 그 즉시로 나한테 온갖 꼬투리를 잡혀 쫓겨날 테니까."

"제가 청장실에 오는 동안 오카 두 명을 보았습니다."

최도성이 말한 순간 하재명이 숨을 들이켠다.

"응? 둘? 어, 어디야?"

말까지 더듬은 하재명이 최도성을 본다.

"1층 복도에서 만났는데 이름표에 서영훈이라고 적힌 경위였습니다."

하재명이 재빨리 메모하더니 재촉한다.

"또 한 놈은?"

"엘리베이터 안에서 만났습니다. 오태근이라는 경감입니다."

"오태근."

눈을 치켜뜬 하재명이 메모도 하지 않는다.

"그놈, 홍보실 소속이다."

"당장 제거하시면 눈치 챌 염려가 있습니다, 청장님."

앞에 선 최도성은 양복 차림에 머리도 깔끔하게 다듬어서 수행비서로 잘 어울린다. 머리를 끄덕인 하재명에게 최도성이 말을 잇는다.

"몇 명이 더 있을지 모릅니다. 주위를 철저히 조사해야 될 것 같습니다."

"오늘 대통령께 업무 보고를 해야 되는데 기회를 봐서 오카에 대한 보고를 해야 될지 고민이야."

이맛살을 찌푸린 하재명이 이 사이로 말을 잇는다.

"대통령도 놀라실 거야, 이건 국가 변란 사태다, 아니, 세계가 멸망하느냐 아니냐를 우리가 처음 터뜨리는 것이라구."

"일어나."

다급하게 말한 오상미가 발로 이강진의 옆구리를 찬다. 이강진은 아직도 알몸으로 누워 있었기 때문이다. 눈을 뜬 이강진이 오상미를 본다.

"응? 왜 이렇게 야단이야?"

오상미가 상기된 얼굴로 눈을 흘긴다.

"벌써 오전 9시야, 밖에 안 선생도 와 있다구."

"그래서?"

"일어나야 할 것 아냐?"

"나, 어젯밤 과로해서 그래."

그러자 더 붉어진 얼굴로 오상미가 몸을 돌리면서 말한다.

"내가 다시는 이 방에 안 온다."

"저도 좋았으면서."

"시끄러."

오상미가 방안에 흩어진 이강진의 옷가지를 집어 던진다. 바지가 이강진의 얼굴을 덮는다. 그것을 본 오상미의 얼굴에 웃음이 떠오른다.

"오길용이 출근했어?"

심프슨이 휴대폰을 귀에 바짝 붙인다. 그 순간 옆에 서 있던 윤태성과 조준기까지 바짝 다가온다. 오전 9시 반, 이곳은 한국전(戰) 임시 사령부가 된 논현동 극동빌딩 15층 회의실 안, 그때 수화구에서 정기철의 목소리가 울린다.

"예, 강력1팀 멤버가 다 출근했습니다."

"알았어, 계속 감시해."

휴대폰을 귀에서 뗀 심프슨이 검은 얼굴을 들고 주위를 둘러본다. 흰자위의 붉은 기운이 더 짙어진 것 같다.

"이놈들이 모습을 드러낸 건 뭔가 배후에 있기 때문이야."

심프슨의 두꺼운 입술 사이로 말이 흘러나온다.

"이강진이 뒤에서 함정을 파놓고 있을 거야."

회의실이 조용해졌고 윤태성과 조준기도 입을 열지 않는다. 다른 때 같았으면 서로 가겠다고 나섰을 것이다. 그때 심프슨의 시선이 윤태성에게로 옮겨진다.

"미스터 윤, 송파서 오길용 일당은 당신이 맡아."

윤태성의 시선을 받은 심프슨이 말을 잇는다.

"홍문수는 미스터 조가 처리했으니 오길용은 당신 몫이야."

"알았습니다."

어깨를 부풀린 윤태성이 대답한다. 어젯밤 청평의 처남 집에 은신했던 홍문수는 살해되어 청평 호수에 수장되었다. 밤사이에 홍문수가 사라졌지만 처남은 돌아간 줄 알고 실종신고도 하지 않은 상태다. 홍문수를 살해한 것은 조준기 팀이었다. 몸을 돌린 윤태성에게 심프슨이 말한다.

"가능한 한 빨리 처리해, 수단과 방법을 가릴 필요도 없어."

심프슨은 총사령관 오웬 휘하의 실질적인 전투 지휘자다.

"우리가 처리하는 것입니다."

안기태가 둘러선 요원들을 훑어보고 나서 이강진에게 말한다.

"신인류의 행동대인 셈이지요, 모든 주의를 우리한테 집중시키는 것이 중요합니다."

이강진이 머리를 끄덕인다. 이미 오웬 이하 감찰본부팀들도 다 알고 있는 사실이다. 그사이에 요소에 심어놓은 신인류의 세력이 인류와 협력하여 오카에 대한 전열을 갖추려는 작전이다. 그때 안기태가 말한다.

"저는 계속 대원을 선발할 계획이니 작전을 지도자께 맡깁니다. 제1차 목표는 경찰청장 하재명과 송파서 오길용이 인류 세력을 형성하도록 돕는 것입니다."

"알았어요, 안 선생."

어깨를 늘어뜨린 이강진의 시선이 오상미에게로 옮겨진다. 끝 쪽에서 있던 오상미가 시선이 마주친 순간 외면한다. 머릿속 말도 지웠지만 머리에서 흘러 내려간 가슴말이 뜨겁다. 그것은 '호의' 또는 '애정'이라고 부를 수도 있을 것이다.

　그 시간에 오웬은 한 쌍의 동양인 남녀를 만나고 있다. 극동빌딩 16층의 사무실 안, 두 남녀는 20대 중반쯤의 용모에 건장하고 날씬한 체격, 특히 여자는 눈이 부시는 용모다. 탁자 위의 전광 시계가 오전 11시를 가리키고 있다. 오웬이 조금 긴장한 얼굴로 사내에게 말한다.

　"총재께서 직접 호위대를 파견해주시다니, 더욱 책임이 무겁게 느껴지는군. 현황을 알고 왔다니까 이번 작전에 대한 대령의 의견을 들읍시다."

　"핵심은 하나 아닙니까?"

　사내의 검은 눈동자가 똑바로 오웬을 응시한다.

　"이강진만 제거하면 전쟁은 끝납니다. 그 후부터는 잔당 소탕 작전이 있을 뿐이지요."

　"그, 이강진 처치가 문제요, 대령."

　오웬이 사내의 시선을 맞받는다.

　"알고 있겠지만 그놈의 특징은 셀 수도 없어, 돌연변이의 총집합이라고 볼 수도 있소. 돌연변이의 세균 덩어리, 핵폭탄이나 같은 존재요."

　그때 사내가 이를 드러내고 소리 없이 웃는다. 그것을 본 오웬의 시선이 옆에 앉은 여자에게로 옮겨진다. 여자도 같이 웃었기 때문이다. 흰 이가 드러난 여자의 웃는 모습에 잠깐 넋이 나간 듯 바라보던 오웬이 숨을 들이켜면서 사내에게 머리를 돌린다. 얼굴도 상기되어 있다. 그때 사내가 말한다.

"우리도 그런 능력이 있습니다, 오웬 국장."

"대령, 당분간 난 한국 전선의 사령관이오."

"예, 알겠습니다, 사령관."

정색한 사내가 옆에 앉은 여자를 눈으로 가리킨다.

"저하고 메이 소령이 이강진을 맡을 것입니다."

"그렇게만 해준다면 더 바랄 것이 없지."

오웬이 머리를 끄덕인다. 사내는 총재 호위대 소속의 치우 대령, 여자는 메이 소령이었지만 오웬은 처음 만나는 오카다.

식당 안, 오전 10시 반이어서 손님은 그들 넷뿐이다. 바로 오길용과 팀원 김재일, 강수철, 그리고 이번에 합류한 한재학. 각자의 앞에는 라면이 놓여 있었지만 모두 젓가락도 찔러 넣지 않는다. 오길용이 머리를 들고 김재일과 강수철을 둘러본다.

"너희들 둘만 알고 있도록 해, 다른 팀원한테는 비밀이다."

"알았습니다."

대답한 김재일이 한재학을 훑어본다.

"솔직히 내가 괴물하고 같이 앉아 있는 심정이야. 당신도 이해하려나?"

"글쎄."

쓴웃음을 지은 한재학이 김재일의 시선을 받으면서 말한다.

"지금 내 나이가 몇인가 하고 생각했지?"

"아니?"

김재일의 얼굴이 굳어진다. 입을 꾹 다문 김재일을 보면서 한재학이 다시 묻는다.

"이 새끼를 홀랑 벗겨서 검사해보고 싶다는 생각을 하는구만."

"뭐라구?"

눈을 치켜뜬 김재일을 다시 한재학이 똑바로 본다.

"내가 점술가가 아냐, 그런 놈들보다 더 정확하게 네 생각을 읽지."

"미치겠군."

그때 오길용이 김재일에게 묻는다.

"정말이냐?"

"뭐가요?"

"한재학이 네 생각을 맞췄냐고?"

"맞아요."

그러더니 김재일이 갑자기 몸서리를 친다.

"어, 소름 끼쳐."

그때 주위를 둘러본 오길용이 묻는다.

"넌 언제부터 오카야?"

"태어날 때부터죠."

한재학이 고분고분 대답한다.

"오카는 오카 부모 사이에서 태어납니다."

"그런데 너는 어떻게 돌연변이가 되었지?"

"그건 나도 모르죠."

쓴웃음을 지은 한재학이 말을 잇는다.

"평범한 인류가 천재 자식을 낳는 것과 비슷할 겁니다."

"천재라구?"

"그렇죠."

오길용의 얼굴에도 쓴웃음이 번진다.

"맞는 말 같네, 그런데 네 돌연변이 특기는 뭐야?"

"우린 특징이라고 합니다."

"그래, 특징을 말해봐."

그러자 한재학이 심호흡을 하고 나서 셋을 하나씩 둘러본다.

"당신들 셋의 생각을 다 읽습니다."

"정말?"

강수철이 묻자 한재학이 시선을 준 채 대답한다.

"조금 전에 출장비 20만 원 남은 걸 반납하지 않겠다고 마음먹으시더군. 그렇게 생각을 읽습니다."

"어."

놀란 강수철이 외마디 소리를 뱉었을 때 오길용이 다시 묻는다.

"출장비는 게워내게 할 것이고, 또 있냐?"

"오카를 구분해낼 수 있지요, 그래서 여기 당신들한테 보내져서 구박을 받고 있지만."

"또 있어?"

"점프."

"점프?"

놀란 오길용이 눈을 크게 뜨고 숨을 들이켠다.

"나도 뛰는 것 보았어, 얼마만큼 뛰나?"

"뛰어서 7층 높이까지는 올라갑니다."

"계단으로?"

김재일이 물었을 때 한재학은 무시한 채 말을 잇는다.

"뛰어내릴 때는 13층에서 뛰어내렸지요, 그 이상도 가능할지 아직 모릅니다."

셋이 입만 벌리고 있었으므로 한재학은 변신 특징은 말하지 않기로 한다.

"소령, 이강진의 소굴은 이곳이야."

커피잔을 들면서 치우가 말한다.

"난 벌써 돌연변이 셋을 보았어, 이렇게 돌연변이가 득실거리는 곳은 처음이야."

"그래요?"

놀란 메이가 눈을 둥그렇게 뜬다.

"놀랍군요. 난 하나도 발견 못 했는데."

"네 왼쪽에서 두 번째 테이블의 흰 셔츠 입은 사내도 돌연변이야."

숨을 들이켠 메이가 들고 있던 커피잔을 입에 붙이더니 한 모금 삼킨다. 오전 10시 반, 둘은 일산 중심가인 중앙로의 커피숍에 앉아 있다. 이강진을 찾으려고 온 것인데 둘은 중년 남녀로 변신해 있다. 전혀 다른 모습이다. 커피잔을 내려놓은 메이가 자연스러운 동작으로 왼쪽을 본다. 흰 셔츠를 입은 30대 사내가 비슷한 또래의 사내하고 이야기를 하는 중이다. 메이가 이맛살을 찌푸리며 치우를 본다.

"대령님, 인류인데요?"

"인류에 밀접한 돌연변이야."

정색한 치우가 목소리를 낮춘다.

"저놈 특징은 변신이야, 아마 인류와 문제를 일으킨 것이 돌연변이로 판정을 받은 것 같다. 구분하기가 굉장히 어렵겠군, 저런 돌연변이도 있다니."

치우가 입을 다물었으나 생각말로 이어진다.

'저놈은 지금 인류로 변신한 것이야.'

'그렇군요.'

'이곳에서 돌연변이 군대를 모으려는 것 같군.'

치우가 의자에 등을 붙이면서 생각말을 했다.

'이곳을 중심으로 계속해서 광고를 하고 돌연변이를 모으는 이유는 그것이야.'

'잡을까요?'

메이가 흰 셔츠를 눈으로 가리키며 묻자 치우는 머리를 젓는다.

'기다려, 사냥에는 인내가 필요해.'

"청장이 대통령께 보고할 증거가 필요하다고 합니다."

최도성의 목소리가 수화구를 울린다.

"대통령을 움직이는 것이 가장 빠르다고 했습니다."

"언제 말인가?"

긴장한 이강진이 묻자 최도성이 대답한다.

"내일 대통령께 현안 보고를 드릴 때 지도자가 같이 참석해달라고 합니다."

"내가?"

숨을 들이켠 이강진의 눈동자가 흐려진다. 대통령을 만나다니, 반년 전만 해도 꿈도 꾸지 못했던 일이다. 이윽고 이강진이 대답한다.

"알았어, 준비하지."

경찰청장이 적극적으로 나서주고 있는 상황이다. 이 기회를 놓치지 말아야 신인류와 인류가 공존(共存)하게 되는 것이다. 그때 최도성이 말을 잇는다.

"경찰청 안에서만 지금까지 오카 6명을 찾아냈습니다. 그놈들은 다행히 감별능력이 없어서 저를 알아보지 못했는데 요직을 차지하고 있어서 경찰 정보가 다 빠져나갑니다."

"청장한테는 말해 주었지?"

"물론입니다."

"대통령 주변에도 오카가 있는지 모르겠다."

이강진이 저도 모르게 긴 숨을 뱉는다.

1층 민원 상담실로 들어선 윤태성이 뒤쪽 벤치에 앉는다. 상담실은 민원인으로 가득 차 있다.

"대장님, 오길용은 사무실에 있습니다."

옆에 다가와 앉은 감찰대 부관 박남구가 말한다. 상담실은 떠들썩했고 안쪽에서는 남녀가 다투고 있다.

"회의 중인데요, 문 앞에 경비를 두 명 세웠는데요."

"됐어, 있는 줄만 알면 됐으니까 감시만 하고 있어."

윤태성이 주위를 둘러보며 말한다. 어느 곳에서 이강진이 노려보고 서 있는지도 모르는 상황이다. 뉴욕의 감찰본부 팀원도 이곳에서 몰살을 당한 상황이니 섣불리 움직였다가는 참혹한 대가를 받을 것이다. 그때 부하 하나가 민원실로 들어서더니 서두르며 다가온다. 민원실에만 오카가 6명이 있다. 뒤쪽으로 다가온 부하가 윤태성에게 말한다.

"대장님, 오길용이 사건 신고를 받고 현장 출동을 나가려고 합니다."

"가자."

윤태성이 자리에서 일어선다. 사건 현장은 이곳보다 기회가 많을 것이다.

흰 셔츠는 옆 건물 1층의 네일샵 주인이었다. 네일샵은 유리벽으로 실내장식을 해서 복도 건너편의 24시간 편의점에서도 안이 환하게 보였으므로 이제 치우와 메이는 편의점의 간이 의자에 마주보고 앉아 있다. 오전 11시 45분, 커피숍에서 이쪽으로 자리를 옮긴 것이다. 편의점에도 손님이 많아서 주의를 끌지는 않았지만 둘은 조심하는 중이다. 다시 20분쯤이 지났을 때 치우가 웃음 띤 얼굴로 말한다.

"옳지, 돌연변이 둘이 들어왔다. 이제 한 곳에 셋이 모였다."

머리를 든 메이는 네일샵에 들어선 한 쌍의 남녀를 본다. 30대쯤의 남자와 20대 초반쯤의 여자, 흰 셔츠의 주인이 반기는 것을 보면 구면인 것 같다.

"대령님, 저것들도 돌연변이란 말인가요?"

"그래, 저놈하고 비슷한 특징을 가진 것들이야."

"특징이 인류와 유사하다는 것뿐일까요?"

"그건 아직 모르겠다."

정색한 치우가 메이를 본다.

"어쨌든 돌연변이 셋이 모였어, 이강진의 주위로 몰려드는 것 같다."

"전쟁이야."

유봉호가 네일을 손질하려는 듯이 나란히 앉은 이민숙과 강준일에게 말한다. 셋은 구석 쪽 자리여서 다른 손님들과는 조금 떨어져 있다. 유봉호가 말을 잇는다.

"지금 일산으로 우리 신인류만 모여드는 게 아냐, 오카 감찰대와 세계본부의 감찰대까지 몰려들고 있어."

170

"잠깐만."

이민숙이 눈썹을 모으고 말을 막는다. 숏커트를 한 머리에 날카로운 인상이다.

"지금 뭐라고 했어요? 신인류?"

"그래, 신인류."

유봉호가 둘을 번갈아 본다.

"지금부터는 우리가 오카 돌연변이가 아냐, 신인류야, 새로운 인류."

"이름이 마음에 드는군."

강준일이 말했지만 이민숙이 또 묻는다.

"그거, 누가 지었어요?"

"지도자가."

유봉호가 정색하고 말을 잇는다.

"지도자 이강진이."

"이강진이 우리 지도자인가요?"

다시 이민숙이 묻는다. 이민숙은 초등학교 교사로 있다가 돌연변이 성품이 뒤늦게 드러나 도망친 경우다. 유봉호가 머리를 끄덕이며 강준일을 본다.

"자, 전쟁에 대비해서 조직을 편성해야 돼, 우리들은 제24조야."

"우리 조원은 몇인데?"

강준일이 묻자 유봉호가 목소리를 낮춘다.

"비슷한 특징을 가진 신인류끼리 조를 편성하는 건데 우린 너희들 둘까지 여섯이야."

"셋은 어딨어?"

"오전에 만나고 갔어."

"어떻게 전쟁을 한다는 거야?"

"곧 지휘부에서 연락이 올 거야."

그때 다시 이민숙이 묻는다.

"그럼 우리 조장은 당신이야?"

"그래."

유봉호가 정색하고 말을 잇는다.

"전시체제라 받아들일 수밖에 없었어. 지금부터 우리는 인류와 연합해서 오카와 전쟁을 치르는 거야."

"인류가 연합해 준대?"

"지금 접촉 중이야."

주위를 둘러본 유봉호가 목소리를 더 낮춘다.

"오카는 결사적으로 막겠지."

벽에 붙어선 치우와 메이가 유봉호의 말을 듣는다. 둘은 이제 네일샵 안으로 들어와 있다. 벽에 붙은 둘의 몸은 벽과 완벽하게 일치되어 손으로 누르지 않으면 발견하지 못한다. 치우가 머리를 돌려 메이를 본다. 시선이 마주치자 생각말로 말한다.

'좋아, 이놈의 꼬리를 쥐면 몸통을 볼 수가 있겠다.'

몸통이 바로 이강진일 것이다.

15장 신인류 연합

"왼쪽 흰색 담장 가에 서 있는 두 명이 오카요."

오길용은 핸드폰에서 울리는 한재학의 목소리를 듣는다. 이곳은 송파백화점 근처의 사건 현장, 상가 건물에서 살인사건이 일어난 터라 좁은 골목길에 구경꾼들이 모여 있다. 오길용은 오히려 흰색 담장에 등을 보이며 돌아섰고 한재학의 말이 이어진다.

"상가 건물 현관 왼쪽에도 오카 두 명이 서 있습니다. 지금 팀장이 그놈들을 바라보고 계시는데."

질색을 한 오길용이 다시 몸을 돌렸을 때 한재학이 입맛 다시는 소리를 낸다.

"이제 바로 정면에 검정색 점퍼를 입고 손에 비닐봉지를 쥔 놈, 그놈도 오카입니다."

"도대체 몇 명이야?"

또 몸을 돌리면서 오길용이 묻자 한재학이 대답한다.

"현재까지 8명, 모두 팀장을 중심으로 둘러서 있어요."

"개새끼들."

상가 현장으로 들어서면서 오길용이 핸드폰에 대고 욕을 한다.

"무슨 일입니까?"

현장에 서 있던 김재일이 묻자 오길용이 손을 들어 잠자코 있으라는 시늉을 하고 나서 핸드폰을 고쳐 쥔다.

"현장에는 없지?"

"거긴 없어요."

"자넨 지금 어디 있는 거야?"

"방금 현장 안으로 들어왔습니다."

몸을 돌린 오길용이 주위를 둘러보았으나 현장에는 경찰 관계자뿐이다. 모두 7명, 건물은 문밖에서 경찰에 의해 통제된 상태다.

"어떻게 들어온 거야? 난 안 보이는데."

"변신."

짧게 말한 한재학이 화제를 돌린다.

"이놈들이 팀장을 따라다니는 것을 보면 기회를 노리는 것 같습니다."

벽에 등을 붙이고 선 오길용이 어금니를 물었다가 푼다. 긴장한 김재일이 옆에 붙어 서서 주위를 두리번거린다. 오길용의 통화를 들었기 때문이다.

"그럼 이걸 어떻게 해야지?"

오길용이 묻자 한재학이 바로 대답한다.

"우리가 먼저 선수를 치는 수밖에 없네요, 끌고 다닐 수만은 없으니까요."

오웬이 앞에 앉은 사내들에게 말한다.

"이곳에서 오카와 돌연변이의 전쟁이 시작되었어."

오후 3시 반, 논현동 극동빌딩의 회의실 안, 세 사내는 모두 백인으로 두 시간 전에 한국에 도착한 오카 세계본부 소속 감찰대 간부들이다. 오웬이 말을 잇는다.

"돌연변이들이 결집하고 있는 데다 경찰 고위층에 오카 정보를 줘서 인류와 연합전선을 결성하려고 한다. 이젠 돌연변이와 인류를 함께 상대해야 될 것 같다."

세 사내가 서로의 얼굴을 본다. 이들 셋이 인솔해온 감찰대 병력은 150명, 세계본부 소속 요원들로 인종이 섞여 있는 데다 모두 돌연변이 특징을 이식 받아서 갖가지 기능을 보유하고 있다. 오웬의 시선이 왼쪽에 앉은 사내에게로 옮겨진다.

"존슨, 네가 기동대 지휘를 맡아라."

"알겠습니다, 국장님."

갈색 머리의 존슨이 머리를 끄덕인다. 존슨은 감찰대 부국장으로 이번에 이끌고 온 150명을 지휘하게 된다. 오웬이 가운데 앉은 사내를 본다.

"마이클, 넌 내 참모 역할이야, 난 네 두뇌가 필요해."

"알았습니다."

긴장한 마이클이 대답한다. 대머리에 코가 붉은 얼굴, 비대한 체격의 마이클은 정보통이다. 오웬이 오른쪽 사내에게 말한다.

"뉴만, 네가 일본 정보팀을 지휘해야겠다. 곧 지원팀이 올 테니까 네가 지휘해서 존슨 휘하에 들도록."

"알겠습니다."

부국장보 뉴만이 머리를 끄덕인다. 반백의 머리, 마른 체격, 이로써 한국에 모인 전 세계의 오카 감찰대 조직이 일원화된다. 총사령관 오웬, 고문역에 오카 18지부장 김동준, 기동대장 존슨, 존슨 휘하의 뉴만은 일본 지원팀을 지휘하며 마이클은 오웬의 참모, 기존 팀장 심프슨은 한국 오카를 지휘한다. 오웬은 특수 공작 중인 치우와 메이의 존재를 발설하지 않는다.

국정원장 한태수는 국정원에서 30년을 지낸 정보통이다. 국정원 내부에서 승진한 경우로 역시 30년간 경찰로 근무한 하재명과는 같은 전문 관료로 볼 수 있다.

인사동의 한정식당 안, 방이 3개밖에 안 되는 작고 허름한 식당 방안에 한태수와 하재명이 마주보고 앉아 있다. 오늘은 하재명이 초대한 자리다.

오후 8시 한정식에다 소주를 시켰지만 둘은 건성으로 이야기를 주고받으며 술도 마시지 않고 밥도 안 먹는다. 하재명이 할 이야기가 있다고만 하고 초대한 것이다. 그래서 한태수는 자꾸 시선을 준다. 경찰청장이 국정원장을 그냥 만나 술만 먹고 갈 것이라고는 믿지 않는 것이다. 그만큼 서로가 한가하지도 않고 친하지도 않다. 그때 하재명이 심호흡을 하고 나서 묻는다.

"원장님, 오카라고 들어 보셨습니까?"

오후 8시 40분, 차 안에서 윤태성이 지시한다.

"좋아, 내가 직접 처리하겠다. 나하고 강복규, 이창권, 서인수가 간다."

봉고차 안에 탄 세 사내를 하나씩 가리켜 보인 윤태성이 결연한 얼굴로 말을 잇는다.

"박동천을 포함한 넷은 식당 홀을 맡고."

윤태성의 시선이 뒤쪽에 앉은 부관 박남구에게로 옮겨진다.

"부관은 뒤를 맡아라, 내가 후문으로 빠져 나갈 테니까 후문에서 대기하도록."

"알았습니다."

박남구가 굳어진 표정으로 대답하자 윤태성이 핸드폰을 꺼내 들어 버튼을 누르자 곧 심프슨이 응답한다.

"지금 시작합니다."

윤태성이 건너편 '안산식당'을 바라보며 말을 잇는다.

"놈이 팀원 셋하고 식당 방에 있습니다. 곧장 방에다 총을 쏘고 가스통을 던져서 흔적을 지우지요."

"좋아, 맡기겠어."

심프슨이 흔쾌하게 승인한다. 지난번 뉴욕 세계본부 감찰대팀이 시도하려다가 9명이 몰살당한 '오길용 제거작전'이다. 이번에 한국 18지부 감찰대가 성공하면 명성을 세계에 휘날리게 될 것이다.

"아니, 나는 도무지···."

쓴웃음을 지은 한태수가 눈을 가늘게 뜨고 하재명을 본다. 지금까지 10분 동안 하재명은 오카에 대해서 설명한 것이다. 한태수는 처음에는 농담을 듣는 것처럼 빙글거렸다가 차츰 얼굴이 어두워지더니 5분쯤이 지났을 때는 당혹한 표정이 된다. 그러다가 이맛살을 찌푸린 후에 마침내 얼굴에 쓴웃음이 떠오른 것이다.

수사관 생활도 해본 터라 하재명은 한태수의 상태가 농담, 당혹, 불안, 의심의 단계를 지나 '공작' 단계에 이르렀다고 추측한다. 그것은 하재명이 오카라는 가상의 존재를 내세워 무슨 '공작'을 꾸민다고 생각하는 것이다. 한태수가 시선을 떼지 않고 묻는다.

"청장님, 그거 증거가 없으면 곤란합니다. 가뜩이나 지금 정치, 경제 상황이 어려운데 그런 이야기를 꺼냈다가…."

그때 하재명이 손바닥으로 한태수의 말을 막는 것처럼 들어 보이더니 말한다.

"그래서 증거를 가져왔지요. 아니, 모시고 온 겁니다."

말을 마친 하재명이 가볍게 손뼉을 치자 방문이 열린다. 방안으로 사내 하나가 들어섰는데 바로 이강진이다.

윤태성이 식당홀로 들어선 순간이다. 식당 안쪽 테이블에 앉아 있던 두 사내가 시선을 든다. 바로 그 순간 그 두 사내 뒤쪽에 앉아 있던 둘, 한 테이블 오른쪽에 앉아 있던 둘이 일제히 일어나 덮친다. 동시에 윤태성이 안쪽을 향해 달려간다. 딱 여섯 발짝을 떼고 복도로 들어섰을 때 혁대에 찔러놓은 리볼버를 꺼내 쥔다. 총신에 소음기가 끼워져 있어서 길이가 10센티쯤 길어졌다.

다시 네 발짝을 더 달려가 왼쪽 끝 방의 문을 열어젖힌다. 윤태성의 뒤를 강복규, 서인수, 이창권이 착실하게 달려 따라왔고 제각기 손에 권총을 쥐었다. 와락 문이 열렸고 방에 총구를 들이던 윤태성이 방아쇠를 당기려는 순간, 반초(半抄)도 안 되는 순간이다. 윤태성의 입이 쩍 벌어진다, 방이 비었다.

그때 뒤를 따라 달려온 셋이 윤태성의 등과 부딪친다. 제각기 손에 총을 쥐고 있어서 문 앞에서 엉클어진다. 본래 윤태성이 방 안으로 총을 쏘면서 들어가야 리듬이 맞는다.

바로 그 순간이다, 뒤쪽 문이 열리는 기척이 나더니 발사음이다.

"퍽, 퍽, 퍽, 퍽, 퍽, 퍽!"

순간 가슴에 격렬한 충격을 받은 윤태성의 부릅뜬 눈에 낯선 사내 둘의 모습이 보인다. 오길용이 아니다. 눈에 익은 부하 형사들도 아니 다. 옆에 엉켜있던 세 부하들이 함께 사지를 뒤흔들며 쓰러진다.

그때 복도 바닥에 얼굴을 부딪치며 쓰러졌던 윤태성은 사내의 목소 리를 듣는다.

"좋아, 방에 넣어, 이놈들이 가스도 가져왔어. 태워."

앞에 앉아 있던 이강진이 갑자기 보이지 않았으므로 한태수가 숨을 들이켠다. 눈을 깜박이지도 않았는데 없어졌다.

"나, 여기 있습니다."

옆에서 들리는 목소리에 한태수는 움칠, 뒤로 몸을 눕힌다. 심장 박 동이 거칠어진다. 심장마비 걱정이 된다.

그때 이강진의 모습이 옆에서 나타나니 귀신이 바로 이것이다. 그때 이강진이 똑바로 한태수를 본다.

"밖에 잠깐 나가서 나하고 같이 점프하시지요. 내 점퍼 특징은 24층 입니다. 같이 뛰어오를 수가 있어요."

아직 한태수는 무슨 말인지 모른다. 그때 이강진이 한태수의 시선을 잡는다.

"갑자기 웬 쿠데타 생각을 합니까? 내가 쿠데타 주모자로 보입니까? 여기 하 청장님은 동조자구요?"

"아, 아니, 그게 아니라…"

한태수가 이렇게 당황해본 적은 난생처음이다.

식당 뒷문이 열렸을 때 기다리고 있던 박남구가 한 걸음 발을 뗀다. 입도 반쯤 벌린 상태, 그러나 다음 순간 숨을 들이켰고 몸을 굳힌다.

"퍽, 퍽, 퍽, 퍽, 퍽, 퍽!"

권총 발사음, 밖으로 뛰어나온 사내가 권총을 발사한다. 뒤를 따라 나온 두 사내도 박남구와 부하들을 향해 권총을 발사한다.

"퍽, 퍽, 퍽, 퍽, 퍽, 퍽!"

박남구는 이마가 뚫려 땅바닥에 넘어지기도 전에 숨이 끊어진다. 오카였지만 머리가 부서지면 회복 불능이라 유전자를 채취해서 다른 생명으로 태어날 수밖에 없다.

"잠깐이면 됩니다."

한정식집 골목 안, 식당 후문으로 나온 이강진이 한태수의 팔을 잡고 말한다. 둘은 화장실에 가는 것처럼 나왔기 때문에 둘 다 슬리퍼 차림이다. 그때 이강진이 손으로 골목 위로 보이는 옆쪽 증권회사 건물을 가리킨다. 16층 빌딩이 우뚝 서 있다.

바로 옆쪽이어서 꼭대기가 까마득하다. 한태수가 같이 머리를 치켜든 순간이다. 이강진이 무릎을 조금 굽힌 것 같더니 발로 땅을 차고 뛰어오른다. 찬 것 같지도 않고, 그냥 솟아오른 것이다.

"앗!"

저절로 한태수의 입에서 비명이 터진다. 다음 순간 한태수는 제 발이 땅에 닿는 느낌을 받는다. 눈앞을 스치고 지나는 유리창은 잘 보지도 못했다. 눈을 감았기 때문이다. 눈을 뜬 한태수는 숨을 들이켠다. 시

원한 바람이 휘몰아쳤고 발아래에 인사동의 야경이 펼쳐져 있다. 지금 증권회사의 지저분한 옥상에 발을 딛고 서 있는 것이다.

"아, 아이구, 이게…"

꿈이냐 생시냐고 말하려던 참이다. 그때 이강진이 말한다. 팔을 잡은 손을 떼어서 이강진이 조금 떨어져 있다.

"다시 뛰어 내리기 전에 실감해보시지요, 금방 뛰어 내려간다면 꿈처럼 느껴질 테니까요."

그때 한태수가 심호흡을 하고 나서 말한다.

"믿겠소, 오카를. 그리고 돌연변이도."

메이가 정색한 얼굴로 앞에 앉은 사내에게 묻는다.

"그럼 언제까지 가야 되죠?"

"바쁘지 않으시면 지금 같이 갔으면 좋겠는데요."

사내가 손목시계를 보더니 말을 잇는다.

"잠깐이면 돼요, 그리고 여기서 차로 10분 거리거든요."

"그럼 가요."

머리를 끄덕인 메이가 옆에 놓은 가방을 쥔다. 일산 장항동 길가의 커피숍 안, 오후 9시 10분, 커피숍은 젊은 남녀들로 가득 차 있었고 거리도 혼잡하다. 커피숍을 나온 사내가 앞장서서 택시 정류장으로 다가가면서 말한다.

"일산으로 우리 신인류들이 몰려들고 있어요, 이제 우리들의 세상이 될 겁니다."

30대쯤의 사내가 들뜬 목소리로 말을 잇는다.

"억압받고 숨어 다니기만 했던 우리가 이젠 지도자를 만나 새 세상을 맞게 된 것이죠."

"그 지도자를 보고 싶어요."

옆을 따르며 메이가 맞장구를 친다.

"도망 다닌 지 3년이 되었어요."

"알고 있습니다, 조여정 씨."

메이는 지금 조여정이란 가명을 쓰고 있다. 3년 전 조여정은 시선으로 상대방 정신을 잃게 만드는 특징이 발견되어 돌연변이 판정을 받은 것이다. 사내는 박상호, '신인류의용군징병관'이다. 택시에 오른 박상호가 옆에 앉은 메이를 향해 웃어 보인다.

"조여정 씨 같은 능력자를 만나 반갑습니다."

대어를 건졌다는 말이다. 운전사에게 행선지를 말한 박상호가 말을 잇는다.

"입 선전이 되어서 일산으로 많이 모입니다. 곧 조직이 갖춰지게 될 것이고 그때는 새 세상이 열리겠지요."

운전사는 무슨 말인지 모르겠지만 박상호는 입을 다물었다. 모집도 조직적이고 정확한 증거가 있어야 선발한다. 박상호는 오카 집행부에서 빼돌린 돌연변이 전체의 목록을 소지하고 있었던 것이다. 메이가 조여정의 특징은 물론 용모까지 위장하고 나온 터라 박상호가 대어를 잡았다고 흥분할 만하다.

"몰살당했습니다."

심프슨이 외면한 채 말한다. 밤 9시 반, 극동빌딩 15층 회의실 안에는 오웬과 한국지부의 집행부장 최기종, 그리고 참모 마이클까지 넷이 둘러앉아 있다. 손바닥으로 검은 이마를 쓴 심프슨이 여전히 외면한 채

182

말을 잇는다.

"이번에도 함정을 파놓고 있었습니다. 진입했던 한국 오카 감찰대장과 부관까지 다 소멸되었습니다."

"…."

"갖고 간 가스를 폭발시켜서 오히려 우리 쪽이 당했습니다."

그때 머리를 든 심프슨이 오웬을 본다.

"국장님, 돌연변이들이 빠르게 강해지고 있습니다. 우리보다 항상 한 걸음 빠릅니다."

오웬이 시선만 주었고 심프슨의 말이 이어진다.

"오카를 식별하는 돌연변이를 오길용과 동행시킨 것 같습니다."

"심프슨."

마침내 오웬이 입을 연다. 심프슨이 긴장했고 오웬이 말을 잇는다.

"너, 귀국해라."

"국장님."

"돌아가서 대기해."

어깨를 부풀렸다가 내린 오웬이 말을 잇는다.

"이유야 어떻든 넌 계속 실패했어. 네 팀은 다 궤멸되었단 말이다. 자리에서 일어나 나가라, 그리고 곧장 귀국해서 대기해."

"국장님."

눈의 흰자위가 붉어진 심프슨이 어깨를 부풀렸을 때 오웬이 벨을 누른다. 곧 뒤쪽 문이 열리더니 백인 둘이 들어선다. 오웬이 손으로 심프슨을 가리킨다.

"항명죄로 체포해라, 전시항명이라 바로 소멸시킬 수도 있지만 뉴욕 본부로 압송해서 특별감옥에 수감 시키도록."

"아니, 국장님."

심프슨이 소리쳤을 때 오웬이 낮게 말한다.

"한 번만 더 입을 열면 사살해."

심프슨이 그때서야 입을 다물더니 곧 두 팔에 수갑이 채워져 끌려나간다. 방안에 셋이 남았을 때 오웬이 이 사이로 말한다.

"긴박감을 느끼지 못한 것이 문제야. 저 병신은 지휘만 했지 현장에서 뛰지를 않아서 말만 앞서, 저놈부터 없앴어야 해."

"아, 조여정 씨, 잘 왔어요."

안기태가 웃음 띤 얼굴로 메이를 맞는다. 이곳은 파주 교외의 안가, 신인류군의 안가다, 안가 마당에는 7, 8명의 신인류가 모여 섰고 떠들썩한 분위기다. 지금 메이와 박상호, 안기태는 응접실에 둘러앉아 있다. 안기태가 말을 잇는다.

"조여정 씨, '신인류의용군'에 지원하시는 거죠?"

"네, 지원합니다."

힐끗 시선을 주었던 메이가 말을 잇는다.

"내 특징을 신인류를 위해 사용하게 되어서 기뻐요."

"독립전쟁이나 같죠."

안기태의 표정이 엄숙해진다.

"이제 우리는 지도자를 만나 새롭고 자유로운 세상에서 살게 될 겁니다. 물론 인류와 공존해서 말이죠."

"우리 능력을 인정받으면서 말인가요?"

"그렇죠, 지금까지 우리 특징은 돌연변이로 낙인찍혀 소멸의 목표가 되었지만 앞으로는 월등한 능력자로 평가받으면서 살게 될 것입니다."

"이제야 희망이 생겼어요."

어깨를 늘어뜨린 메이가 힐끗 안기태를 본다. 시선을 3초 이상 주면 상대가 기절하기 때문에 메이는 스쳐보기만 한다.

"우리 지도자는 언제 만날 수 있지요?"

"곧 지도자가 부르실 겁니다."

안기태가 웃음 띤 얼굴로 말하더니 메이에게 휴대폰을 내민다.

"이건 조여정 씨가 앞으로 사용할 휴대폰입니다. 그 휴대폰이 '신인류의용군'의 연락수단이지요."

휴대폰을 받은 메이에게 안기태가 말을 잇는다.

"이제 조여정 씨 의용군 번호는 A18번입니다. A는 팀장급을 나타내고 18은 18팀이란 뜻입니다. 팀원은 곧 만나게 되실 겁니다."

조여정을 배웅하고 돌아온 안기태에게 징병관 하나가 다가와 말한다.

"서진숙 씨가 지도자를 찾고 다니는데요, 지금 일산 서경호텔에 머물고 있습니다."

"내버려둬."

쓴웃음을 지은 안기태가 말을 잇는다.

"서진숙 주위에 오카 감찰대, 집행부, 그리고 국적 미상의 연놈들까지 10여 명이 붙었다."

놀란 징병관이 숨을 들이켰을 때 안기태가 긴 숨을 뱉는다.

"생각 같아서는 한꺼번에 소탕해버리고 싶지만…."

안기태가 말을 끊었지만 징병관도 다음 말을 이을 수가 있다. 그 핵심에 서진숙이 있기 때문이다. 서진숙은 아들을 돌연변이 판정을 내고 집행부로 넘긴 오카지만 지도자의 생물학적 어미인 것이다.

서진숙이 오카로부터 소멸 통고를 받았다고 하지만 그것도 확인이 안 된다. 오카가 내놓은 미끼일 가능성이 크다. 집행관과 헤어진 안기태가 뒷마당으로 나왔을 때 어둠 속에서 오상미가 나온다.

"조여정의 신분은 확실해요, 지문도 맞고 목소리도, 주소지도 확인했어요."

"일당백이오."

안기태가 웃음 띤 얼굴로 대답한다.

"조여정의 특징은 한국에 하나뿐이라고 오카 기록에 나와 있어요, 지도자도 기뻐하실 거요."

다가선 안기태가 묻는다.

"지도자한테서 연락 왔습니까?"

"아직."

오상미가 손목시계를 본다. 10시 45분이다.

청와대 지하 벙커 안, 이곳은 전시(戰時)나 국가 비상사태가 발발했을 때 대통령이 상황을 지휘하는 장소로 단 한 번도 언론에 보도된 적이 없다. 대통령이 비상복 차림으로 언론에 나온 곳은 본관 지하 1층을 벙커처럼 꾸미고 보도한 것이다. 그런데 오늘은 대통령 안옥희가 실제로 지하 5층의 전시 상황실에 앉아 있다. 평상복 차림이었지만 굳어진 표정, 원탁에 둘러앉은 면면을 보면 비서실장 이준길, 국방장관 허강윤, 내정 자치부장관 박동기, 그리고 국정원장 한태수에 경찰청장 하재명, 청와대 경호실장 조상철은 맨 마지막에 불려 들어왔다. 오늘 회의를 요구한 하재명이 요청했기 때문이다. 하재명은 대통령께 '내란음모' 사건에 대한 증거를 준비했다고 보고했고 국정원장 한태수가 그 보고를 확인했다면서 긴급회의 개최를 같이 요청한 것이다. 모두 궁금한 표정으로 하재명과 한태수를 응시한다. 밤 11시 10분, 늦은 시간이다. 그때 하재명이 입을 연다.

"오카라는 생명체가 있습니다."

하재명의 목소리가 떨린다.

"지금 제 말씀은 인류 역사에 새 역사를 쓰게 될 새로운 전쟁이 일어나게 된다는 것입니다."

이건 무슨 자다가 봉창 뜯는 소리인가? 하는 표정을 짓는 사람이 절반쯤 된다. 그러나 대통령은 진지하다. 하재명이 말을 잇는다.

"오카는 인류 입장에서 보면 기형아입니다. 겉으로는 정상적인 인류지만 내면은 다른 유전자를 가진 변종 인류라고 볼 수 있습니다. 그 오카가 3백 년 가까운 기간 동안 번식하면서 이제 조직이 굳어졌습니다. 사회 각 부분, 국가의 모든 기관에 침투되어 암세포처럼 번식하면서 이제 인류를 말살, 또는 노예로 삼아 이 세상을 지배하려는 음모를 진행 중입니다."

그때 참석자 중 누군가가 긴 숨을 뱉는다. 긴장을 참지 못한 것 같기도 했고 한심하다는 소리로도 들린다. 그때 하재명이 말을 잇는다.

"그 오카는 불사(不死)의 존재입니다. 1대 오카가 3백 세 가까운 나이인데도 아직도 생존해 있지요. 팔다리를 잘라도 곧 재생됩니다. 오카는 질병은 물론 암에도 걸리지 않습니다. 오카의 사망은 소멸이라고 부르는데 그것은 뇌를 손상당했거나 인류와 함께 사고를 당했을 때 어쩔 수 없이 사망하는 경우뿐입니다. 하지만 그럴 때도 유전자를 뽑아 생명체에 이식해서 살아납니다."

187

그때 누군가 가볍게 헛기침을 한다. 국방장관 허강윤이다. 참기 힘들다는 표정을 짓고 있었지만 대통령을 보더니 어깨를 늘어뜨린다. 대통령이 긴장하고 있었기 때문이다. 다시 하재명이 말을 잇는다.

"제가 이 오카 존재를 알게 된 것은 제 능력 때문이 아닙니다."

하재명이 길게 숨을 뱉는다.

"오카가 3백 년간 진화하는 동안 내부에서 돌연변이가 나타났기 때문입니다. 이 돌연변이를 오카는 잡아서 소멸시켰습니다. 오카의 순수성을 보존하려는 생각이었는데 돌연변이가 많아지면서 도망치는 숫자가 늘어났습니다. 이 돌연변이들이 저한테 오카의 존재를 알려주면서 인류와의 공조를 요청한 것입니다."

그때 대통령이 긴 숨을 뱉고 나서 하재명을 본다. 오랫동안 참고 들었는지 지친 표정이 되어있다.

"그럼 그 증거는?"

"예, 여기 있습니다."

하재명이 손으로 빈 벽을 가리키며 말을 잇는다.

"그럼 지금부터는 오카로부터 탈출한 돌연변이, 그 돌연변이 중에서 수십 가지의 특징을 보유하고 있어서 지도자라고 불리는 이강진의 설명을 듣도록 하겠습니다."

모두 하재명이 가리킨 흰 시멘트벽을 본다. 비서실장은 그 벽을 스크린으로 사용할 줄 알았던 것 같다. 영사기가 있을 뒤쪽을 힐끗거린다. 그때 흰 벽에 사람 윤곽이 드러나더니 곧 젊은 사내가 선다. 입체 영상인 줄 알고 비서실장과 국방장관이 다시 영사기가 있을 쪽을 본다. 그때 이강진이 말한다.

"제가 이강진입니다. 영사기는 없습니다."

이강진이 대통령 안옥희를 응시한다.

"인류는 멸망 직전이 되었습니다. 수백만 년 동안 진화해 왔던 인류가 이제 지구의 지배자에서 쫓겨나 하등동물, 곧 말이나 소처럼 사육되기 직전의 상황이 되어 있는 것입니다."

그때 대통령이 한숨을 짓더니 묻는다.

"그 증거는?"

대통령은 60세, 여자지만 직관력이나 배짱이 뛰어나다. 대통령의 시선을 받은 이강진이 경호실장 조상철을 손으로 가리킨다.

"저 사람이 오카입니다."

"뭣?"

가장 놀란 사람이 경찰청장 하재명, 오카의 위험성을 알기 때문이다. 다른 사람은 이게 먼 소린가 하는 표정이고 대통령도 눈썹만 모으고 있다. 이강진의 시선을 받은 조상철이 얼굴을 일그러뜨린다.

"지금 무슨 말을 하는 거야?"

조상철이 이강진에게 묻는다. 58세, 육군소장 예편 후 국회의원을 거쳐 경호실장으로 발탁되었다. 여당인 한국당 출신, 그때 대통령이 다시 묻는다.

"그 증거는?"

"저 오카를 이 벙커에 감금시키고 그 주변의 오카들부터 체포, 제거해야 될 것입니다. 만일 저 오카를 잡았다는 것이 알려지면 전 세계의 오카가 대통령님부터 공격할 테니까요."

이강진이 조상철에게 시선을 떼지 않은 채로 말한다. 안력(眼力)으로 제압시킨 것이다.

"그 증거를 대라고 했지 않아?"

국방장관 허강윤의 목소리가 높아진다. 조상철은 허강윤의 육사 3년 후배이기도 했기 때문이다. 그러자 이강진이 조상철을 응시한 채 말한다.

"지금 내가 저 오카에게 시선을 떼지 않는 것은 도망치지 못하도록 몸을 굳혔기 때문입니다."

과연 조상철은 숨만 쉬었지 입을 반쯤 벌린 채 굳어져 있다. 그때 이강진이 조상철의 앞으로 다가가 선다, 여전히 시선을 준 채.

"자, 오카의 특징을 보여드리지요."

그 순간 이강진이 주머니에서 단검을 꺼내더니 누가 제지할 사이도 없이 조상철의 목을 찌른다.

"아앗!"

비서실장 이준길이 놀란 외침을 뱉으면서 벌떡 일어선다. 대통령 쪽으로 몸을 기울인 것을 보면 무의식중에 보호하려는 자세다. 그때 기이한 일이 일어난다. 목에 칼이 칼자루만 보일 정도로 깊숙이 박혔는데도 조상철이 눈만 껌벅이며 앉아 있는 것이다. 그러나 당혹스러운 표정이다. 그때 이강진이 말한다.

"오카는 뇌가 70퍼센트 이상 손상되지 않은 이상 죽지 않습니다. 이렇게 목이나 심지어 심장을 찔려도 멀쩡합니다. 몸 일부분이 절단되어도 간단한 처치로 결합됩니다."

이강진이 조상철의 목에서 칼을 뽑아낸다.

"아앗!"

이번에는 내정 자치부장관 박동기가 놀란 외침을 뱉는다. 칼을 뽑아낸 순간 피가 뿜어져 박동기의 얼굴에 뿌려졌기 때문이다.

"으음."

이번에는 국정원장 한태수와 국방장관 허강윤의 입에서 놀란 탄성이 일어난다. 조상철의 목에서 칼에 찔린 자국이 없어졌다. 오직 조금 전 뿜어진 핏자국만 근처에 남아 있다.

"오카는 이렇게 회복력이 강합니다."

이강진이 조상철의 머리에 손바닥을 올린 채 말을 잇는다.

"진화되고 개량된 유전자여서 암은 물론 어떤 질병에도 걸리지 않습니다. 지금 이 오카도 얼굴은 주변 인연이 있는 사람들과 맞추려고 50대를 유지하고 있지만 마음만 먹으면 지금 이 얼굴로 몇 백 년을 지낼 수 있습니다."

"그러면."

대통령이 마침내 입을 연다. 갈라진 목소리다.

"당신은 돌연변이라고 했나? 그 돌연변이는 오카보다 더 기형 아닌가?"

"인류 기준에서 보면 그렇지요."

정색한 이강진이 말을 잇는다.

"우리는 오카에서 또 진보된 기형입니다. 그래서 위협을 느낀 오카로부터 제거되어 왔고 결국 이렇게 인류와 연합을 제의하게 되었습니다."

"메이가 돌연변이 본거지에 잠입했습니다."

치우가 보고하자 오윈의 얼굴에 웃음이 떠오른다.

"대령이 처음으로 괄목할 만한 공을 세웠군."

"아직 아닙니다."

"이강진만 잡으면 반란은 진압된다."

"저도 일산으로 갈 예정입니다."

"그래 주겠나?"

오웬이 정색한다.

"내가 도와줄 일은?"

"아직 없습니다."

치우와 메이는 세계본부 총재 재클린의 호위대 소속이어서 오웬의 직접 지휘는 받지 않는 상태다. 지금 한국은 세계본부 소속의 감찰대, 아시아본부 정보부 특수팀, 한국의 병력까지 포함해서 이른바 오카 연합군이 다 몰려온 상태다. 치우가 방을 나갔을 때 한국 집행부장 최기종이 방으로 들어온다. 감찰대장 윤태성이 부관 박남구와 함께 전사함으로써 한국 병력은 최기종이 장악하게 되었다.

"사령관, 서진숙이 지금 일산에서 사흘째 기다리고 있지만 아직 연락을 받지 못하고 있습니다."

최기종이 보고한다.

"이강진에게 보고가 되었을 텐데도 연락을 안 하는 것 같습니다."

"계속 감시하도록."

오웬의 두 눈이 번들거린다.

"그것이 돌연변이의 약점이니까, 인간적인 것. 그래서 이강진이 돌연변이란 것이 드러났지 않나?"

"돌연변이와의 전장(戰場)은 일산이 될 것 같습니다."

"알고 있어."

오웬의 두 눈이 가늘어진다. 일산으로 돌연변이들이 급격하게 증가하고 있는 것이다. 돌연변이들이 '신인류의용군'이라는 명칭까지 짓고

전사(戰士)를 모집하고 있다는 것도 알고 있다.

　밤 11시 반, 조상철의 머리 위에 손바닥을 올려놓은 이강진이 묻는다.

　"네 주변의 오카를 말해."

　"경호실 과장 유강수, 박인배, 둘이오."

　듣고 있던 대통령과 비서실장이 숨을 들이켠다.

　"그놈들 둘뿐인가?"

　"점조직으로 운영되어서 난 부하 둘만 압니다."

　조상철의 눈동자는 흐리다. 초점 없는 눈으로 앞쪽을 본다. 상황실에 둘러앉은 고위층들은 침묵을 지키고 있다. 다시 이강진이 묻는다.

　"좋아. 그럼 네 윗선은?"

　"감찰대장 윤태성, 그런데 어제 연락이 끊겨서 비상연락망으로 연락을 주고받소."

　"비상연락망 연락자는?"

　"집행부장."

　"집행부장 인적사항은?"

　"최기종, 현 서초경찰서장이오."

　"넌 대통령 경호실장이란 중책이면서 왜 서초경찰서장의 지휘를 받나?"

　그때 조상철이 입술을 비틀고 웃는다.

　"오카는 인류사회의 직책 따위에 관심이 없소. 오카의 직책이 중요하지."

　"왜 그런가?"

"결국 인류는 오카가 장악하게 될 테니까. 지구상에서 인류를 소멸시켜 버리고 새롭게 오카의 지구를 시작하게 되거나 아니면 짐승처럼 인류를 사육하게 될 건데 대통령이 된들 뭐하겠소?"

그때 대통령이 어깨를 늘어뜨리면서 긴 숨을 뱉는다. 얼굴이 창백해져 있다.

오상미가 다가가자 양미선이 머리를 든다. 양미선은 이강진 소속의 행동대다. 한때 매스컴에 자주 등장했던 스케이트 선수, 미모여서 남자 팬이 많았었는데 갑자기 잠적한 것이다. 미국 유학을 떠났다는 소문이 낮았는데 결국 돌연변이 판정을 받고 잠적한 것이다.

"무슨 일이야?"

오상미가 묻자 양미선이 대답한다.

"어젯밤 셋이 잡혀갔어. 일산에 오카 체포조가 수백 명이 들어와 있는데 우린 제대로 대응도 못 하고 있어."

"알고 있어."

쓴웃음을 지은 오상미가 양미선을 본다.

둘은 25세, 동갑이어서 며칠 사이에 친해졌다. 둘 다 이강진의 측근 때문이기도 하다.

"지금 조직을 만드는 과정이라 아직 어수선해. 조직력도 부족하고."

"하지만 이렇게 나가다간 조직을 갖추기도 전에 분해되겠어."

양미선이 똑바로 오상미를 본다. 밤 11시가 넘은 시간이라 파주 안가는 조용하다. 산비탈 밑의 폐축사를 이용하고 있어서 현재 20여 명이 묵고 있다.

"내 생각이지만 무조건 일산으로 우리 동포를 모으지 말고 이제부터는 각 지역별로 모병관이 파병 나가는 것이 낫다는 생각이 들어.”

“그렇군.”

오상미가 정색하고 머리를 끄덕인다. 오상미는 일본 아시아본부 정보팀원이었기 때문에 안기태를 도와 조직을 맡고 있었다.

“안 선생님한테 이야기를 해야겠다.”

“이젠 이름을 부르지 않고 직급이나 계급을 정해서 전쟁준비를 확실하게 갖추는 게 낫겠어.”

“넌 스케이트 선수였다면서 군 출신 같아 보인다.”

그러자 양미선이 쓴웃음을 짓는다.

“내 아버지가 오카 출신 장군이야. 그래서 매일 군인들을 보고 자랐지.”

“그렇군. 지금도 장군이야?”

“그래. 오카와 인류 간 전쟁이 일어나면 가장 위협적인 존재가 되겠지.”

“그런데 왜 네 인적 사항에는 그것이 적혀있지 않았지?”

“오카가 조작한 거야. 내가 탈출한 이후에 폭로할까 봐서.”

“그렇군.”

“너, 지도자하고 좋아하는 사이야?”

불쑥 양미선이 묻자 오상미가 시선을 준다. 눈빛이 힘이 들어갔지만 양미선 또한 눈빛이 강하다. 양미선도 안력(眼力)이 있는 것이다. 오상미가 머리를 끄덕인다.

“그래, 좋아하니까 잤겠지. 하지만 신경 쓸 것 없어.”

“무슨 말이야?”

“네가 지도자 좋아하면 자도 된다는 말이지.”

"집착하지 않겠다는 말인가?"

"전쟁 중이야. 생리적인 욕구는 발산해버리고 전쟁에 몰두해야지."

"일본 DNA가 그런가?"

"오카가 국적이 무슨 소용이야? 더군다나 우린 신인류야."

"그렇군."

양미선이 머리를 끄덕인다.

"너하고 친구가 될 것 같은 예감이 든다."

"남자 나눠 갖는 친구란 말 같구나."

"그것도 그렇고."

"어쨌든 지휘 라인에 계급이 필요한 것 같다. 조언 고맙다."

몸을 돌린 오상미가 말을 잇는다.

"너도 지도자 좋아하는 모양이구나."

오길용이 이강진의 지휘를 받았을 때는 밤 11시 50분, 집에 들어가지 못하고 안가로 삼은 오피스텔 안이다. 오길용이 응답하자 이강진이 말한다.

"대통령이 인류와 신인류의 연합에 동의했고 오카 소탕에 적극적으로 나선다고 했어."

오길용은 듣기만 했고 이강진의 말이 이어진다.

"공개적으로 선전포고를 할 상황이 못 되니까 서둘러서 오카 박멸반을 편성하게 될 거야."

"그래야지만, 그게 모기 박멸하는 것처럼 쉬운가 어디?"

이제는 오길용이 이강진을 대신해서 말한다. 이강진이 대답한다.

"그래서 경찰 측 특공대장은 당신이 될 거야. 우선 당신을 1계급 특진시키고 송파경찰서에 오카 퇴치용 특공대를 보강시키기로 했어."

"내가 A-18팀장이니까 이강진하고 곧 만날 수 있어요."
메이가 말하자 치우의 얼굴에 쓴웃음이 떠오른다.
"오웬한테 말했더니 공을 세우겠다고 하더구만."
"아직 만나지도 않았어요."
"이미 일산에 수백 명이 깔려 있어."
커피잔을 든 치우가 주위를 둘러보는 시늉을 한다.
"이 커피숍 안에도 오카가 10여 명이나 있어, 완전히 오카 세상이
군."
"대령이 절반은 데려왔어요."
"알아, 날 미행해 온 오웬의 부하들이야."
"내 뒤를 따르는 오카도 대여섯 명 있어요."
"존슨이나 뉴만의 부하겠지."
한 모금 커피를 삼킨 치우가 의자에 등을 붙인다. 오전 9시 반, 일산
중심가의 대한백화점 앞쪽 커피숍에 둘은 다정한 연인 행세를 하고 앉
아 있다.
"송파경찰서 오길용이 경찰팀의 행동대장 역할이야, 그놈하고 경찰
청장 간에 어디까지 손발이 맞춰졌는지 알아내야 되는데 오웬이 꾸물
거리고 있어."
"전쟁 사령관으로 오웬이 적당할까요?"
"지금까지 이런 전쟁은 처음이야."
정색한 치우가 메이를 본다.
"돌연변이 사냥으로 시작되었던 것이 이강진이란 괴물을 만나더니

197

아시아본부, 세계본부팀까지 이 작은 나라로 몰려들었다고. 이제는 돌연변이가 인류하고 공동전선을 펴는 양상이 되었어.”

그때 메이의 핸드폰이 진동했으므로 치우가 입을 다물고 메이가 전화를 받는다.

“여보세요.”

“A18팀장.”

안기태의 목소리.

“예, 안 선생님.”

“오늘 오후 8시에 팀장 소집이야, 준비하고 있도록.”

“예, 알겠습니다.”

메이의 눈빛이 강해진다.

“장소는 어딥니까?”

“그건 소집 전에 알려줄 테니까 일산에서 멀리 벗어나지 말도록.”

“예, 안 선생님.”

통화를 끝낸 메이가 웃음 띤 얼굴로 치우를 본다.

“이 근처에서 모일 모양이네요, 대령님.”

“계급을 정하기로 하지.”

오상미의 말을 들은 이강진이 안기태에게로 머리를 돌린다.

“안 선생이 정하시도록.”

어느덧 이강진의 말투에는 권위가 섞여 있다.

“예, 알겠습니다.”

안기태가 말을 잇는다.

“인류하고 연합전선을 펼치게 된 상황이라 우리 신인류도 인류에 맞는 계급체계가 필요했습니다.”

청와대에서 돌아온 이강진의 얼굴은 밝아져 있다. 대통령을 포함한 정부 고위층에게 오카의 존재를 확실하게 보여줬을 뿐만 아니라 절박한 상황인 것까지 인식시켜주었기 때문이다. 이제 인류와 공동전선을 펼 수 있게 된 것이다.

안기태가 서둘러 방을 나갔을 때 안에는 오상미와 둘이 남게 된다. 오전 10시 반, 이곳은 의정부 안가 응접실 안, 오상미가 이강진을 본다.

“오카 생모가 기다리고 계셔, 이제 나흘째야. 몇 계단 거쳐서 내용이 전달되었는데 할 말이 있다는 거야.”

오상미가 가라앉은 목소리로 말을 잇는다.

“일산 서경호텔 603호실이야, 물론 주변에 오카 집행부, 감찰대의 병력까지 7, 8명이 잠복하고 있어.”

“….”

“그것들이 서진숙 씨하고 함께 왔는지 모르게 따라 왔는지는 아직 확실하지 않아. 그리고 서진숙 씨는 아직도 오카에서 수배 중이야.”

“….”

“그래서 미끼로 내세운 것인지 아니면 네가 나타나기를 기다렸다가 한꺼번에 잡으려고 그러는지도 알 수가 없어.”

“놔둬.”

마침내 이강진이 외면하고 말한다.

“이미 인연이 끝난 사이다. 그 여자하고 나는 종족도 달라.”

“내가 대신 만날까?”

“그만둬.”

이강진이 엄격한 표정으로 오상미를 본다.

"난 또다시 내 여자를 잃기 싫다. 넌 네 일이나 해."

"응? 뭐라고 그랬어?"

눈을 크게 뜬 오상미가 물었지만 몸을 돌린 이강진이 방으로 들어간다.

"나타났습니다."

핸드폰 수화구에서 부하의 목소리가 울린다. 최기종은 듣기만 했고 부하가 말을 잇는다.

"그런데 오길용의 보직이 변경되었습니다. 송파서 기동타격대 대장으로 옮겨갔고 직급이 일 계급 특진되었습니다."

"뭐야?"

마침내 최기종이 외마디 외침을 뱉는다.

"경정이 되었어?"

"예, 조금 전 공고가 떴습니다."

"하재명이 손을 썼군."

이 사이로 말한 최기종이 핸드폰을 귀에 붙인다.

"오길용 주변은 어떠냐?"

"예, 강력1팀 형사들을 다 타격대로 데려갔습니다. 새로운 얼굴들도 여럿 보이고 주변에 형사들이 깔려 있습니다."

"가깝게 접근하지 마."

최기종이 주의를 준다.

"그놈 주위에 돌연변이 감별사가 있을 가능성이 많다."

지금 최기종은 송파서 내부의 오카 정보원과 통화하는 것이다.

뉴욕, 맨해튼의 크라우드 빌딩 45층 대회의실, 오카 세계총재 재클린 머니페이가 원탁에 둘러앉은 12명의 원로를 둘러본다. 12명의 원로는 전 세계 오카를 통제하는 심판관들이다. 재클린은 원로원 의장을 겸하고 있었으므로 절대 권력이다. 금발에 아직도 30대의 눈부신 미모를 간직한 재클린은 미혼, 그러나 실제 나이는 197세로 원로 오카다. 재클린이 입을 연다.

"한국에서 전쟁이 일어날 것 같은데, 이건 오카 역사상 처음 있는 사건입니다."

재클린의 푸른 눈동자가 원로들을 훑고 지나간다.

"한국의 18지부가 무능한 이유도 있지만 그곳에서 독특한 돌연변이가 출현한 것이 사건을 확대시킨 것 같습니다."

12인의 원로는 모두 2백 세 가까운 나이에 그동안 수많은 사건을 거쳐서 모두 담담한 표정이다, 그때 재클린의 말이 이어진다.

"우리가 세계를 장악하려면 앞으로 3단계, 20년이 더 필요합니다. 이런 중차대한 시기에 오카의 정체가 인류 측에 드러나게 되었습니다."

"잠깐."

원로 중 선임 3명에 포함되는 아놀드가 나선다. 189세, 역시 30대 백인 청년의 모습, 검은 눈동자를 반짝이며 아놀드가 묻는다.

"한국 정부가 오카 정체를 확인했다는 증거가 있습니까?"

"어제 한국 대통령궁인 청와대 경호실장과 과장급 간부 둘, 직원 6명이 동시에 휴가원을 내고 잠적했습니다."

재클린이 외면한 채 말을 잇는다.

"그들은 모두 우리 오카족입니다."

그때서야 원로들이 서로를 돌아본다. 다시 재클린의 말이 이어진다.

"한국 정보기관인 KCIA에 잠입시킨 오카가 12명이었는데 그들은 조금 전 아예 한꺼번에 실종 처리 되었습니다."

"아니, 그러면."

아놀드의 목소리가 높아진다.

"우리 세계본부의 감찰본부 오웬 국장이 대규모 병력을 데리고 가 있지 않습니까? 그자들은 그동안 뭘 하고 있었던 겁니까?"

"이미 일이 벌어진 후에 오웬이 투입된 거요."

재클린의 시선이 원로들을 훑고 지나간다.

"전 세계 오카에게 적색경보를 발동시켜야 할 것 같습니다. 한국 정부에서 단독으로 처리하지 않을 테니까요, 한국 정부가 지금쯤 미국 정부에 연락했을지도 모릅니다."

"찬성이오."

아놀드가 커다랗게 머리를 끄덕인다.

"서둘러야 될 것 같소, 미국에서까지 나선다면 전쟁이 커질 테니까, 그런데 도대체."

어깨를 부풀린 아놀드가 눈을 치켜뜨고 재클린을 본다.

"그 독특한 돌연변이 한 놈 때문에 이 사태가 일어났단 말이오? 아직도 그놈을 잡지 못하고 헤맨다면 우리도 특별한 수단을 강구해야 될 것 아닙니까?"

"내 경호대 소속 대령과 소령을 그놈 담당으로 파견했습니다, 하지만."

재클린이 눈부신 미모를 들어 다시 원로들을 훑어본다.

"아예 이 기회에 한국부터 오카화시킬 각오로 전 세계의 역량을 결집, 전력을 대폭 보강시키도록 할 겁니다."

오후 7시 10분, 메이가 의용군 전용 핸드폰 연락을 받는다, 안기태다.

"A18팀장."

"예, 접니다."

"지금 어디 있나?"

"일산 방송국 근처에 있습니다."

"그럼 거기서 8시까지 파주IC로 오도록."

"알겠습니다."

핸드폰을 귀에서 뗀 메이가 자리에서 일어선다.

방안의 전화벨이 울렸으므로 서진숙이 전화기를 귀에 붙인다.

"여보세요."

"날 찾는 이유는?"

이강진의 목소리, 숨을 들이켠 서진숙이 앞쪽 벽을 보면서 말한다.

"나도 지금 쫓기고 있다."

"그렇겠지."

"만나자, 강진아."

"지도자야."

"뭐라구?"

"지도자라구, 내가."

"어쨌든 만나자."

"호텔 주위에 오카가 7, 8명 있어, 지금 이 전화도 도청하고 있다구."

"…"

"그래서 내가 일부러 이 전화를 쓰는 거야."

"강진아, 나도 돌연변이다."

"이젠 별소리 다 듣겠군."

"숨기고 있었던 거야. 네 유전자의 절반은 내가 준 것이다, 절반은 네 아버지가 전했고. 그래서 양쪽 돌연변이로부터 건너간 유전자가 너를 그렇게 강하게 만들었다."

"날 돌연변이로 넘길 때는 언제고 지금 뒤늦게 난리야?"

이강진의 목소리가 낮아진다.

"남편을 자살하게 만들고 나서 며칠 후에 인류하고 정사를 벌였지? 그 연구실에서 말이야."

"보고 싶었다, 강진아."

"잡아가고 싶었겠지, 오카놈들을 주위에 포진시켜놓고 말이야."

"…."

"날 잡아갈 테니까 다시 우수 오카로 환원시켜 달라고 조건을 내걸었나?"

"강진아, 꼭 이루거라."

서진숙의 목소리가 낮게 이어진다.

"마지막은 네 어미로서 죽고 싶었다. 네 얼굴을 보고 나서 가고 싶었는데 목소리라도 들려줘서 고맙다."

"…."

"인류는 후생이 있다고 한다. 그러니 너도 그걸 믿어다오, 내가 믿고 갈 테니까."

서진숙이 길게 숨을 뱉는다.

"다음 생(生)에서 네 엄마로 꼭 다시 만날 테다. 그때는 널 사랑할게. 널 위해서 죽을게."

그 순간 요란한 총성이 울린다.

"서진숙이 자살했습니다."

부하의 보고를 듣는 순간 최기종이 숨을 들이켠다. 핸드폰을 귀에 붙인 최기종에게 다시 부하의 보고가 이어진다.

"그리고 서진숙을 감시하던 집행부 요원 넷, 감찰대원 넷이 모두 머리가 박살이 난 시체로 발견되었습니다."

최기종의 눈앞이 흐려진다, 누구 소행이겠는가?

파주 IC에서 택시를 돌려보낸 메이가 주위를 둘러본다. 오후 8시 정각, 주위는 어둠에 덮였고 인기척은 없다. 길가에 서 있는 메이 옆으로 차량들이 질주한다. 이곳은 주위에 주택이나 건물이 없는 터라 황량하다.

그때 주머니에 든 핸드폰이 울린다. 꺼내 든 메이는 모르는 발신자 번호임을 확인한다. 그러나 핸드폰을 귀에 붙인다.

"여보세요."

"어딘가?"

안기태의 목소리다.

"IC로 들어와 길가에 서 있습니다."

"알았네, 곧 택시가 앞에 멈출 테니 그걸 타면 이곳까지 데려다줄 거야."

그러고는 통화가 끊겼다.

"좋아, 택시 뒤를 따라가면 된다."

심프슨이 웃음 띤 얼굴로 말한다. 이곳은 IC에서 4킬로나 더 들어온 길가의 차 안, 심프슨이 핸드폰을 귀에서 떼고 혼잣말을 한다.

"이번에는 돌연변이 핵심들을 몰살시킬 수 있게 되었다."

심프슨은 치우로부터 상황을 전달받고 대비한 상태다. 파주IC 상공에는 드론까지 띄웠으며 완전무장한 요원을 태운 7대의 기동대 차량이 도로를 빈틈없이 통제하고 있다.

이제 택시 위 상공에는 드론이 따라갈 것이며 기동대는 드론이 비추는 영상을 따라 쫓기만 하면 된다.

그 시간에 한국 대통령 안옥희가 국정원장 한태수, 국방장관 허강윤, 기무사령관 박상도와 둘러앉아 있다. 위치는 청와대 지하 상황실 안, 기무사령관 박상도 중장이 말한다.

"대통령님, 솔직히 저는 오카라는 존재를 다시 한 번 확인해 보고 싶습니다. 도무지 믿어지지 않아서요."

박상도, 55세. 군을 통제하는 실권자인 터라 의심이 많다. 대통령이 신임하는 군 실세. 박상도가 힐끗 안옥희에게 시선을 주고 나서 말을 잇는다.

"오카가 국가 정복을 시도 하다니요? 대통령께서는 현장을 목격하셨다지만 저는 납득할 수가 없습니다."

"…"

"더구나 국방장관께서도 같이 보셨다니요? 그건 마치…"

"그만 입 다무세요."

대통령이 차갑게 말을 자르자 박상도가 숨을 들이켠다. 대통령한테서 이런 말을 듣는 것은 처음이다. 머리 회전이 빠른 박상도의 머릿속

206

에 1년 전 중장으로 예편한 전임 기무사령관의 얼굴이 스치고 지나간다. 2기 선배인 그가 박상도의 중장 예편을 가장 기뻐할 것이다.

그때 대통령이 손바닥을 책상으로 치면서 박상도를 노려본다.

"그럼 나나 여기 있는 국방장관, 국정원장이 헛것을 보고 그 오카 이야기를 당신한테 한 것 같아요?"

박상도의 얼굴이 누렇게 굳어진다. 대통령이 금방 '당신'이라고 한 것이다. 이제는 대통령의 목소리가 높아진다.

"내가 국가 비상사태라고 하면 그런 줄 알아야지. 당신이 뭔데 믿어지지 않느니 어쩌니 하는 거야?"

이제 박상도는 숨도 멈췄고 눈앞이 흐려졌다. 중장 예편 정도가 아닐 것 같다. 대통령의 시선이 국방장관 허강윤에게 옮겨진다.

"안 되겠어요. 지금 당장 기무사령관을 교체하고 그 후임을 이 자리로 데려오세요. 30분 이내로!"

그러고는 대통령이 자리에서 일어나면서 매몰차게 말한다.

"도대체 긴장감이 없어! 저런 자세로 어떻게 기무사령관을 한 거야!"

이제 끝났다. 이유야 어떻든 간에 이것으로 36년 군 생활은 종결된 것이다. 다리에 쥐가 난 박상도는 일어나지도 못한다.

"됐다."

심프슨이 탄성을 뱉는다. 드론이 보내준 영상이 선명하게 차 안의 스크린에 비치고 있다. 택시가 멈춘 곳은 교외의 외진 길가. 안쪽으로 샛길이 뻗쳐 있지만 주변은 민가 한 채 보이지 않는다.

"여기야."

심프슨이 영상 위쪽을 가리킨다. 샛길로 3백 미터쯤 들어간 산비탈에 2층 저택이 세워져 있다. 저택 2층의 불빛이 환하다. 그때 옆에 앉아서 화면을 들여다보던 한국인 오카가 말한다.

"저택 소유주는 민병수로 나와 있습니다. 72세, 아마 그 집을 빌린 것 같습니다."

차에서 내린 메이가 전화를 받자 차 안이 조용해진다. 메이의 핸드폰이 연결되어서 목소리가 울린다.

"거기 앞쪽 불빛이 보이지?"

"네, 보입니다."

"누구 따라오지 않았지?"

그 대목에서 심프슨의 얼굴에 웃음이 떠오른다, 그때 메이의 대답.

"네, 여긴 저 혼자뿐이에요."

"그럼 이곳으로 와."

"알았습니다."

통신이 끊겼을 때 심프슨이 말한다.

"자, 이젠 잡자. 죽여서 잡아도 된다."

"심프슨이 지금 저택을 포위하고 있습니다."

오웬에게 존슨이 보고한다.

"뉴욕 감찰팀 잔여 병력 전부를 투입시켰습니다. 한국 지부 요원 5명도 안내역으로 데려갔습니다."

오웬은 듣기만 하고 존슨의 말이 이어진다.

"이번에 돌연변이 의용군 간부급이 소탕되면 우리가 기선을 제압한 셈이 됩니다."

"…"

"총재께서 전쟁을 선포하신 직후에 올린 전과가 되겠습니다."

"치우 대령은?"

오웬의 시선이 마이클에게 옮겨진다. 마이클이 흐린 눈으로 오웬을 본다.

"심프슨에게 인계하고 나서 아직 연락이 안 됩니다."

오웬의 미간이 좁혀졌지만 입을 열지는 않는다. 오후 8시 40분, 논현동 극동빌딩 15층 회의실 안이다. 이윽고 오웬이 다시 낮게 묻는다.

"서진숙의 시체는 어떻게 처리했나?"

"예, 오카 처리반이 함께 처리했습니다."

마이클이 말을 잇는다.

"서진숙을 감시하던 요원들하고 같이 소각시켰습니다."

돌연변이 지도자가 된 이강진의 짓이다. 이강진은 갈수록 흉포해지고 있다. 서진숙을 감시하던 한국 집행부, 감찰대 오카 8명이 모두 머리가 떼어진 시체로 발견된 것이다.

제각기 돌연변이 체포에 능숙한 경력자들이었지만 벌레를 죽이듯이 머리를 떼어갔다. 오카는 영생불멸의 존재지만 머리가 떼어지면 그 개체는 생을 마감해야 된다.

머리를 끄덕인 오웬의 시선이 다시 벽의 대형 화면으로 옮겨진다. 드론에서 전송된 현장 상황이 대형 스크린에 펼쳐져 있다. 이제 메이가 저택 10여 미터 앞으로 다가가고 있다.

주위는 어둠이 덮여 있었지만 적외선 영상에 메이의 모습이 선명하게 드러난다. 그때 마이클이 영상을 응시하면서 말한다.

"건물 안에 20여 명이 있습니다. 돌연변이 간부 모임이 맞는 것 같습니다."

마당에도 서너 명이 모여 있다. 그러나 경계하는 분위기는 아니다.

"이놈들이 마음을 놓고 있는 것 같군."

오웬이 혼잣소리로 말한다.

"이번에는 심프슨이 공을 세울 건가?"

치우가 응원군을 요청 했을 때 오웬이 심프슨을 지명한 것이다. 심프슨에게 지금까지 추락된 위신을 만회할 기회를 준 셈이다.

정문이 반쯤 열려 있어 메이는 저택 마당으로 들어선다. 어두운 마당 한쪽에 서 있던 서너 명의 남녀가 이야기를 그치고 메이를 본다. 분위기가 밝다. 저택의 열린 창으로 웃음소리가 흘러나온다. 그것을 듣는 순간 메이의 온몸에서 소름이 돋아난다, 그때다.

메이는 뒤쪽에서 덮쳐오는 차가운 기운을 느낀다. 습격, 지금까지 자신을 미행해온 오카 돌연변이 체포반의 습격이다.

"반항하면 죽인다!"

앞장서 뛰어든 심프슨이 권총을 겨누고 소리친다.

"탕! 탕!"

요란한 총소리, 이것은 뒤를 따르던 부하가 위협용으로 발사한 것이다.

"꺄악!"

그 순간 여자들의 째지는 비명 소리가 들린다.

"으앗!"

남자들은 책상 밑으로 머리를 처넣거나 도망치다가 넘어진다.

"엇!"

심프슨이 사태를 파악한 것은 3초도 걸리지 않았다. 저택 안에는 남녀 청년들로 가득 차 있다. 그러나 모두 인류다. 돌연변이는 물론이고 오카도 없다.

"이, 이런!"

순식간에 얼굴이 노랗게 굳어진 심프슨이 소리친다.

"철수! 속았다!"

심프슨이 느끼는 위기감을, 따라 들어온 부하들은 아직 느끼지 못한다. 몸을 돌린 심프슨이 악을 쓴다.

"철수! 철수!"

"꺄악!"

그 순간 여러 명의 여자가 비명을 지른다. 저택 안의 불이 일제히 꺼졌기 때문이다.

"이런! 밖으로!"

심프슨이 다시 소리친 순간.

"으악!"

비명이 들린다.

"으아악!"

다시 다른 곳에서, 심프슨이 눈을 치켜뜬다. 역습을 받고 있는 것이다.

심프슨이 외치기 전에 메이가 상황을 파악한다. 마당에 모여선 남녀가 모두 인류인 것이 의아했기 때문이다. 그러나 이미 심프슨이 이끈 오카 감찰대와 뉴욕팀이 쏟아지듯 밀려와 메이도 엉겁결에 저택 안으로 들어온 것이다. 메이의 손에도 돌연변이 소멸용으로 제작된 특수 권총이 쥐어져 있다.

심프슨의 외침에 가장 먼저 반응한 대원이 메이다. 몸을 돌린 메이가 밀려들어온 출입구 대신 옆쪽의 창문으로 몸을 날린 것은 본능이다. 함정에 빠졌다면 출입구에 덫을 설치해놓았을 것이라고 느꼈기 때문이다. 창문이 반쯤 열려 있어 메이는 몸을 수평으로 눕혀 날아가 바람처럼 빠져나간다. 돌연변이의 반점프 특성을 이식 받은 것이다, 그 순간.

"으악!"

"악!"

현관으로 쏟아져 나오던 대원들의 비명이 터진다. 한꺼번에 터지고 있어서 마치 대량 학살을 당하는 것 같은 소음이다. 땅바닥에 몸을 굴리면서 상반신을 일으킨 메이는 숨을 들이켠다. 보라, 저택 현관 앞은 불길에 싸여 있다. 현관 밖으로 뛰쳐나온 대원들은 모두 온몸이 불덩이가 되어 있다.

"으아아악!"

비명이 어두운 산비탈을 울렸고 이제 저택 마당은 불덩이가 뛰노는 끔찍한 장면이 펼쳐지고 있다.

메이는 몸을 굴려 담장에 붙어 선다. 그때서야 상황 파악이 된다. 저택 현관 위에서 물줄기가 쏟아지고 있다. 그것은 물줄기가 아니다. 분무기처럼 쏟아지는 가스, 휘발유다. 그 휘발유가 불길이 되어서 불비처럼 대원들을 덮어씌우고 있다.

"으아악!"

비명이 울린 순간 오상미가 바로 앞쪽 오카의 머리통을 부순다.

"퍼석!"

오상미의 옆을 양미선이 스치고 지나간다. 양미선 또한 살인귀가 되어 있다. 번들거리는 눈, 꾹 다문 입술, 다음 순간 양미선의 모습이 사라지더니 또 처절한 비명이 울린다. 양미선이 변신을 한 것이다. 몸이 보이지 않는 터라 불덩이가 된 오카는 당할 수밖에 없다.

그때 오상미는 대문 쪽으로 달려가는 흑인을 본다. 등에 불이 붙은 심프슨. 오상미가 펄쩍 몸을 날렸을 때다. 옆쪽에서 섬뜩한 느낌이 들더니 허리에 날카로운 통증이 온다. 숨을 들이켠 오상미는 바로 눈앞에서 번들거리는 눈을 본다.

미끼, A-18번, 오카의 첩자, 이년이 어느새 나를 찌르다니.

16장 인류의 위기

"으아악!"

그때 옆쪽에서 처절한 비명 소리가 울린다. 몸을 비튼 오상미가 옆구리의 통증으로 한쪽 무릎을 꿇는다. 옆구리를 깊게 찔린 것이다. 그 순간 앞에서 불덩어리가 넘어진다, 오카 감찰대원이다. 오상미는 손에 쥔 오카 제거용 권총을 치켜든다. 첩자 A-18이 사라진다. 바로 옆에서 감찰대원이 쓰러진 것이 그 이유일 것이다. 그때 오상미의 귀에 사내의 목소리가 울린다.

"담장에 붙어 있어."

그 순간 오상미가 숨을 들이켠다. 간발의 차이로 이강진이 다가왔기 때문이다. A-18은 이강진이 나타나자 사라졌고 대신 주변에 있던 오카 감찰대원이 소멸된다. 오상미의 팔을 쥔 이강진이 순식간에 담장으로 점프하더니 붙여 세운다.

"상처를 꾹 누르고 있어. 난 지휘관을 잡아야겠어."

모습이 보이지 않는 이강진의 목소리만 울린다. 저택 마당에는 이제 오카의 시체만 불에 타고 있다. 불길이 꺼지지 않는 불덩이는 곧 오카의 불타는 무덤이다. 17개의 불덩이 중 아직도 꿈틀거리는 것이 있다.

점프를 두 번 한 이강진이 곧 심프슨의 뒤에 붙는다. 심프슨은 점프 능력은 없지만 메이처럼 반(牛)점프 능력을 이식 받았기 때문에 한 번 뛰면 5미터쯤의 거리를 날아간다. 치타와 비슷한 수준이나 그보다 지구력이 강해서 10킬로를 그 속도로 달릴 수 있다. 그것이 오카의 한계다. 뒤로 바짝 붙은 이강진이 막 손을 뻗은 순간이다. 심프슨이 와락 상반신을 돌리면서 손에 쥐고 있던 권총을 발사한다.

"탕!"

총소리가 골짜기를 울린다. 심프슨의 검은 얼굴에서 눈의 흰자위가 어둠 속에 선명하게 드러난다.

"탕! 탕!"

다시 두 발의 총성이 울린 것은 한 발을 이강진의 머리에 맞췄는데도 그 모습 그대로였기 때문이다. 달리는 중에도 심프슨의 사격은 정확하다. 이어서 두 발의 총탄이 이강진의 이마와 눈에 맞는다.

"됐다."

심프슨이 뜀을 멈추면서 소리친다. 그러고는 완전히 몸을 돌렸을 때 이강진이 눈앞에 나타난다. 멀쩡한 얼굴. 놀란 심프슨이 숨을 들이켰을 때 머리에 격심한 충격이 왔다.

"A-18은 놓쳤어."

골짜기에 모였을 때 양미선이 말한다. 양미선은 투사임이 증명되었다. 이번 역습 작전에 동원된 신인류 행동대는 다섯, 이강진과 오상미, 행동대인 조해규, 곽동호, 양미선이었다. 안기태는 조여정으로 위장한 메이를 시별하지 못했지만 변신한 이강진이 메이와 치우가 이야기하는 현장을 확인하고 역습 작전을 기획한 것이었다. 이곳은 저택에서 4킬로쯤 떨어진 골짜기 안, 둘러선 면면(面面)은 이강진을 중심으로 셋이 모였지만 오상미는 바위 위에 눕혀졌다, 옆구리 상처가 깊었기 때문에. 행동파 팀장격인 곽동호가 이강진에게 보고한다.

"조여정으로 위장한 메이를 놓쳤습니다. 심프슨을 포함 21명이 저택에 진입했는데 그중 17명 소멸, 셋은 도주했고 심프슨은 생포했습니다."

그리고 이쪽은 조해규, 오상미가 부상을 입었다. 심프슨이 이끈 뉴욕 감찰대 잔여 병력은 전멸되었고 심프슨까지 생포된 상황이다. 이강진의 시선이 옆쪽 바위틈에 처박혀 있는 심프슨에게 옮겨진다. 심프슨은 짐승처럼 사지가 묶여 있었지만 다 듣고 있을 것이다. 머리를 끄덕인 이강진이 곽동호에게 지시한다.

"난 여기서 오상미를 치료하고 저놈을 처리할 테니 돌아가 쉬어."

오후 10시가 되어 가고 있다. 모두 몸을 돌렸을 때 이강진이 말한다.

"오상미 치료하는 데 양미선이 남아줘야겠다."

스크린은 꺼져 있다. 방안의 모든 오카들도 입을 다물고 있어서 숨소리도 들리지 않는다. 오웬이 의자에 등을 붙인 채 꺼진 스크린을 응시하고 있기 때문이다. 드론이 부서진 것은 심프슨이 저택 안으로 진입한 직후다. 잘 비치던 드론이 갑자기 사라진 것이다. 그것은 격추된 것을 의미한다. 누가 그랬는가? 5백 미터 높이의 고공에, 그것도 어두운 밤에 불빛도 없이 떠 있는 드론을 누가 격추시켰는가? 오웬은 온몸에 냉기가 덮이는 느낌을 받고 있다. 돌연변이의 능력은 어디까지인가?

이윽고 심호흡을 한 오웬이 입을 연다.

"피해 상황은?"

"예."

기다리고 있던 참모 마이클이 대답한다.

"21명이 진입했다가 3명이 탈출했습니다. 셋은 한국 감찰대 소속 2명, 집행부 요원 1명입니다."

"…"

"나머지는 모두 사망한 것 같습니다. 불에 탄 시체는 17구로 확인되었습니다."

"…"

"경찰이 오기 전에 시체를 처리하느라고 일일이 신분 확인을 못 했습니다."

"…"

"1구가 비지만 서두는 바람에 섞였을 가능성이 크다고 집행부장 최기종이 말했습니다."

벽시계가 오후 11시 반을 가리키고 있다. 저택에서 MT를 하던 대한전기의 남녀 사원들은 난데없는 소동에 모두 혼이 나갔지만 부상자는 없다. 저택은 불에 타서 전소되었는데 신고를 받은 119와 경찰이 왔을 때는 집행부 처리반이 시체를 모두 처리한 후다. 오웬이 눈을 치켜뜨고 말한다.

"함정에 또 걸린 거야, 이것으로 심프슨의 함정 빠지기 작전은 되풀이되지 않겠군."

오웬의 시선이 치우에게로 옮겨진다. 치우와 메이는 총독 소속으로 마이클의 머릿수 계산에는 포함되지 않았다. 그러나 오웬의 시선을 따라 방안의 모든 시선이 치우에게로 모여진다. 오늘 밤의 대(大)살상극의 단초는 메이가 만들어 놓았기 때문이다.

메이가 함정에 빠져 대원들을 끌고 들어간 것이나 같다. 그리고 그 것을 연결시켜준 장본인이 바로 치우다.

"메이는?"

오웬이 갈라진 목소리로 묻자 치우가 똑바로 시선을 준 채 대답한 다.

"지금 이강진을 쫓고 있습니다."

"이강진을?"

되물은 오웬이 눈만 껌벅였을 때 치우가 말을 잇는다.

"연락이 왔습니다. 이강진을 찾았다고 말입니다."

"어디서?"

"그러고는 통신이 끊겼지만 곧 연락이 올 것입니다."

어깨를 부풀린 오웬이 외면했고 주위의 간부들 사이에서 투덜거리 는 소리가 들린다. 메이가 같이 살해당했어야 마땅하다는 분위기다.

대통령 안옥희가 전화기를 귀에 붙인다. 벽시계가 오후 11시 50분을 가리키고 있다, 워싱턴 시간은 오전 9시 50분.

"각하, 안녕하셨습니까?"

대통령이 먼저 인사를 한다. 미국 대통령 로버트 그린우드는 65세, 지난번 한미 정상회담 때 안옥희를 캠프 데이비드 별장에서 최고의 예 우로 환대했다. 10년 전에 남편 유창호가 폐암으로 죽은 후에 안옥희는 혼자 살고 있다.

"반갑습니다, 대통령 각하. 그런데 무슨 일이십니까?"

미국 대통령과의 통화를 바로 연결할 수는 없다. 최소한 사흘 전에 전화통화의 합의를 하고 나서 실무자가 통화 내용을 사전에 조율해야 한다. 그래야 통화 중에 놀라거나 뭘 찾는 소동이 일어나지 않는다. 그런데 이번 통화는 하루 전에 긴급으로 요청했고 통화내용은 극비로 보안요청을 한 것이다.

로버트가 긴장하고 있는 것이 드러난다. 그때 안옥희가 메모해놓은 것을 말한다. 안옥희는 미국에서 박사 학위까지 받은 터라 직접 영어로 말하고 있다. 안옥희는 오카의 존재에서부터 현 상황에 이르기까지 조리 있게 설명했는데 8분이 걸렸다. 그동안 로버트는 말을 끊지 않고 듣기만 한다. 이윽고 설명을 끝낸 안옥희가 심호흡을 했을 때 로버트가 말한다.

"만일 그것이 사실이라면, 아니, 사실이겠지만 대통령 각하, 이건 인류의 역사가 뒤바뀔지 모르는 대사건이 될 겁니다."

"그렇습니다, 대통령 각하."

안옥희의 목소리가 마침내 떨려 나온다.

"인류가 멸망할지 모르는 사건입니다, 대통령 각하. 더구나 주변에 오카가 암세포처럼 박혀있는 실정입니다. 그들이 마음만 먹으면 지금이라도 지구에 대혼란이 일어날 것입니다."

"제가 당장 책임자를 파견하지요. 물론 비밀리에 파견하겠습니다."

"잠깐만요, 각하."

안옥희가 서둘러 저지한다.

"누가 오카인지 아직 그쪽에서는 감별하지 못하실 것입니다. 그러니까 이곳에서 오카 감별사를 보내드리지요. 그때까지 제가 한 말씀은 누구한테도 말씀하시지 마십시오."

"아니, 그럼."

"제 경호실장도 오카였습니다. 국정원 간부들도, 경찰은 말할 것도 없이 오카들이 박혀 있었거든요."

로버트가 숨을 들이켰을 때 안옥희가 말을 잇는다.

"지금 즉시 보내겠습니다, 각하."

메이의 눈동자는 고정되어서 마치 박제된 짐승의 눈 같다. 지금 메이는 나무 위, 지상 7미터쯤의 나무에 딱 붙어서 아래를 내려다보는 중이다. 메이의 시선이 닿은 곳은 바위 위에 반듯이 눕혀진 오상미, 오상미의 옆구리는 깊게 찔린 데다 폭이 4센티 정도나 되게 벌어져 있다.

밤 12시 반, 근처에서 풀벌레가 울고 있다. 오상미는 칼에 찔린 후에 손바닥으로 상처를 막고 있었으니 망정이지 그렇지 않았다면 압력을 견디지 못한 창자가 다 밖으로 뿜어져 나왔을 것이다. 그만큼 중상이다. 그러나 두 시간쯤이 지난 지금, 오상미는 회복되고 있다. 그것도 이강진의 괴상한 치료법 때문이다.

"좋아, 이제 내상은 아물었다."

이강진의 목소리가 나무 위로 선명하게 들린다. 그도 그럴 것이 가지와 잎이 무성한 전나무로 가려져 있지만 직선거리로 7미터 아래다. 이강진이 오상미의 옆구리에 붙였던 손을 떼었을 때 양미선이 숨을 들이켠다. 찢어진 상처가 붙었기 때문이다.

그러나 상처 부근은 어둠 속에서 번들거리고 있다. 이강진의 손바닥에서 진액이 흘러나온 것처럼 보인다. 그때 눈을 뜬 오상미가 이강진에게 말한다.

"상처가 너무 뜨거워."

"그럴 거다, 그 부분을 양초처럼 녹여서 붙였으니까."

"어떻게 그렇게 되지요?"

참지 못한 양미선이 묻는다. 활달한 성품의 양미선은 민첩하게 시중을 들고 있다. 이제는 이강진이 손바닥으로 오상미의 이마를 덮으면서 말한다.

"열을 식혀주지."

이강진의 목소리가 숲속을 울린다.

"오카의 몸은 변형이 쉬워. 그래서 상처 부분을 양초처럼 변형시켜서 봉합한 후에 원상으로 돌린 거다."

"어떻게 변형을 시켜요?"

다시 양미선이 묻자 이강진이 쓴웃음을 짓는다.

"내가 돌연변이기 때문이야."

"나도 그런데요."

"내 특징이 더 많아서 그런가봐."

이강진이 오상미의 이마에서 손을 떼더니 다시 옆구리에 손바닥을 붙인다.

"시간이 좀 걸렸다. 상처가 너무 깊었기 때문이야."

"그년이 지독했어, 날 노려보던 눈을 잊지 못하겠어."

그러자 양미선이 입맛을 다신다.

"놓쳐서 분해."

그때 이강진이 손바닥을 덮은 채 말한다.

"바로 우리들 머리 위에 있어, 그년이."

오상미와 양미선은 무슨 말인지 금방 못 알아들었고 메이도 마찬가지다. 잠깐 동안 벌레 소리만 들린다.

다음 순간 메이가 몸을 날린다. 검은 하늘로 솟아오른 메이의 흔적은 보이지 않았지만 이강진이 몸을 솟구친다, 점프. 놀란 양미선이 눈을 치켜떴지만 솟구친 이강진의 모습은 보이지 않는다. 이강진이 점프해 가는 메이의 뒤를 따른다. 메이의 점프력은 한 번에 폭 20미터, 높이 10미터 수준. 이강진은 그 10배의 수준이었지만 맞추어 다가간다. 메이가 5번 점프했을 때다. 어느 정도 안심한 메이가 솟아오른 후에 허공에서 뒤를 돌아본 순간, 솔개가 병아리를 채 가듯이 날아온 이강진이 메이의 목덜미를 잡고 밑으로 떨어진다.

"아앗!"

놀란 메이의 입에서 저절로 외침이 터졌고 반항할 여유도 없이 땅바닥에 몸이 처박힌다.

"쿵!"

메이의 귀에 부딪히는 소리가 들리고 동시에 뼈가 부서지는 것 같은 충격을 받으면서 메이는 정신을 잃는다.

눈을 뜬 심프슨이 앞에 선 이강진을 본다. 어느덧 햇살이 환한 오전, 심프슨은 자신의 뇌 한쪽이 부서진 것은 알았지만 신체 전부를 확인하지는 못한다. 뇌가 부서지면서 사고력(思考力)을 관장하는 부분이 손상을 입었기 때문이다.

"네가 아는 모든 기억을 가져가야겠다."

다가선 이강진이 평온한 표정으로 말한다.

"대신 네 목숨은 살려주마."

그러고는 심프슨이 미처 입을 열기도 전에 머리에 이강진의 손바닥이 덮인다.

"이, 이게."

심프슨이 힘없이 중얼거렸지만 곧 입을 다문다. 이강진의 손바닥이 뜨겁다는 것만 느낄 뿐 심프슨은 곧 편안한 얼굴이 된다. 이윽고 이강진이 손바닥을 떼고 몸을 일으켰을 때 뒤에 서 있던 양미선이 묻는다.

"지도자, 지금 뭘 하신 거죠?"

"기억을 다 흡수했어."

다가온 양미선이 심프슨을 내려다본다. 심프슨은 팔과 다리가 묶인 채 바위틈에 눕혀져 있었는데 잠이 든 것 같다.

"능력은요?"

"능력까지."

외면한 이강진이 말을 잇는다.

"말과 글까지 잃어버린 상태가 되어 있을 거다. 자신의 이름도 모를 거야."

"죽는 것이 차라리 낫겠군요."

"묶인 것을 풀어서 내보내."

발을 떼면서 이강진이 말했을 때 바지 주머니의 핸드폰이 울린다. 핸드폰을 꺼내 든 이강진이 긴장한다. 경찰청장 하재명의 전화, 오전 8시 20분이다.

"잡았어?"

방으로 들어선 이강진을 보자마자 오상미가 묻는다. 파주 교외의 단독주택 안, 머리를 끄덕인 이강진이 다가가 오상미를 내려다본다. 오상미는 잠옷 차림으로 반듯이 누워 있었는데 얼굴도 화색이 돌아왔고 눈빛도 맑다. 이강진이 잠옷을 젖히자 오상미가 눈을 흘긴다.

"사람 있는 데서 그러지 마."

"뭘?"

칼에 찔린 오상미의 옆구리는 말끔히 봉해졌고 실낱같은 붉은 선이 바로 찔린 자국이다. 머리를 든 이강진이 오상미에게 말한다.

"다 치료되었다. 내가 한 번만 기를 넣으면 정상이 된다."

그러고는 오상미의 옆에 앉아 상의의 단추를 푼다. 곧 브래지어만 걸친 오상미의 상반신이 드러난다. 오상미가 얼굴을 붉혔지만 움직이지 않는다. 곧 오상미의 상처에 손바닥을 덮은 이강진이 심호흡을 한다. 그 순간 뜨거운 기운이 쏟아지듯 오상미의 몸 안으로 들어간다. 오상미가 입을 딱 벌리면서 몸을 굳혔을 때 순식간에 뜨거운 열기가 오상미의 몸에 가득 찬다.

"경찰청사 안의 오카가 모두 체포되었습니다."

마이클이 보고한 순간 회의실 안은 숨소리도 들리지 않는다. 오전 9시 10분, 오카 한국전(戰) 사령부인 논현동 극동빌딩 대회의실 안, 오웬의 시선을 받은 마이클의 보고가 이어진다.

"경찰청사 안의 오카는 모두 14명이 남아 있었는데 20분쯤 전에 기동대가 전격적으로 체포, 3층 유치장에 감금시켰습니다."

"죄명은?"

갈라진 목소리로 오웬이 묻자 마이클이 인간처럼 한숨을 내쉬고 나서 대답한다.

"모두 뇌물을 먹었다는 죄명으로 구속되었습니다. 그것이 가장 엄중한 죄 중의 하나니까요."

"이젠 공공연하게 도전하는군."

"언론에 보도할지도 모르겠습니다."

"그럴 리가."

쓴웃음을 지은 오웬이 간부들을 둘러본다.

"그렇게 되면 세계가 대혼란에 빠진다. 증시가 폭락하고 계엄령이 선포되고 서로 죽이는 세상이 될 거야, 오히려 우리가 바라는 세상이 빨리 올 수도 있어."

"그럼 내버려 두는 것이 낫지 않습니까?"

뉴만이 불쑥 묻자 오웬이 혀를 찬다.

"아직 우리가 지구를 접수할 준비가 되지 않았어."

모두의 시선을 받은 오웬이 말을 잇는다.

"한국의 돌연변이 반란 때문에 세계본부가 일정을 앞당길지도 모른다. 일단 한국의 돌연변이 반란을 진압하려던 전쟁이 세계전쟁으로 확대될 가능성이 있어."

오웬의 얼굴이 긴장으로 굳어진다.

"이 정도면 한국은 최고위층까지 오카에 대한 보고가 되었다고 봐야 한다."

메이의 머리에서 손을 뗀 이강진의 얼굴에 쓴웃음이 떠오른다.

"뉴욕 세계본부의 구조를 이제 알겠군."

혼잣말을 한 이강진이 반듯이 누워 있는 메이를 내려다본다.

"네 덕분에 총재 재클린의 얼굴도 기억하게 되었다."

메이는 세계본부 3대 총재 재클린의 호위대 소속이었기 때문이다. 머릿속 기억이 모두 옮겨진 터라 이강진은 메이의 팀장 치우의 얼굴과

헨드폰 번호까지 기억하게 된다. 메이가 이강진을 올려다본다.

"날 어떻게 할 셈이냐?"

"이제 소멸시켜야지."

정색한 이강진이 말한다. 오전 11시, 골짜기 나무그늘에 눕혀진 메이는 손가락 하나 까닥할 수 없는 상황이다. 몸을 일으킨 이강진이 메이를 내려다본다.

"뉴욕에서 여기까지 왔는데 안됐다. 한국의 이름 없는 산에서 흙이 되다니."

"상관없어."

쓴웃음을 지은 메이가 말을 잇는다.

"오카 생활도 별 재미가 없었으니까."

"과연 그렇군."

그렇게 말했던 이강진이 머리를 기울인다.

"네 기억은 모두 가져왔는데 넌 머릿속이 비워지지 않는 모양이지?"

"넌 복사해 간 거야, 바보야."

메이가 이를 드러내고 웃는다.

"이제 넌 내 짝퉁이다."

"곧 소멸될 년이…"

퍼뜩 눈을 치켜떴던 이강진의 머리에 메이의 과거가 떠오른다.

"너, 한국계 어머니한테서 태어났군."

"그렇다."

"나이가 스물다섯, 오카 계집치고는 어리군."

"늙은 오카만 보았니?"

"늙지 않으니까 그렇다."

226

"부대끼면서 살려니까 같이 늙어줘야 돼."

"아직 남자 경험이 없다니."

"그게 잘못이냐?"

"금방 죽을 년이 겁이 나지도 않는 모양이군."

"오카는 죽음이 없는 선택된 종족이야, 이 돌연변이야, 그래서 그렇다."

"그럼 죽여주마, 이년아."

이강진이 눈을 치켜떴을 때 호주머니에 든 핸드폰이 울린다. 꺼내본 이강진이 긴장한다. 청와대에 파견한 오카 감별사 천경호다. 핸드폰을 귀에 붙인 이강진이 묻는다.

"무슨 일이야?"

"지도자님, 대통령이 찾으십니다."

천경호가 다급하게 말한다.

"한국에서 선전포고를 한 것이나 같아요."

오카 총재 재클린의 목소리가 회의실을 울린다. 뉴욕, 오카세계본부 대회의실 안, 둘러앉은 12원로의 얼굴도 굳어져 있다.

"비상사태를 선포하고 전쟁 준비를 시작해야 되겠어요, 이의 없지요?"

"없습니다."

12원로가 일제히 대답한다, 아놀드도 마찬가지다. 긴장한 표정, 다시 재클린이 말한다.

"그 정도면 한국의 대통령까지 보고가 되었다고 봐야 돼요. 이제 우리 계획을 앞당겨야 됩니다."

재클린의 두 눈이 번들거린다.

"한국만의 문제가 아니게 되었어요. 한국 정부가 알았다면 곧 세계 각국에 이 정보를 알릴 테니 우리도 가차 없는 대응을 해야 될 거요. 전시체제로 전환합니다."

"동의합니다."

원로들이 동의한다.

오후 2시 반, 청와대 지하 상황실에서 대통령 안옥희, 국방장관 허강윤과 각군 참모총장, 행안부장관과 각도 경찰청장, 신임 기무사령관까지 포함한 전(全) 군관민 전시(戰時) 비상회의가 개최된다. 장방형 테이블 중앙에 앉은 대통령 안옥희 정면에 20대 초반의 젊은 청년이 앉아 있어서 모두의 시선이 집중되었는데 바로 이강진이다, 돌연변이의 지도자. 이번 인류역사상 초유의 대전쟁에서 주역을 맡아야 할 '신인류의 용군 사령관'이다. 안옥희가 먼저 입을 연다.

"이강진 씨, 앞으로 우리는 이강진 씨를 사령관으로 부를 겁니다."

이강진은 눈만 깜박였고 안옥희의 말이 이어진다.

"사령관께 먼저 부탁부터 드릴 일이 있어요, 그것은…."

호흡을 가다듬은 안옥희가 시선이 국방장관 허강윤에게 옮겨진다.

"장관이 말씀하세요."

"예, 대통령님."

허강윤이 이강진에게 시선을 돌린다.

"정부 중요기관 및 각 군부대, 경찰서, 일선 현장에 오카 감별사가 파견되어야겠어요. 사령관께서 즉시 조처해 주시기 바랍니다."

"알겠습니다."

이강진의 시선이 말석에 앉은 안기태에게로 옮겨진다. 안기태는 '신인류의용군' 참모장이다. 안기태가 열심히 노트를 하고 있다. 다시 허강윤이 말을 잇는다.

"시급합니다, 언제까지 조처가 되겠습니까?"

그때 이강진이 안기태를 본다.

"참모장, 말씀하세요."

"예, 사령관님."

대답한 안기태가 안옥희를 향해 예의바르게 머리를 숙여 보이고는 대답한다.

"현재까지 저희 신인류에서 오카를 감별할 수 있는 능력자를 127명 확보했습니다. 회의가 끝나는 즉시 소집시켜 보내드리도록 하겠습니다."

그때 안옥희가 말한다.

"대우는 최상으로 해주세요."

"예, 대통령님."

회의는 일사불란하게 진행된다.

회의를 마쳤을 때 대통령이 이강진과 안기태를 본다. 대통령 집무실 안이다. 배석자는 국방장관 허강윤과 비서실장 이준길이다. 대통령이 말한다.

"사령관, 지금 즉시 특별기편으로 워싱턴에 가서 미국 대통령을 만나주시면 좋겠어요."

안옥희가 정색하고 이강진을 본다.

"미국 대통령에게 연락을 했는데 그쪽도 오카 감별사가 필요해요.

그래서 미국도 아직 움직이지 못하고 있어요."

"알겠습니다."

"감별사 몇 명을 데려가면 좋겠는데, 가능하겠어요?"

그러자 안기태가 대답한다.

"영어회화가 가능한 신인류를 고르겠습니다, 그리고."

안기태가 생기 띤 얼굴로 안옥희를 본다.

"미국에도 숨어 있는 신인류가 있을 것입니다. 그들도 일어나 동참시켜야 할 것입니다."

"하지만,"

안옥희가 똑바로 이강진을 본다.

"사령관은 한국으로 곧 돌아오셔야 해요."

"야단났어."

그린우드 대통령이 안보보좌관 존 머피에게 말한다. 오전 10시, 백악관 집무실 안에는 둘뿐이다. 오늘은 비서실장 지미 핸드릭스도 부르지 않고 둘이 독대하고 있다.

"무슨 일인데요?"

앞쪽에 앉으면서 묻는 머피는 52세, 그린우드가 3년 전에 발탁한 안보 전문가다. 컬럼비아에서 박사를 받고 국방연구원장을 지내면서 그린우드에게 안보 자문을 하다가 안보 보좌관이 되었다. 잿빛 머리칼에 갈색 눈동자의 아일랜드계, 그때 그린우드가 목소리를 낮추고 묻는다.

"존, 자네 혹시 오카 아니지?"

"오카라니요?"

이맛살을 찌푸린 머피가 그린우드를 응시한다.

"그게 무슨 말입니까?"

"이건 극비인데 자네한테는 알려줘야만 하겠어."

"무슨 말씀인지…."

"자네 정말 오카 아니지?"

이번에는 그린우드가 웃으면서 묻자 머피는 상반신을 굽히면서 말한다.

"각하, 그게 혹시 성적인 취미를 말씀하신 것이라면 대답을 사양하겠습니다. 아시겠지만 전 성적 호기심조차 없는 사람이어서요."

"알겠어."

쓴웃음을 지은 그린우드가 손을 들어 머피의 말을 막더니 길게 숨부터 뱉는다.

"그제 아침에 한국 대통령한테서 극비 전화가 왔어, 난데없었지."

"…."

"그런데 그 내용이 충격적이야."

그린우드가 안옥희로부터 들은 오카 이야기를 하는 동안 머피는 숨도 죽이고 있다. 이윽고 이야기가 끝났을 때 머피가 굳어진 얼굴로 묻는다.

"그럼 오카 감별사가 온다고 했습니까?"

"그래, 내일 중 도착할 거야."

길게 숨을 뱉은 그린우드가 어깨를 움츠렸다가 편다.

"먼저 백악관 내부에 오카가 있는지부터 파악해야 돼. 이건 인류 역사상 가장 큰 재난이라고."

"사실이라면 인류가 멸망할지도 모르는 일입니다. 인류 대신에 오카가 새 역사를 쓰게 되겠지요."

머피가 굳어진 얼굴로 입술만 달싹인다.

"이 이야기를 누구한테 하셨습니까?"

"비서실장 지미 핸드릭스하고 경호실 차장 마크 트웨인 둘이야."

"저까지 셋이군요?"

"전화 연결해준 비서 제임스 커튼까지 있어."

"그럼 넷인가?"

"오늘 공항에서 한국에서 올 돌연변이 사령관과 감별사를 데려올 경호실 팀장 뉴만도 있어."

"다섯이네요."

길게 숨을 뱉은 머피가 그린우드를 보았다.

"각하, 전시(戰時)체제로 돌입하시되 비공개로 해야 됩니다. 특수부대를 편성해서 오카 사령부부터 궤멸시켜야 할 것입니다."

"우선 오카 감별부터 하고 나서 군(軍) 지휘관 회의를 해야 돼."

의자에 등을 붙인 그린우드가 길게 숨을 뱉는다.

"전화 받고 나서 이틀 동안 잠을 못 잤어. 이제 내일 저녁에 오카 감별사가 오면 마음이 놓일 것 같네."

"지금부터 시작이지요."

머피도 긴 숨을 뱉고 나서 머리를 젓는다.

"저는 아직도 믿기지 않지만 말씀입니다."

"내가 미국에 가야 돼."

고양시 외곽의 전원주택 안에서 이강진이 말한다. 이곳도 신인류의 용군의 안가로 산비탈에 세운 2층 건물이다. 응접실에 모인 인원은 다섯, 참모장 안기태, 오상미, 양미선, 곽동호가 둘러앉아 있다.

"미국 대통령을 만나는 거야."

이강진이 말하자 안기태가 상황을 설명한다.

"실물 오카를 보여주고 오카 감별사를 보내 백악관부터 오카 색출을 하는 거야."

안기태가 청와대에서의 회의내용을 설명해주는 동안 모두 숨을 죽인다. 이윽고 이야기가 끝났을 때 오상미가 묻는다.

"실물 오카를 샘플로 데려간다는 건가요? 누구를 데려갑니까?"

"메이."

대답은 이강진이 한다. 이강진의 시선이 양미선과 곽동호에게 차례로 옮겨진다.

"양미선과 곽동호 대위가 날 따라간다."

"아니, 나는요?"

오상미가 눈을 크게 뜨자 이강진이 이맛살을 찌푸린다.

"오 소령, 너는 여기 남아서 참모장을 보좌해야 돼."

"소령이건 대령이건 난 싫어."

오상미가 짜증을 낸다.

"난 본래 이곳 출신도 아니었어, 도쿄 아시아본부에서 왔다구."

"돌연변이 체포반이었지."

이강진이 정색하고 말한다.

"그러다 나한테 잡혀서 이렇게 되었고."

"어쨌든 난 싫어."

"넌 몸이 아직 완쾌되지 않았어."

이강진이 말을 잇는다.

"놀러 가는 게 아니야, 지금 세계가 오카와 전쟁 상태로 돌입하고 있어, 넌 여기 남아서 참모장을 보좌해."

오상미가 이강진의 표정을 보더니 어깨를 늘어뜨린다. 그때 안기태가 말한다.

"사령관이 다녀오실 동안 한국에서는 전열을 정비해놓을 계획입니다. 오늘부터 실무 부대에 오카 감별사를 파견해야 되니까요."

"넌 나하고 미국에 간다."

이강진이 말하자 메이가 시선을 준다. 그러나 입을 열지는 않는다.

"따라 나와."

몸을 돌린 이강진이 발을 떼었으므로 메이가 묻는다.

"미국으로 돌려보낸다는 거야?"

이강진은 대답하지 않는다. 파주 안가에 묶여 있던 메이에게 이강진이 온 것이다. 묶인 것이 풀려진 터라 메이가 응접실을 나왔을 때 밖에서 있던 양미선과 곽동호가 다가온다.

"5분 후에 헬리콥터가 온다고 했어요."

손목시계를 보면서 양미선이 말한다. 양미선이 메이에게 시선도 주지 않고 말을 잇는다.

"앞쪽 논에 착륙한답니다."

이강진이 머리만 끄덕인다. 공군의 헬기가 동원된 것이다. 헬기는 그들을 싣고 곧장 서울공항으로, 그곳에서 전용기를 타고 워싱턴으로 직행할 것이다.

"미국 어디로 가는 거야?"

조바심이 난 메이가 다시 물었지만 이번에도 대답을 듣지 못한다. 기억뿐만 아니라 능력도 제거된 터라 메이는 두 손을 늘어뜨린 채 서 있다. 그때 하늘에서 헬기의 로우터 소리가 들린다.

오늘 점심은 백악관 구내식당에서 CIA국장 로니 스튜어트, FBI국장 리챠드 코번과 함께 마친 그린우드가 집무실로 돌아왔을 때는 오후 2시 반. 스튜어트와 코번은 둘을 함께 대통령이 부른 적이 드문 터라 계속 긴장하고 있다. 대통령이 점심이나 같이 먹자고 했지만 용건이 없을 리가 없다고 생각한 것이다. 그때 그린우드가 묻는다.

"국가 비상사태가 되었을 때 즉시 양대(大) 정보기관이 움직일 수 있겠지요?"

"그럼요."

먼저 FBI국장 코번이 대답한다.

"당장에 양대 기관이 연합해서 대처한다는 시스템이 만들어져 있습니다."

CIA국장 스튜어트가 말하자 비서실장 핸드릭스가 가볍게 헛기침을 한다. 그러자 그린우드가 웃음 띤 얼굴로 묻는다.

"두 분 어디 출장 갈 계획 있습니까?"

"왜 그러십니까?"

스튜어트가 묻자 핸드릭스가 대신 대답한다.

"토요일까지 해외 출장은 가지 마시죠, 대통령께서 두 분을 부르실 테니까요."

"알겠습니다."

둘이 동시에 대답했을 때 그린우드가 손목시계를 보는 시늉을 한다. 이제 할 이야기는 끝냈다는 표시다.

둘을 문밖까지 배웅하고 돌아온 핸드릭스가 그린우드에게 말한다.

"각하, 비상사태 이야기는 왜 하십니까? 가슴이 조마조마했습니다."

"저 친구들이 오카는 아닌 거야. 어쨌든 더 깊은 이야기는 안 하려고 했어."

"오늘 밤에 서울에서 오카 감별사를 데리고 오카 사령관이 옵니다. 오카 샘플까지 데려온다니까 오늘 밤부터 오카와의 전쟁 준비가 본격적으로 시작되는 것이지요."

"누가 오카인지 모르는 상황이라 내가 며칠간 불면증에 걸렸어."

"제가 오카일지 모른다는 의심도 하셨겠군요."

"그래."

그린우드가 쓴웃음을 지었을 때 핸드릭스는 어깨를 올렸다가 내린다.

"청와대 경호실장이 오카였다는 말을 듣고 요즘은 경호원이 가깝게 오는 것도 불안합니다."

"내가 그래."

"한국은 오카 감별사를 각 부대, 각 기관에 배치하기 시작했습니다."

한국 정부와 수시로 연락을 하는 핸드릭스가 말을 잇는다.

"우리도 그렇게 해야 됩니다."

"한국을 따라야겠군."

그때 방문이 열렸으므로 둘이 머리를 든다. 노크 소리도 없었으므로 핸드릭스가 이맛살을 찌푸린다. 대통령 측근 경호원으로 낯익은 마빈 웨이크가 들어서고 있다.

"무슨 일이야?"

핸드릭스가 묻는 순간, 웨이크가 가슴에서 권총을 꺼내더니 그린우드를 향해 발사한다.

"탕!"

총성이 집무실을 울렸고 거리가 5미터도 안 되었기 때문에 가슴에 총탄을 맞은 그린우드가 소파에 몸을 부딪치며 쓰러진다.

"아앗!"

놀란 핸드릭스가 소리친 순간.

"탕!"

웨이크가 소파에 비스듬히 쓰러진 그린우드를 향해 다시 한 발을 쏜다. 확인사격이다, 그때.

"탕! 탕! 탕! 탕! 탕!"

요란한 총성이 울리면서 웨이크가 두 손을 휘저으며 쓰러진다. 머리를 든 핸드릭스는 방안으로 뛰어든 경호실 차장 마크 트웨인을 본다.

"아아앗!"

트웨인이 외침을 뱉더니 뒤에 대고 소리친다.

"대통령이 저격당했다!"

비서실 직원들이 쏟아져 들어온다. 그때 대통령에게 달려간 핸드릭스는 목의 대동맥에 손을 붙인다. 심장과 머리를 맞은 대통령은 사망한 상태다.

"전화 받으세요."

전용기 안, 이강진에게 다가온 승무원이 말한다. 미공군의 20인승 전용기는 시속 1천 킬로로 날아가는 중이다. 자리에서 일어난 이강진이 조종석 뒤쪽의 전화박스에서 기다리는 대위로부터 전화기를 받는다.

"백악관입니다."

긴장한 표정으로 말한 대위가 말하고는 돌아간다. 이강진이 송화구에 대고 말한다.

"예, 이강진입니다."

"이 사령관, 난 백악관 비서실장 지미 핸드릭스요."

수화구에서 사내의 목소리가 서둘러 이어진다.

"조금 전에 미국 대통령이 암살당했소, 이건 그 오카 소행인 것 같소. 정보가 샜기 때문이겠지."

"그렇습니까?"

"비상사태요!"

핸드릭스가 소리쳐 말한다.

"국민에게는 정신착란을 일으킨 경호원의 소행으로 보도하겠지만 오카가 당신이 온다는 것을 알고 위기의식을 느끼고 먼저 선수를 친 것 같소."

"제가 어떻게 하면 됩니까?"

이강진이 겨우 물었을 때 핸드릭스가 대답한다.

"공항에 경호실 팀장 뉴만이 당신을 마중 나갈 거요. 즉시 백악관으로 와서 오카를 식별해 주시오, 지금 상황을 알려드리려고 연락한 거요!"

오후 5시 반, 전용기가 활주로 끝에 멈춘 시간이다. 이강진과 메이, 양미선, 곽동호가 안전벨트를 풀고 일어났을 때 전용기 문이 열린다.

"자, 그럼, 안녕히."

조종실에서 나온 기장이 경례를 한다. 소령 계급장을 붙인 기장은 이강진과 일행이 대단한 VIP로만 알고 있을 것이다. 워싱턴 근교의 공군기지 안, 문 앞에 선 이강진은 트랩 밑에서 기다리고 있는 사내들을 본다. 밴 3대가 대기하고 있다. 사내들은 여섯, 이강진 뒤에서 그들을 훑어본 양미선이 말한다.

"없음."

그들만의 신호다. 시야 안에 오카가 없다는 말이다. 트랩을 먼저 내려간 이강진에게 다가온 사내, 40대쯤의 백인, 푸른 눈, 병든 잔디 색 머리칼, 그러나 건장한 체격, 사내가 손을 내밀며 말한다, 물론 영어다.

"경호실 팀장 벤 뉴만이오."

"이강진입니다."

영어로 대답했을 때 뉴만이 묻는다.

"내 주위에 오카가 없습니까?"

"없습니다."

"아이구, 다행이오."

심호흡을 한 뉴만이 이강진을 차로 안내하면서 다시 묻는다.

"대통령이 암살된 거 연락받았지요?"

"받았습니다."

"오카 짓이지요?"

"그렇습니다."

"부통령 커크 부루노가 조금 전에 대통령 직을 승계했습니다."

밴은 커서 이강진 일행 넷이 다 탔고 뉴만과 경호원 하나까지 합승한다. 곧 3대의 밴은 맹렬한 속도로 공항 밖으로 달려 나간다. 다시 뉴만이 번들거리는 눈으로 이강진을 보면서 말한다.

"먼저 부통령부터, 그리고 오카 존재를 아는 네 명을 체크 해주시오."

"누굽니까?"

"비서실장 지미 핸드릭스, 경호실 차장 마크 트웨인, 비서 제임스 커튼, 안보보좌관 존 머피요."

뉴만이 이 사이로 말을 잇는다.

"대통령과 나까지 여섯이었는데 대통령이 암살당했고 내가 확인되었으니 넷 남았소."

그때 이강진이 머리를 젓는다.

"이미 미국에서 오카와의 전쟁은 시작된 거요, 아마 내가 온다는 사실까지 오카들은 알고 있을 거요."

"갓뎀."

욕설을 뱉은 뉴만이 이강진을 본다.

"나도 긴가민가했지만 대통령이 암살당하고 나니까 불난 집에 앉아 있는 심정이오."

머리를 끄덕인 이강진이 말한다.

"지금 백악관으로 간다면 행로를 바꾸시오, 팀장. 그리고 추적당하지 않도록 전원도 끄고 우리가 탄 차 순서도 바꿉시다."

"놈들이 게릴라전(戰)을 시작할 것 같습니다."

오길용이 경찰청장 하재명에게 보고한다. 군경합동사령부가 위치한 용산 국방부 청사 안, 오길용이 상황보고를 하고 있다.

"현재까지 파악한 오카 간부급 중 체포, 사살률은 10퍼센트 미만입니다."

군경합동 사령부는 순식간에 전투단을 편성, 노출된 오카 간부 체포 작전에 돌입했다. 각 군경 단위 부대까지 오카 돌연변이인 '신인류의용군'이 투입되어 오카 식별 능력을 갖춤과 동시에 작전이 개시된 것이다. 그러나 오카 간부급 대부분은 이미 잠적한 후다. 가족과 함께 사라진 것이다. 이제 오길용은 서울 동부지역 경찰 전투단장이다. 휘하에 1,500명의 경찰 기동대를 지휘하고 있다.

"미국 대통령까지 살해한 놈들이야."

하재명이 눈을 치켜뜨고 오길용을 본다.

"만일 오카와의 전쟁 내막이 밝혀지면 금방 무법천지가 될 거야."

그래서 군경합동사령부는 '우범자 일제 소탕 작전'이란 명목으로 작전을 하고 있다.

하재명이 말을 잇는다.

"지금까지 국가기관, 군, 경찰의 내부를 점검했지만 아직 1백분의 1도 안 돼, 오카 감별사를 늘려야 돼."

"현재까지 신인류의용군에서 지원된 감별사는 370명뿐입니다. 의용군 참모장이 감별사를 모으고 있지만 한계가 있습니다."

"양성할 수는 없을까? 대통령도 그런 말씀을 하시던데."

"그건 불가능한 것 같습니다. 다만…."

하재명의 시선을 받은 오길용이 말을 잇는다.

"사령관 이강진이 그럴 수 있을지 모른다고 하더군요, 이강진의 능력은 특출하다고 했습니다."

"음, 이강진."

하재명도 이강진을 겪은 터라 눈빛이 강해진다.

"지금쯤 백악관에 가 있겠군."

마운트 버넌 광장을 통과한 밴은 속력을 낸다. 이제 백악관까지는 6

블록, 차량 통행량이 많지만 선도차는 능숙한 운전으로 갓길, 인도까지 타고 지나간다. 차가 덜컹거리는 것은 거침없이 보도블록 위를 지났기 때문이다. 뉴만의 지시로 밴 3대는 식별 장치도 끄고 무전기도 꺼놓은 상태다. 차 안에 한국인 넷보다도 뉴만 일행이 더 긴장하고 있다. 밴 3대는 본래의 코스를 이탈한 데다 흔적도 남기지 않고 달려가는 중이다. 그때 뉴만이 손목시계를 보고 나서 말한다.

"10분이면 백악관 도착이오, 이제 차장한테 연락을 해도 되겠지요?"

이강진이 머리를 끄덕이자 뉴만이 무전기 전원을 켠다. 버튼을 누르자 금방 사내 목소리가 울린다, 경호실 차장 마크 트웨인.

"뉴만, 어떻게 된 거냐?"

"식별 장치를 껐습니다."

뉴만이 건조한 목소리로 말한다.

"사령관의 조언을 들은 겁니다."

"사령관이라니?"

되물었던 트웨인이 곧 알아차린다.

"아, 그렇군."

"지금 백악관하고 10분 거리에 있습니다."

그때 이강진이 뉴만에게 묻는다.

"대통령이 백악관에 계시냐고 물어봐요."

그러자 그 소리를 들었는지 트웨인이 말한다.

"신임 대통령은 지금 비상회의 중이셔, 그런데 왜 묻는 거요?"

뉴만이 아예 무전기를 이강진에게 주었으므로 이강진이 송화구에 입을 붙이고 말한다.

"대통령한테도 오카 이야기를 하면 안 됩니다. 무슨 말인지 아십니까?"

"알겠소."

숨을 들이켜는 소리를 낸 트웨인이 말을 잇는다.

"빨리 오시오, 기다리겠소."

그 순간, 날카로운 파공음이 울리더니 3대의 밴 중에서 중간의 밴 지붕을 뚫고 미사일이 들어가면서 대폭발을 일으킨다. 미사일의 흰 궤적과 천장을 뚫고 들어가는 장면, 폭발이 선명하게 뒤차에 탄 승객들에게 보인다. 밴이 폭발하면서 지상에서 2미터나 솟아올랐고 뒤를 따르던 밴이 떠오른 밴의 뒷부분을 치면서 미끄러져 나간다.

"콰쾅!"

폭음이 다음 순간에 울렸고 세 번째 밴이 앞쪽이 부서진 채 옆 차선의 승용차를 들이받고 10미터나 미끄러져 가다가 멈춘다. 두 번째 밴은 산산조각이 난 채 뒤쪽에 잔해로 흩어졌고 뒤를 따르던 차량들이 연속적으로 부딪치고 있다.

"내려!"

이강진이 소리치자 밴의 문이 사방에서 열린다. 뉴만이 눈을 부릅뜨고 소리친다.

"이쪽으로!"

뉴만이 옆쪽 건물을 가리키며 이강진의 옆으로 바짝 붙는다. 시민들이 사방으로 흩어졌고 도로 한복판이 불길에 싸인다. 아직도 차량들의 충돌이 계속된다. 맨 앞을 달리던 밴은 50미터나 앞쪽으로 떨어졌고 그때서야 경호원들이 뛰어나온다.

"이쪽으로!"

뉴만과 경호원 둘은 무사하다. 이강진과 메이, 양미선, 곽동호도 다치지 않았다.

건물 안으로 뛰어 들어간 뉴만이 헐떡이며 소리친다.

"드론으로 미사일을 쏘았어! 이건 어떤 놈이 우리를 겨누고 있는 거야!"

그때 이강진이 뉴만에게 묻는다.

"뉴만 씨, 어떻게 하실 거요?"

"백악관으로 들어가야지요!"

뉴만이 소리친다.

"지원을 받아야겠습니다."

"지원을?"

"그렇소!"

"우리 위치를 알려주실 거요?"

그 순간 뉴만이 숨을 들이켠다. 위치를 알려주지 않았는데도 무전 통신을 추적하여 드론으로 미사일을 쏜 것이다. 두 번째 밴에 타고 있던 이강진이 밴 위치를 바꾸자고 하지 않았다면 폭사했을 것이다. 그때 이강진이 양미선과 곽동호에게 말한다.

"점프로 가는 수밖에 없어."

"그렇습니다."

둘이 동시에 머리를 끄덕인다. 어느덧 일곱 명은 건물 3층으로 올라와 있다. 이곳은 오피스 빌딩이라 복도가 넓고 유리벽이다. 열린 문으로 밖의 혼란스러운 소음이 들어온다. 경찰차의 사이렌, 외침, 그리고 검은 연기가 거리를 덮고 있다. 도로가 직접 보이지 않아도 혼란을 짐작할 수가 있다. 그때 이강진이 뉴만에게 묻는다.

"이곳에서 백악관까지는 얼마나 돼요?"

"로터리 4개만 건너면 됩니다."

"어느 방향이오?"

"저쪽."

뉴만이 손으로 동쪽을 가리킨다.

"이 길만 따라가면 됩니다."

"그럼 점프를 합시다."

머리를 돌린 이강진이 곽동호, 양미선, 그리고 두 명의 경호원을 둘러본다.

"내가 먼저 점프할 테니까 뒤를 이어서 오도록."

한국어로 말하고 나서 이강진이 영어로 경호원 둘에게 다시 설명한다.

"당신들은 내 부하들 어깨나 손을 잡고 있으면 돼, 떨어질 때 착지만 제대로 하면 다치는 일은 없을 거야."

"점프라니요?"

놀란 듯 뉴만이 묻자 이강진이 정색하고 말한다.

"우리 신인류의 특징 중 하나요, 다행히 우리 셋은 모두 점퍼요."

이강진의 시선이 끝 쪽에 서 있는 메이에게로 옮겨진다. 시선을 받은 메이가 외면한다.

"메이, 넌 나하고 함께 간다. 뉴만 씨까지 셋이 점프하는 거야."

"마운트 버넌 광장을 지나자마자 드론의 미사일 공격을 받은 겁니다."

트웨인이 말하자 비서실장 지미 핸드릭스가 주위를 둘러본다. 백악관 비서실장실 안이다.

"마크, 난 이번 주말까지만 근무해, 부루노가 요한슨을 비서실장으로 임명했거든."

"큰일 났습니다."

"아직 뉴만의 생사 확인도 안 되었나?"

"뉴만하고 한국에서 온 감별사가 2번 차에 타지는 않았습니다. 3번 차로 옮겼는데 지금 실종 상태요."

"아직 살았겠군."

"그러기를 바라야지요."

"도대체 어떤 놈이 오카인 줄 알아야지."

"대통령이 제일 마지막에 말해준 것이 안보보좌관 머피요, 그놈이 수상해요."

"커튼 비서도 있어."

"핸드릭스, 당신은 나까지 의심하는 건 아니겠지요?"

"내가 할 말이야."

"이렇게 살다가는 서로 못 믿어서 서로 죽이는 세상이 되겠습니다."

그들은 신임 대통령이 된 커크 부루노도 믿지 못하고 있는 것이다. 그래서 한국에서 오카 감별사가 도착해서 지금 백악관으로 오는 중이라는 보고도 하지 않은 것이다. 그때다. 인터폰이 울렸으므로 둘은 긴장한다. 지금 신임 대통령 부루노는 백악관 회의실에서 군 수뇌부까지 참석한 비상각료회의를 개최 중이다. 그러나 아직까지 비서실장인 핸드릭스는 참석하지 않았다. 이강진을 기다리고 있었던 것이다. 서둘러 전화기를 들어 귀에 붙였을 때 뉴만의 목소리가 들린다.

"지금 백악관에 도착했습니다!"

백악관 별관의 대기실 안, 잔디밭 건너편으로 본관이 보인다. 대기실에는 9명의 남녀가 모여 서 있다. 의자와 소파까지 있는데도 모두 창가 쪽에 둘러서 있는 것이다. 그 중심에 비서실장 지미 핸드릭스와 경호실 차장 마크 트웨인, 그 앞쪽으로 이강진과 메이, 양미선, 곽동호, 뉴만과 부하 둘은 끝 쪽이다. 이강진이 먼저 말한다.

　"이곳에 오카는 없습니다."

　"후유."

　핸드릭스와 트웨인이 거의 동시에 한숨을 뱉는다. 그때 핸드릭스가 서두르듯 말한다.

　"자, 그럼 백악관 내부부터 오카 소탕을 합시다. 발견하면 어떻게 해야 합니까?"

　"머리를 쏴서 소멸시키는 것이 가장 빠릅니다, 핸드릭스 씨."

　"사령관께서는 나하고 같이 본관으로 가서 대통령하고 비상회의를 하고 있는 고위급들도 체크를 해야 될 겁니다."

　호흡을 가눈 핸드릭스가 긴장된 표정으로 말을 잇는다.

　"이 기회에 비상회의를 오카 토벌 회의로 바꾸는 거요."

　핸드릭스가 미국 대통령 비서실장답게 계획을 세워놓고 있었다. 핸드릭스가 말을 잇는다.

　"먼저 경호원부터 체크해서 주변을 안전하게 해야 돼요, 놈들도 눈치 채고 있을 테니까 은밀하게 수색해야겠지."

　"그렇습니다."

　머리를 끄덕인 이강진이 트웨인과 뉴만을 본다.

　"그래서 오카가 아닌 사람들로만 팀을 짜놓아야 합니다."

　"구분하는 방법은 없습니까?"

트웨인이 답답한 표정을 짓고 묻자 이강진이 쓴웃음을 짓는다.

"그건 앞으로 인류가 연구를 해야 될 과제요, 우린 오카 돌연변이라 인류 입장에서는 생각하지 못했어요."

"저놈."

이강진이 본관 현관 앞에 서 있는 사내를 눈으로 가리키자 뉴만이 숨을 들이켠다. 옆에 서 있던 트웨인도 와락 이맛살을 찌푸리고 이강진을 본다.

"잘못 본 거 아뇨? 크림슨은 백악관에만 7년째 근무한 고참이오."

오후 6시 40분, 저녁 무렵이어서 백악관 본관 건물은 불을 환하게 켜놓았다. 지금 이강진과 트웨인, 뉴만은 본관 건물로 들어서는 중이다. 뒤를 경호원 둘의 호위를 받은 핸드릭스와 양미선, 곽동호, 메이까지 6명이 따르고 있다. 그때 이강진이 뉴만에게 말한다.

"저놈 배를 겨누고 총을 쏴요, 총을 맞은 저놈은 쓰러지지 않을 테니까."

"설마 그럴 리가."

그때 이강진이 지목한 사내, 크림슨이 머리를 돌려 그들을 본다. 이제 셋은 잔디밭을 건너 본관 건물의 바깥 처마 밑으로 들어선다. 거리는 30미터 정도, 뉴만과 트웨인은 아직 행동으로 옮기지 못한다. 그때 크림슨이 묻는다.

"보스, 별관에 계셨습니까?"

웃음 띤 얼굴, 크림슨은 금발의 잘생긴 백인으로 장신이다. 목소리도 듣기 좋다.

"아."

뉴만이 애매하게 대답했을 때 이강진이 목소리를 낮추고 말한다. 그들은 크림슨에게 다가가는 중이다.

"저놈이 눈치 챘어, 빨리."

"생포하면 안 돼?"

뉴만이 물었을 때다. 크림슨이 가슴 권총 홀더에서 권총을 빼내었으므로 뉴만과 트웨인의 입에서 놀란 외침이 터진다.

"앗!"

이강진의 눈에도 천천히 돌리는 필름처럼 크림슨의 손이 가슴에서 빠져나와 권총 총구가 이쪽으로 겨눠지는 것이 보인다. 크림슨의 번들거리는 눈, 굳게 닫은 입술, 거리는 이미 15미터 정도로 가까워진다. 그리고 다음 순간.

"앗!"

다시 뉴만과 트웨인의 입에서 놀란 외침이 터진다, 크림슨 위로 사내 하나가 덮쳤기 때문이다. 갑자기 덮친 사내는 하늘에서 뚝 떨어진 것 같다. 바로 곽동호, 뒤쪽에서 점프로 날아온 것이다. 충격음과 함께 머리를 시멘트 바닥에 부딪친 크림슨이 쓰러진다. 곽동호가 크림슨 손에서 권총을 빼앗아 쥐고 옆으로 비킨다. 그때 다가간 이강진이 크림슨을 내려다본다. 크림슨은 꾸물거리면서 막 일어나려고 할 때 이강진이 손바닥으로 머리를 누르며 말한다.

"먼저 이놈을 데리고 조용한 방으로 가야겠는데, 이놈 입에서 백악관 현재 상황을 듣는 것이 낫겠어요."

이제 현관 앞에 모두 모여 섰다. 경호원 둘이 다가왔다가 놀라 주춤거린다.

"없음."

양미선의 보고, 오카가 없다는 신호.

"저기 제3대기실로."

핸드릭스가 이강진의 말에 동의하고 지시한다.

"너희들 이리와."

뉴만이 양미선의 신호를 알아듣고 다가온 경호원 네 명까지 끌어들인다. 이제 모두 본관 건물로 들어선다.

한국 시간은 오전 9시. 대통령 안옥희가 청와대의 상황실에서 경찰청장 하재명, 육참총장 박정우, 국정원장 한태수, 비서실장 이준길과 회의를 한다. 이들이 준전시 상황이나 같은 현재의 실무책임자다.

"미국 대통령까지 암살당한 상황인데 이것을 사실 그대로 발표할 수가 없다니, 기가 막혀요."

안옥희는 며칠 동안 잠을 제대로 자지 못해서 수척하다. 안옥희가 말을 잇는다.

"더구나 이강진 일행이 백악관으로 향하다가 폭격으로 실종된 것 같다니요."

모두 몸을 굳히고 있다. 조금 전 해외토픽으로 뉴스가 방영된 것이다. CNN 보도가 가장 자세했는데 백악관으로 향하던 차량 대열이 드론 폭격을 받아 10여 명의 사망자와 50여 명의 부상자가 났다는 보도였다. 보도는 지금도 계속되고 있다. 백악관 측으로부터 도착했다는 연락을 받지 못한 터라 안옥희는 물론 상황실의 간부들도 이강진 일행이 폭격을 당한 것으로 믿는다. 그때 하재명이 말한다.

"대통령님, 기다리는 수밖에 다른 방법이 없습니다. 솔직히 미국 신임 대통령이 오카인지도 모릅니다."

"그렇습니다."

국정원장 한태수가 동의한다.

"폭격이 일어난 지 아직 한 시간도 안 되었습니다. 조금 더 기다려 보시는 것이…."

"알겠어요."

어깨를 늘어뜨린 안옥희가 그들을 둘러본다.

"미국 대통령이 피살된 것이 우리 때문은 아니겠지요?"

"그럴 리가요?"

이준길이 머리까지 저으며 부인한다. 정색한 얼굴이다.

"어쩔 수 없는 일이었습니다. 우방국에 대재앙의 정보를 주었을 뿐입니다. 절대로 각하 책임이 아니올시다."

2시간, 백악관 본관 구석 쪽 제3대기실, 크림슨이 의자에 앉아서 주위를 둘러본다. 제3대기실 안에는 비서실장 핸드릭스, 경호실 차장 트웨인, 팀장 뉴만과 경호원 셋이 둘러서 있었는데 문 안쪽에도 둘이 지켜 서 있다. 이강진이 크림슨 앞에 서서 가볍게 묻는다.

"크림슨, 너, 오카지?"

"아, 그럼."

크림슨이 웃음 띤 얼굴로 머리를 끄덕인다. 둘러선 핸드릭스 등은 긴장한 표정이지만 아직 감동하지는 않는다. 이강진이 크림슨의 머리를 손바닥으로 누른 후에 고분고분해진 것이 의아한 눈치다. 다시 이강진이 묻는다.

"백악관 안의 오카는?"

"모두 8명이야, 9명이었는데 웨이크가 당해서."

크림슨이 술술 말을 잇는다.

"경호실에 4명, 비서실에 2명, 행정실 1명, 그리고 기계실 1명."

이제 모두 숨을 죽이고 이강진이 다시 묻는다.

"고위층은?"

"경호실 차장보 필립 레이놀드."

"으음."

트웨인이 신음을 뱉는다. 눈을 치켜뜬 트웨인이 옆쪽에 선 경호 요원에게 묻는다.

"지금 레이놀드는 어디에 있나?"

"본관 회의실 경비를 맡고 있습니다."

이제는 뉴만이 숨을 들이켠다. 바로 대통령 옆을 경호하고 있다.

그때 다시 이강진이 묻는다.

"현재 백악관 안에 들어온 고위층 중 오카는?"

"국방장관 보좌관인 죤슨 소장이 오카더군."

크림슨이 웃음 띤 얼굴로 이강진을 본다. 그러나 대기실 안은 얼음 창고처럼 굳어져 있다. 이강진이 머리를 끄덕인다.

"외부 인사 중 오카는 그자 하나뿐인가?"

"내 눈에 띈 오카야, 다른 사람은 모르겠어. 만나지 않은 사람도 있으니까."

"넌 백악관 내부의 오카만 알고 있단 말인가?"

"당연하지, 우린 점조직으로 관리되고 있어."

"드론으로 우리를 공격한 것은 누구냐?"

"그건 모르지, 필립이 알고 있을 거야."

"필립."

핸드릭스가 이 사이로 말하더니 이강진을 본다.

"그놈한테 정보를 준 놈을 찾아내야 돼."

머리를 끄덕인 이강진이 다시 크림슨에게 묻는다.

"자, 경호실장과 내부의 오카 이름을 대라."

"대통령 암살 배후를 찾는 것이 시급합니다."

FBI국장 리챠드 코번이 소리치듯 말한다.

"국가 비상사태요, 부통령. 아니, 대통령 각하."

지금 코번은 신임 대통령 부루노에게 말하고 있다. 부루노는 75세, 오하이오 출신으로 온건, 합리적인 성품의 정치인, 그린우드 대통령의 그늘에 가려 존재감을 상실한 상태였다가 갑자기 대통령이 되었다. 당황한 표정의 부루노가 주위를 둘러본다.

"대통령이 테러를 당했는지 마빈 웨이크가 정신 착란을 일으켰는지 아직 검사 결과가 나오지 않았잖소?"

"테러입니다."

CIA국장 스튜어트가 단호한 표정으로 말한다.

"각하, 비상사태를 선포하셔야 됩니다. 그리고 나서 마빈 웨이크의 배후를 추적하는 것이 정상입니다."

그때 안보보좌관 존 머피가 나섰다.

"그렇게 되면 정국이 극도로 위축됩니다. 비상사태의 후유증이 얼마나 큰지 우리가 여러 번 겪었지 않습니까?"

머피에게 동조하는 각료들이 머리를 끄덕인다. 테러단체들의 소행이라는 정보가 거의 없는 것이다. CIA나 FBI로서는 이대로 넘어갈 수가 없는 것이 당연하다. 그때 연합군 사령관 윌리엄 스탬프가 말한다.

"각하, 비상사태 선포 전에 군관 합동 비상회의를 조직하시지요, 일단 그렇게 만들어 놓는 것이 나을 것 같습니다."

절충안이다, 부루노가 머리를 끄덕인다.

"그렇게 합시다."

"필립, 내 방으로 좀 와."

트웨인이 말하자 송화구에서 필립 레이놀드의 목소리가 울린다.

"알았습니다."

무전기를 귀에서 뗀 트웨인이 어깨를 늘어뜨린다. 그때 옆에 선 경호원이 무전기를 귀에서 떼고 말한다.

"러키와 해리를 잡았다고 합니다."

러키와 해리는 경호실에 박혀 있는 오카다. 이제는 필립과 또 한 명이 남았다. 머리를 든 트웨인이 앞에 선 이강진을 본다. 두 눈을 치켜뜨고 있다.

"내가 그동안 수많은 사건을 겪었지만 지금처럼 간이 졸아드는 느낌은 처음이오."

이강진이 머리만 끄덕였지만 트웨인의 방으로 옮겨와 있던 비서실장 핸드릭스가 길게 숨을 뱉는다.

"난 혈압이 터질 것 같네, 도대체 인류역사상 이런 재앙은 처음이야. 그런데도 세상이 이렇게 조용하다니."

그때 문밖에 서 있던 경호원이 서둘러 들어와 말한다. 내막을 알고 있는 요원이다.

"필립이 옵니다."

17장 테러

방으로 들어선 필립 레이놀드는 40대 후반쯤으로 육중한 체구의 백인으로 푸른 눈, 잿빛 머리칼이다. 방안을 훑어본 필립이 주춤하더니 머리를 돌려 뒤를 본다. 이미 뒤쪽에는 오카 사냥꾼 곽동호가 권총을 겨누고 있다. 창가에 늘어선 경호원들의 시선도 차갑다. 다시 필립의 시선이 앞쪽으로 향한다. 비서실장 핸드릭스, 경호실 차장 트웨인이 동양인 좌우에 서 있다. 그때 필립이 어깨를 늘어뜨리면서 말한다.

"빨리 왔군."

그때 트웨인이 묻는다.

"필립, 네가 드론을 보냈나?"

"맞아, 내가 그랬어."

필립의 시선이 다시 이강진을 스치고 지나간다. 발을 뗀 필립이 다가오면서 말을 잇는다.

"돌연변이 지도자를 여기서 보는군."

"멈춰라."

이강진이 말했지만 필립은 멈추지 않는다. 거리가 5미터로 가까워진다. 그 순간 창가에 서 있던 양미선이 반점프로 뛰어 필립의 어깨를 움켜쥔다.

"악!"

짧은 신음을 뱉은 필립의 몸이 굳어진다. 양미선의 움켜쥔 손을 통해 차가운 냉기가 급속도로 필립의 몸에 퍼진다. 이제 필립은 심장과 얼굴, 성대 기능만 빼놓고 몸이 차가운 얼음처럼 굳어진 상태다. 양미선의 숨겨진 특징 중의 하나인 빙화(氷化). 그때 다시 핸드릭스가 묻는다.

"누구에게 한국에서 오카 색출자가 온다는 정보를 들었지?"

필립이 입을 벌렸지만 말을 하지는 않는다. 눈동자가 흔들렸고 얼굴에서 땀이 솟아난다. 그때 이강진이 다가가 필립의 팔목 하나를 잡는다, 그 순간.

"뿌지직!"

나무가 부러지는 것 같은 소리가 들린다.

"으악!"

필립의 비명이 방을 울린다. 방안의 사내들이 모두 입을 딱 벌린다. 양미선과 곽동호, 그리고 메이만 태연한 표정이다. 필립의 팔 한쪽이 떼어진 것이다. 석고 조각이 떨어진 것처럼 부스러기가 떨어졌고 어깨부터 떼어진 팔 하나는 이강진이 쥐고 있다. 그때 이번에는 이강진이 묻는다.

"누구한테서 들었어?"

"제임스 커튼."

핸드릭스와 트웨인, 뉴만의 입에서까지 신음이 터진다. 대통령 비서 커튼은 한국 대통령 안옥희와 통화를 연결시켜준 측근 중의 측근 비서

다. 트웨인이 경호원들에게 묻는다.

"그놈 어디 있나?"

"집무실 옆방에 있을 겁니다."

누군가 대답하자 핸드릭스가 지시한다.

"그놈 잡아."

그러고는 이강진에게는 부탁한다.

"도와주시오, 사령관."

이강진을 자연스럽게 사령관으로 부른다.

오후 7시 40분, 백악관 회의실. 방안으로 비서실장 핸드릭스가 들어서자 모두의 시선이 모인다. 핸드릭스는 아직 비서실장 직을 유지하고 있었지만 회의에 참석하지 않았다. 그때 회의실의 참석자들이 의아한 표정을 짓는다. 핸드릭스가 10여 명의 남녀, 동양인까지 포함한 인원을 대거 이끌고 들어섰기 때문이다. 경호원들이 2개의 출입구까지 막아섰으므로 FBI국장 코번은 눈을 치켜뜨기까지 한다. 신임 대통령 부루노가 먼저 묻는다.

"지미, 무슨 일인가?"

"대통령, 비상사태요."

다가선 핸드릭스가 부루노 옆에 서더니 장방형 테이블에 앉은 사내들을 훑어본다.

"전임 대통령께서는 테러로 암살되었습니다. 그런데…"

핸드릭스가 숨을 들이켰다가 말을 잇는다.

"그 테러 단체는 오카라는 단체입니다."

"오카라니?"

그때 핸드릭스가 손짓을 하자 동양 여자 둘이 옆으로 나선다. 둘 다 미인, 그 미인 중 앞에 선 여자가 말한다.

"오카는 323년 전 영국에서부터 발생한 지구의 새로운 지배 종족이야."

당당한 목소리, 거침없는 시선, 어깨를 편 여자가 말을 잇는다.

"우리는 323여 년간 진화를 거듭해왔고 곧 지구의 지배자가 될 예정이야."

"이게 무슨 일인지."

CIA 국장 로니 스튜어트가 혀를 차고 옆쪽 핸드릭스를 흘겨본다.

"대통령이 유고되어서 미쳤나?"

목소리가 조금 커서 다 들린다. 그때 옆쪽에 서 있던 경호실 차장 트웨인이 말한다.

"병신 같은 CIA국장 놈, 이런 것도 파악하지 못하고."

이것도 혼잣말치고는 크다. 그때 핸드릭스가 소리친다.

"조용히 들어! 국가 비상사태다! 아니 지구가 비상사태야!"

다시 조용해졌을 때 동양 여자 메이가 말을 잇는다.

"우리는 전 세계에 네트워크를 형성했고 각 국가마다 지부가 설치되어 사회 각층에 요인으로 자리 잡았다. 그러다가 지구 정복을 눈앞에 두고 있는 상황에 한국에서 돌연변이 소동이 일어난 것이다…."

그때 안보보좌관 존 머피가 나선다.

"내가 대통령한테 들었어, 전임 대통령 말이오."

자리에서 일어선 머피의 시선이 이강진에게로 옮겨진다.

"당신이 온다는 말도 들었어."

"아얏!"

그때 뒤쪽에서 외침이 울렸으므로 모두의 시선이 모여진다. 국방장관 보좌관 사무엘 죤슨 소장이다. 군복 차림의 죤슨은 양미선과 곽동호에게 양팔이 잡혀 있다. 거대한 체격이었지만 작은 동양인 둘에게 양쪽 팔이 뒤로 꺾인 채 눈을 치켜뜨고 소리친다.

"놔라! 이게 무슨 짓이야!"

그때 이강진이 입을 연다.

"미국도 요직에 오카가 침투해 있소. 내가 이자도 오카, 즉 변형인간이라는 증거를 보여드리겠소."

죤슨에게 다가간 이강진이 양미선이 잡고 있는 죤슨의 팔을 잡아 앞으로 뻗친다.

"자, 보시오, 이것이 오카의 실체요."

그러고는 주머니에서 잭나이프를 꺼내더니 철컥 나이프를 편다.

"앗."

옆에 앉아 있던 보좌관 서너 명이 몸을 비킨다. 이강진이 거침없이 죤슨의 손에 나이프를 내려쳤기 때문이다. 죤슨이 잡힌 팔의 손을 펴고 있었기 때문에 네 번째, 다섯 번째 손가락이 중간 부근에서 잘린다.

"아니, 이게 무슨 짓이야?"

국방장관 패트릭의 성난 외침이 울렸고 연합군 사령관 윌리엄 스탬프는 자리에서 벌떡 일어난다. 그때 FBI국장 리챠드 코번이 소리친다.

"아, 자, 잠깐, 저 손가락을 봐!"

모두의 시선이 죤슨의 잘린 손에 모인다.

"아앗!"

근처에 있던 보좌관들이 다시 상반신을 뒤로 젖힌다. 두 눈이 치켜떠졌고 얼굴이 굳어져 있다.

"아아앗!"

이곳저곳에서 놀란 외침이 일어난다. 보라, 죤슨의 잘린 손가락에서 마치 새싹이 돋아나는 장면을 빨리 돌리는 것처럼 새 손가락이 뻗어나고 있다.

"저, 저런."

다시 외침이 일어났고 부루노는 현기증이 나는지 눈을 감았다가 뜬다. 그때 이강진은 이미 본래의 자리로 돌아가 있다.

양미선이 죤슨의 팔목을 쥐고 있는 상태, 죤슨은 몸이 굳어진 채 눈만 껌벅이고 있다. 제 손가락이 뻗어 나오는 것도 무심한 표정으로 보고 있다.

"저, 저런, 저게, 사람이야?"

누군가 소리쳤는데 현 상황을 정확하게 표현한 것이다, 그 사이에 죤슨의 잘렸던 손가락이 원상으로 돌아온다. 잘린 주변에 핏자국이 묻었지만 조금 전의 그 손이다. 그때 이강진이 말한다.

"오카족의 복원력이 점점 강해지고 있소, 현재는 오카를 소멸시키려면 머리를 부수는 수밖에 없지만 이제 절반 정도만 남아 있으면 복원이 됩니다."

"저, 저것이 오카란 말이오?"

"여기에 오카가 또 있어요."

이강진이 말하자 회의실 안의 분위기가 와락 굳어진다. 회의실에 모인 고위층은 모두 20여 명, 그때 이강진의 시선이 안보보좌관 죤 머피에게로 옮겨진다.

"저놈입니다."

"무엇?"

핸드릭스의 얼굴이 하얗게 굳어진다.

"머피, 저놈이, 정말이오?"

"그렇습니다."

"뭐라고?"

머피가 벌떡 일어섰지만 다가간 이강진이 어깨를 누르자 순순히 자리에 앉는다. 이강진의 손으로부터 뻗어 나간 기운으로 순식간에 저항 능력이 상실되었기 때문이다.

그때 이강진이 주위를 둘러보며 말한다.

"이방에 오카가 둘 있었습니다. 이자가 오카라는 증거를 보여 드리지요."

다음 순간 주위 사람들이 일제히 경악한다, 이강진이 잭나이프를 빼자마자 머피의 머리통을 내려찍었기 때문이다.

"아앗!"

뒤늦게 외침이 여러 곳에서 들린 것은 이강진이 잭나이프를 머피의 머리통에 박아 놓고 손을 떼었기 때문이다. 이제 머피의 머리 위에는 손잡이만 나와 있는 잭나이프가 보인다, 칼날이 끝까지 머릿속에 박혔기 때문에. 머피의 어깨에 한 손을 짚은 채 이강진이 설명한다.

"오카는 뇌 절반 이상을 떼어내지 않는 한 이렇게 삽니다. 돌연변이로 태어난 오카가 이제는 지구의 인류를 지배하려고 수백 년 동안 치밀하게 계획을 세워왔으며…"

그러고는 이강진의 얼굴에 웃음이 떠오른다.

"나는 그 오카의 돌연변이로 태어났습니다. 여기 있는 둘도 나와 같은 오카 돌연변이이며 신인류라고 이름 지었습니다."

이강진의 목소리에 열기가 띠어진다.

"신인류는 오카 중 특징을 보유한 돌연변이를 말합니다. 그 특징이 다양하지만 공통점이 인류의 감성을 보유하고 있다는 것이지요. 돌연변이의 돌연변이입니다. 오카는 그것이 자신의 종족에 위험 요소라고 판단하여 우리 같은 돌연변이를 제거해 왔습니다. 그래서 우리는 이제 인류와 협력, 오카의 정체를 폭로하고 제거하여 인류와 함께 공생하려고 합니다."

그때 이곳저곳에서 수군거리는 소리가 울렸고 일부는 머리를 끄덕인다. 그때서야 이해가 가는 것 같다. 그리고 모두의 시선은 아직도 머리에 나이프가 박힌 채 눈만 껌벅이는 머피를 스치고 지나간다, 머피는 끄떡없이 앉아 있기 때문에. 그때 이강진이 메이를 눈으로 가리키며 말한다.

"저 여자는 오카 뉴욕 세계본부 출신의 총재 호위대 소령입니다. 한국의 돌연변이 소탕에 파견되었다가 나한테 잡혀 포로가 된 후에 이곳에 끌려온 셈이지요."

메이는 쓴웃음을 지었고 이강진의 말이 이어진다.

"내가 의식을 전환시켰기 때문에 여러분께 뉴욕의 오카 세계본부의 조직과 상황을 자세히 알려드릴 것입니다."

이강진의 눈짓을 받은 메이가 다시 입을 연다.

뉴욕 세계본부 회의실 안, 오후 8시, 맨해튼 크라우드 빌딩 45층에서 뉴욕의 야경이 가장 잘 보이는 위치다.

총재 재클린이 원탁 건너편에 앉은 잘생긴 동양인에게 말한다.

"이미 이강진은 백악관에 진입했고 지금 부루노 주재하에 비상대책회의 중이다."

262

재클린 주위에 둘러앉은 원로들의 표정도 굳어져 있다. 다시 재클린의 목소리가 대회의실의 정적을 깨뜨린다.

"이제 한국에서의 돌연변이 소탕은 무의미해졌다. 백악관의 부루노가 대오카 전쟁을 선포할 테니 불똥은 이곳 세계본부로 튈 것이다."

"면목이 없습니다."

동양인이 머리를 숙인다. 바로 총재호위대 소속 치우 대령이다, 메이와 함께 한국에 파견되었다가 총재의 호출을 받고 서둘러 돌아온 상황. 재클린의 두 눈이 번들거리고 있다.

한국 대통령 안옥희가 미국 새 대통령 부루노의 전화를 받았을 때는 오전 10시 반, 워싱턴은 오후 8시 반이 되어 있을 때다. 서둘러 전화기를 귀에 붙인 안옥희에게 처음 듣는 사내의 목소리가 들려온다.

"각하, 부루노올시다."

"안녕하십니까, 대통령 각하."

정신없는 상황에서도 안옥희는 자신이 새 미국 대통령과 처음 통화하는 외국 국가원수일 것 같다는 생각을 한다, 그때 부루노가 바로 용건을 꺼낸다.

"각하께선 한국이 미국의 동맹국임을 확실하게 증명해주셨습니다. 감사합니다."

"천만에요."

안옥희는 조금 당황하고, 그때 부루노가 말을 잇는다.

"각하께서 보내주신 신인류 사령관 미스터 리가 백악관에 있습니다."

"아아."

저도 모르게 탄성을 뱉은 안옥희가 묻는다.

"살았습니까?"

"예, 드론의 공격을 받았지만 살았습니다. 그리고 백악관에 와서 백악관에 침투해 있던 오카를 모조리 소탕했습니다."

"다행이군요."

"지금 미스터 리는 우리 군(軍)과 합동작전을 상의하고 있습니다."

"그렇군요."

"지금 제 옆에 있습니다. 바꿔드리지요."

그러더니 곧 이강진의 목소리가 울렸다.

"대통령님, 이강진입니다."

"이강진 씨 고생 많았어요."

안옥희가 부드러운 목소리로 위로한다.

"뭐라고 말해야 할지, 우리 인류의 생사가 이강진 씨한테 달려 있는 것 같네요."

"저를 사령관으로 불러주십쇼."

불쑥 이강진이 말했으므로 안옥희가 앞에 선 비서실장 이준길을 본다. 스피커로 함께 듣고 있던 이준길이 머리를 끄덕인다. 영문을 모르는 터라 정색하고 있다.

"알았어요, 이 사령관."

안옥희가 웃음 띤 얼굴로 말한다.

"당분간 미국 대통령을 도와주셔야 할 것 같네요, 이 사령관이."

다시 이 사령관을 강조했더니 이강진이 입맛 다시는 소리를 낸다.

"오카 돌연변이가 오카하고 다른 건 인류와 비슷한 감성을 지니고 있다는 것입니다, 대통령님."

"아, 그런가요?"

안옥희가 다시 이준길을 보았으나 그쪽도 영문을 모르는 것 같다. 이강진이 말을 잇는다.

"오카가 돌연변이 판정할 때 첫 번째 기준이 감성입니다. 감성을 가진 오카는 가차 없이 제거시킵니다."

그러더니 덧붙인다.

"이름을 부르는 건 감성을 건드리는 신호처럼 들립니다. 이번 전쟁은 감성을 배제하고 철저하게 싸우려고 그럽니다."

통화를 끝냈을 때 안옥희가 이준길에게 묻는다.

"이강진 인적사항은 어떻게 돼요?"

"아버지가 자살했다고 들었습니다."

이맛살을 찌푸린 안옥희가 다시 묻는다.

"어머니는?"

"모르겠습니다."

머리를 끄덕인 안옥희가 혼잣말을 한다.

"오카처럼 싸우겠다는 말인가?"

"여긴 안전해, 그러니까 걱정할 것 없어."

최기종이 웃음 띤 얼굴로 말을 이었다.

"이곳은 우리가 몇 십 년 전부터 운영해온 아지트야, 전쟁은 곧 끝날 테니까 몇 달만 여기서 쉬면 돼."

현관으로 나온 최기종이 손으로 별장을 둘러싼 숲과 건너편 산까지를 가리킨다.

"봐라, 얼마나 아름다우냐? 이제 이 산천이 모두 우리 것이 된다."

"연락이 안 된다면 가끔 올 수는 있죠?"

부인 이숙경이 묻자 최기종이 머리를 끄덕인다.

"그럼, 관리소에서 연락이 갈 거야."

"아빠, 전쟁에서 이기시길 빌게요."

딸 미연이 말하자 최기종이 얼굴을 펴고 웃는다.

"전쟁이 아니다. 이건 본래 게임이 안 되는 싸움이었는데 이렇게 되었어, 하지만 곧 끝난다."

손을 들어 보인 최기종이 곧 별장 앞의 샛길을 내려간다. 이곳은 강원도 인제 북쪽의 산림지대 숲속에 세워진 제4 관리지역, 4관리지역 안에는 74개의 별장이 산속에 깊숙이 박혀 있다. 이곳이 오카 가족의 피난처다, 오카는 전쟁에 대비해서 피난처를 만들어 놓았다. 오카 제18지부인 한국은 전국에 127개의 피난처를 만들어 놓았는데 제4 관리지역은 오카 고위층의 피난처다, 1호에서 10호까지는 최고위층 피난처라 경계도 철저한 데다 인류의 눈에 띄지 않도록 배치되어 있다. 산길 소로를 빠져나와 산속 바위 밑에 은폐된 관리소로 들어서자 CCTV 화면을 보고 있던 관리 직원이 최기종에게 말한다.

"부장님, 30분 후에 C지점에서 출발입니다. 지금 내려가시지요."

"그럼 수고하게."

직원에게 인사를 한 최기종이 다시 산길을 내려간다. 오후 2시경, 인적도 없는 깊은 산속, 곳곳에 감시 카메라와 경보장치가 설치되어 있다. 그러나 최기종은 자신의 처자가 들어간 곳만 알고 있다. 관리직원도 철저히 점조직으로 운영된다.

한 곳이 발각되어도 다른 곳은 영향이 없도록 하는 것이다. C지점은 최기종이 알고 있는 출발지 3개 중 하나, 이곳에서 3킬로를 내려가야한다. 최기종은 문득 오늘 가족을 만난 것이 마지막이 되지 않기를 바란다.

이제 한국 오카는 전시 상태로 돌입하여 신분이 드러났거나 가능성이 있는 오카와 고위직 오카는 모두 가족을 피난처에 넣어둔 상황이다. 오늘 최기종은 가족을 피난처에 넣고 작별을 한 것이다.

"빌어먹을."

한 사람이 겨우 다닐 수 있는 산길을 걷다가 돌부리에 발끝이 걸린 최기종이 투덜거린다. 긴장으로 몸이 굳어져 있었던 것이다. 지금부터 최기종은 제18지부 전시사령부 소속 제5부대장을 맡게 되었다. 이제는 모두 군(軍) 체제로 개편되었다. 제5부대는 집행부원을 중심으로 편성된 특수부대여서 정예군이다. 30분이 조금 지났을 때 C지점에 도착한 최기종은 땀투성이가 되어 있다. 그때 숲속에서 사내 둘이 나온다, 안내원이다.

"자, 가시지요."

안내원은 국도까지 최기종을 안내할 것이다.

"한국에서 일어나는 상황을 주시하고 대처 방안을 미리 만들어 놓아야 돼요."

이제 계엄군사령관이 된 윌리엄 스탬프 대장이 말한다, 이곳은 백악관 지하 상황실, 대통령 부루노는 듣기만 했고 스탬프가 말을 잇는다.

"현재 한국에서 드러난 오카는 가족과 함께 순식간에 대피했습니다. 오카 고위층이거나 체포된 오카가 자백한 주변 오카들이죠."

스탬프의 시선이 둘러앉은 20여 명의 장군, 경찰 간부, CIA, FBI 간부들을 스치고 지나간다.

"현재 한국에서 종적을 감춘 오카로 추정되는 변형체들은 약 5만, 실체가 드러나지 않아서 지금도 활동하는 변형체는 15만으로 추정하고 있습니다."

모두 긴장하고 있다. 이것이 미국에서도 같은 방식, 비율로 적용되기 때문이다. 메이의 진술로 FBI, 군(軍) 특공대가 즉시 맨해튼의 크라우드 빌딩으로 출동했지만 오카 세계본부는 텅 비어 있었던 것이다.

종이 한 장 떨어뜨리지 않고 깨끗하게 치워져 있어서 엄청난 기세로 쳐들어온 인류를 비웃는 것처럼 보였다. 그때 대통령 부루노가 입을 연다.

"내가 여러분께 다시 한 번 주의를 환기시키겠소."

심호흡을 한 부루노가 말을 잇는다.

"언론은 정부 방침에 적극적으로 협조해준다고 약속했지만 보도의 자유를 내거는 쓰레기 같은 놈들이 나올 겁니다. 그런 부류는 가차 없이 막아야 합니다."

모두 머리를 끄덕인다. 크라우드 빌딩 기습 사건도 허탕을 친 셈이지만 언론에는 IS의 테러단체가 모여 있다는 제보를 받고 출동한 것으로 보도되었다. 만일 오카의 실체를 그대로 보도한다면 미국뿐만 아니라 세계가 대공황에 빠질 것이다. 그렇게 되면 오카는 손도 쓰지 않고 인류를 자중지란에 빠뜨리게 된다. 오카가 바라는 대로 되는 것이다. 따라서 계엄군 사령부는 실체도 없는 IS테러단체와 싸우는 것으로 계속 보도되어야 한다. 그때 스탬프가 옆에 앉은 이강진에게 묻는다.

"사령관, 미국 돌연변이, 아니, 신인류 모집이 가장 시급합니다, 소득이 있습니까?"

"아직 없습니다."

정색한 이강진에게 모두의 시선이 모인다.

이강진이 말을 잇는다.

"그래서 한국에서처럼 광고를 하려고 합니다."

"어떻게 말입니까?"

CIA 국장 스튜어트가 묻자 대답을 메이가 한다.

"일간지에 내기로 했어요. 미국 돌연변이, 아니, 신인류도 한국의 신인류에 대한 정보를 알고 있을 테니까요."

"그거, 일반인들이 알게 되지 않을까?"

"우리가 협조하고 있습니다."

이번에는 FBI 국장 코번이 대신 대답한다.

"걱정하지 않으셔도 됩니다."

"세계본부 총재라는 재클린이 가만있을 리가 없어요."

부루노가 화제를 돌린다.

"미국에서 세계본부를 말살시키면 오카와의 전쟁은 이긴 것이나 같습니다."

"우리가 지구 인류를 대표해서 싸우는 셈인데요."

다시 스튜어트가 나선다. 정색한 스튜어트가 부루노를 본다.

"각하, 나토국에 이 사실을 알려 지원을 받는 것이 낫지 않겠습니까? 유럽에도 오카가 퍼져 있을 테니 말씀입니다."

부루노가 머리를 젓는다.

"지금 일을 벌일 상황이 아니라고 결론을 냈지 않소? 그쪽에 오카 정보를 주었다가 시중으로 새어 나가면 세계가 대번에 공황 상태가 된단 말이오."

어려운 싸움이다. 테러와의 전쟁보다도 더 복잡하고 은밀하며 더 잔혹한 싸움이다.

회의가 끝나고 별관으로 돌아왔을 때 메이가 이강진에게 말한다.

"나한테 능력을 돌려줘."

그러자 뒤를 따라온 양미선이 메이와 이강진을 번갈아 본다. 오후 3시경, 백악관의 잔디밭이 보이는 별관 응접실이다. 소파에 앉은 이강진이 지친 표정으로 메이에게 묻는다.

"네가 이식 받은 특징이 뭐였지?"

"돌연변이 식별력, 변신, 접착력, 안광, 반점프."

메이가 술술 대답한다.

"안광 능력은?"

"시선을 2초만 잡으면 기절시켜."

"반점프 능력은?"

"1백 킬로를 들고 높이 5미터, 넓이 10미터, 혼자서는 10미터, 20미터."

"접착력은?"

"손과 발로 유리벽 1백 미터 올라갈 수 있어."

옆에 서 있던 양미선의 얼굴에 쓴웃음이 떠오른다. 메이가 오상미에게 중상을 입혔을 때가 떠올랐기 때문이다. 그때 이강진이 메이에게 묻는다.

"오상미도 아시아본부 정보부 특수팀 소속이었다. 오상미도 남자와 한 조가 되어서 한국에 파견되었다가 우리한테 전향했지."

"그럼 나도 같은 케이스로 만들면 되겠군, 내 짝은 지금쯤 뉴욕으로 돌아왔을 거야.”

“그런데 넌 믿을 수가 없어.”

메이의 시선을 받은 이강진이 빙그레 웃는다.

“내가 네 머릿속의 뇌까지 읽을 수 있다는 걸 알고 있나?”

메이는 눈썹만 치켰고 이강진이 말을 잇는다.

“넌 배신자 뇌 구조야, 넌 배신해.”

“내가 배신자라구?”

눈을 치켜떴던 메이가 곧 웃는다.

“오카를 위해서 충성을 하는 거야, 네 입장에서 판단하지 마라.”

그러자 이강진이 선선히 머리를 끄덕인다.

“맞다, 오상미가 배신자 뇌구조인 셈이지, 넌 정통 오카다.”

이강진의 얼굴에도 웃음이 떠오른다.

“감정이 없는 변형체, 나는 너희들의 돌연변이로 인류 쪽과 유사하게 된 신인류이고.”

“나두.”

옆에 서 있던 양미선이 따라 웃으며 말한다.

“능력을 돌려달라고 한 건 결국 기회를 봐서 우리를 배신하고 도망치겠다는 것 아냐? 뻔뻔한 년 같으니.”

“난 지금까지 너희들에게 협조했어.”

메이의 눈빛이 강해진다.

“이젠 이용가치가 없어졌을 테니 놓아주는 것이 도리 아니냐?”

“우리 측 내부 상황을 다 아는 너를?”

이강진 대신 양미선이 되묻는다.

"그래서 우리를 다시 공격해오도록 만들라는 것이냐? 순진하기도 하지."

어깨를 부풀린 양미선이 이강진을 본다.

"보스, 간단해. 죽여버리면 끝나."

그때 이강진이 머리를 끄덕였으므로 메이의 얼굴이 굳어지고, 이강진이 말한다.

"당분간은 내가 널 데리고 다녀야겠다. 네 정보가 아직도 필요해."

이강진의 얼굴에 다시 웃음이 떠오른다.

"네 머리를 완전히 개조할 수 있을지도 모르겠다."

메이가 입을 다문 채 시선만 준다.

강원도 인제 남쪽의 국도, 오후 4시 10분, 차가 밀렸으므로 운전석에 앉은 사내가 투덜거린다.

"또 사고가 난 모양이군."

뒷좌석에 앉은 최기종이 앞쪽을 본다, 과연 앞쪽에서 연기가 솟아오르고 있다.

"불이 난 것 같구만."

운전석 옆자리의 사내가 말한다. 멈춰 있던 차들은 가다가 멈추기를 반복하면서 전진한다. 연기가 나는 곳으로 다가가자 2차선 도로 복판에서 보닛을 열어젖힌 승용차에서 불길이 치솟고 있다. 부딪쳤는지 차두 대가 길가에 서 있고 사내 7, 8명이 지나는 차들에게 손짓으로 교통정리를 해주고 있다.

"인류들이란."

운전석의 안내원이 다시 투덜거린다.

272

"틀림없이 졸음운전일 겁니다."

최기종의 얼굴에도 쓴웃음이 떠오른다. 앞쪽 둘은 지부장 직속의 안내역이다. 최기종과 가족을 제4 관리지역까지 안내해주고 다시 최기종을 싣고 돌아가는 중이다, 운전석 옆자리의 안내원이 맞장구를 친다.

"지금 상황이 어떤지도 모르고 저 꼴이라니."

지금이 전시 상황이다. 인류와 오카와의 전쟁, 한국 정부는 이 사실을 노출시키지 않으려고 전력을 다하는 중이었고 이제 오카는 터뜨릴 예정이다, 그래야 사회가 뒤집힐 것이기 때문에. 사재기가 일어나고 곧 폭동으로 번지면 거기에 기름만 부으면 된다. 그때 최기종이 말한다.

"서두르자고, 7시에 회의야."

그 순간, 최기종은 옆쪽 유리창이 하얗게 부서지면서 튀는 파편에 맞고, 다음 순간 흰 가스가 차 안으로 뿜어진다.

"악!"

앞좌석에 안내원 하나가 비명을 지른다. 눈앞이 하얗게 되었고 들이켠 숨에 가득 최루가스가 흡입되면서 최기종은 가슴을 움켜쥔다. 그 순간 머릿속에 가득 절망감이 덮인다. 함정이었다. 교통사고가 함정인 것이다. 길가에 서 있던 놈들은 오카 감별자들. 최기종은 의식을 잃으면서 문득 두고 온 가족들을 떠올린다. 그러나 감상은 일어나지 않는다, 오카이기 때문에.

"오카와의 전쟁."

일간신문의 광고란에 전면광고로 난 커다란 타이틀.

"오카가 지구를 정복할 것이다."

그 아래에 쓴 붉은색 문구다.

"오카는 무엇인가?"

폭로 기사 형식이었지만 출처는 불분명, 오카가 제작한 것이다. 그리고 도심에 뿌려지는 찌라시. 오카에 대한 과장된 소문, 살인, 폭동, 방화, 그리고 결정적인 폭로.

"미국 대통령은 오카에 의해 살해되었다."

"한국 정부와 미국 정부는 현재 오카와 전쟁 중이다."

"오카 타격 특공대 설치."

"돌연변이, 오카 감별사."

"지구는 곧 멸망한다."

시간당 수십 건씩 계획적, 기술적으로 터지는 소문, SNS는 말할 것도 없고 입소문, 그것이 사실과 부합되었기 때문에 마침내 찌라시 언론부터 보도하기 시작했다. 몇 시간도 되지 않아서 종편이 앞을 다퉈 보도하고, 마침내 오카가 기획했던 대로 한국 내부는 대폭발한다. 사재기, 테러, 도로 마비, 지하철, 버스운행 중지, 그리고 마침내 이틀 만에 대통령 안옥희가 정규방송 화면에 나와 대국민 성명을 발표한다.

"여러분 지금은 국가 비상사태입니다."

안옥희가 마침내 시인하자 한국은 핵폭탄을 맞은 상황과 같게 된다. 안옥희가 눈을 부릅뜨고 말한다.

"국민 여러분, 지금 이 시간부터 한국 정부는 비상계엄령을 선포합니다. 국민 여러분은 계엄군의 지시를 따라주시기 바랍니다."

그 순간 사이렌이 울린다, 대한민국 전역에서 사이렌이 울린 것이다. 안옥희의 목소리가 이제 마이크를 통해 도로 위로, 아파트 위로도 퍼진다.

"대한민국 정부와 군은 오카를 박멸하기 위해 총동원령을 내렸습니

274

다. 인류의 생존이 걸린 전쟁인 것입니다."

　미국 대통령 커크 부루노가 계엄령을 선포한 것은 한국보다 20분이 늦은 오후 8시 20분, 한국과 마찬가지로 비상계엄을 선포하면서 오카의 정체를 밝힌다.

　"로버트 그린우드 대통령을 암살한 경호원 마빈 웨이크는 오카였습니다."

　부루노의 이 발언이 충격적이다. 경악한 것은 미국인뿐만이 아니다. 전 세계를 향해 발표한 터라 전 세계가 충격에 빠진다.

　"나는 이 선언이 끝나는 즉시 전 세계 각국의 지도자께 화상회의로 오카와의 전쟁계획을 수립할 것을 요구합니다."

　부루노가 선언했고 미국 계엄사령관으로 임명된 윌리엄 스탬프가 화면에 나온다.

　"전쟁이야."

　오카 총재 재클린 머니페이가 쓴웃음을 지으며 말한다. 재클린은 간부들과 함께 스탬프의 비상계엄에 대한 주의사항을 듣고 있다. 이곳은 뉴욕 남쪽 트랜턴 근교의 대저택 안, 짙은 산림에 싸인 대저택은 지하 벙커까지 만들어져 핵폭탄에도 견디도록 만들어졌다. 이강진이 백악관에 입성하자 재클린은 재빠르게 이곳으로 본거지를 옮긴 것이다. 재클린의 눈짓을 받은 경호대 하나가 TV를 끄자 대회의실은 조용해진다. 재클린이 주위를 둘러보며 말한다.

　"우리가 기선을 빼앗긴 셈이지만 인류는 감정을 주체하지 못하는 약점이 있어요. 폭동이 일어나기 시작했군요."

　"우리는 요소에 기름만 뿌리면 됩니다."

원로 하 ㅏ가 말을 거든다.

"예정보다 이른 감이 있지만 3대 총재 재임 시에 인류 말살의 기회가 온 것 같습니다."

그때 선임 원로 아놀드 슈바이크가 입을 연다.

"총재, 지금 상황은 우리가 기획했던 것과는 다릅니다. 인류하고 돌연변이가 연합하고 있는 상황이 되지 않았습니까?"

둘러앉은 원로원 12명 외에 각부 장관, 지구 정복군 지휘부 등 수십 쌍의 시선이 아놀드에게 모이고 아놀드가 말을 잇는다.

"사태의 심각성을 간과하시고 있는 것 같은데 전쟁을 먼저 선포한 쪽은 인류와 돌연변이 연합이오, 우리 계획은 우리가 먼저 시작하는 것으로 되어 있습니다. 그리고…."

아놀드의 검은 눈동자가 재클린을 응시한다.

"돌연변이의 위력이 강해져 있어요, 전에는 몸에 붙은 개미 정도로 여겼는데 지금은 뱀이오, 그것도 큰 뱀."

"잠깐만."

아놀드를 제지하고 나선 사내는 사꾸라 다다요시, 선임원로 3인 중 하나, 157세, 30대 일본인 모습이다. 사무라이 기질을 머릿속에 넣은 전형적인 무사(武士) 오카, 성격과 맞게 사꾸라는 오카의 지구정복군 사령관인 것이다, 사꾸라가 말을 잇는다.

"돌연변이가 갑자기 나타난 것도 아니고 우리 연구소에서 돌연변이에 대한 자료가 충분합니다. 이미 돌연변이 체포 특수팀은 돌연변이의 특성을 이식 받고 똑같은 능력으로 놈들을 제거하고 있는 실정입니다. 원로께서는 말씀을 조심하시는 것이 좋겠소."

"이보시오, 사꾸라."

276

쓴웃음을 지은 아놀드가 사꾸라를 본다.

"당신은 일본에서 1백 년을 살다 보니 어설픈 사무라이 소설을 너무 읽은 것 같군. 일이 잘못되면 배를 가르고 끝낼 작정이오?"

"닥치시오! 아놀드! 나를 무시하면 가만두지 않겠소!"

"정복군 사령관이 되니까 뵈는 게 없나?"

아놀드가 따라서 소리쳤을 때 재클린이 의사봉을 두들긴다.

"둘 다 입을 다물어요."

그 순간 둘이 입을 다물어버린다, 재클린의 권위가 둘을 압도한 것이다. 주위를 둘러본 재클린이 말을 잇는다.

"한국의 18지부가 현재 방심할 수 없는 상태가 되어 있어요. 최고위층 하나가 국도 상에서 체포되었고 고위층 가족이 피신한 1개 지역이 모조리 소탕되어서 수백 명의 오카가 잡혔어요."

모두 숨을 죽였고 재클린의 말이 이어진다.

"한국 계엄군은 돌연변이를 선봉으로 내세우고 있는데 미국이나 다른 나라도 그것을 모방 할 겁니다."

재클린의 시선이 사꾸라에게 옮겨진다.

"지금 백악관에 들어가 있는 돌연변이 두목 이강진이 가장 위험한 괴물이오. 그놈이 없으면 계엄군은 순식간에 무너뜨릴 수가 있을 거요, 그렇지요?"

"그건 맞습니다."

어깨를 늘어뜨린 사꾸라가 이 사이로 말한다.

"그래서 그놈 기세가 번지기 전에 빨리 끝내려고 합니다."

사꾸라가 최고위층 간부들 앞이지만 더 이상 말을 꺼내지 않는다.

"LA에서도 폭동이 일어났습니다."

지미 핸드릭스가 부루노에게 보고한다. 핸드릭스는 부루노의 요청으로 비서실장을 계속하기로 했다. 집무실에는 CIA 국장 스튜어트가 와 있었으므로 셋이 모여 있다.

"다운타운에서 수천 명이 상점을 약탈하고 방위군과 총격전을 벌이고 있습니다."

계엄이 선포된 지 3시간밖에 되지 않았는데도 미국 전역에서 현재까지 12개 도시에서 폭동과 약탈, 방화가 일어났다. 스튜어트가 이 사이로 말한다.

"오카가 선동하는 것입니다. 시민 사이에 낀 오카를 감별사가 없으면 구별할 수가 없거든요."

"그래서 무조건 선동자는 사살하고 있지만 어렵습니다."

그때 부루노가 묻는다.

"이 사령관은 어디 있소?"

"지금 맨해튼에 가 있습니다."

핸드릭스가 말하자 부루노가 끄덕이며 묻는다.

"돌연변이를 많이 모았다고 합디까?"

"예, 수백 명이 된다고 하는군요. 오카와의 전쟁이 선포되니까 차라리 돌연변이를 공개적으로 모으기가 쉽다고 합니다."

"그렇겠군."

"맨해튼에 모이라고 계속 언론에 대고 떠들었으니까요."

스튜어트가 말했을 때 흰색 전화기가 울린다. 기다리고 있던 나토군 사령관의 전화다. 부루노가 서둘러 전화기를 귀에 붙였을 때 나토군 사령관이며 유럽의 오카전(戰) 사령관으로 임명된 제임스 와필드 대장이 소리쳐 보고한다.

"각하, 독일 제2기갑사단이 반란을 일으켰습니다. 아무래도 지휘부에 오카가 포진해 있는 것 같습니다!"

부르클린 지하철 클럭 스트리트 역 근처에 위치한 2층 건물 안, 1층의 잡화점에 손님들이 가득 차 있다. 그런데 손님들의 시선이 모두 구석 쪽 탁자 위에 올라선 동양인 사내에게 집중되었다. 사내가 바로 이강진이다. 가득 찬 손님들은 미국의 돌연변이들로 남녀 240명이다. 입구에서 양미선이 세어본다. 흑인도 있고 백인, 나이 든 노인, 젊은 남녀까지 섞인 돌연변이 집단, 미국에서 돌연변이가 이렇게 모인 경우는 처음이다. 이강진이 유창한 영어로 말한다.

"여러분, 이 전쟁은 인류와 오카만의 전쟁이 아닙니다. 우리, 신인류와 오카와의 전쟁이기도 합니다."

이강진의 열기 띤 목소리가 이어진다.

"나는 이 전쟁에서 미국을 지원하려고 왔습니다. 왜냐하면 이 전쟁에서 패한다면 인류와 우리 신인류는 말살될 것이기 때문입니다."

긴장된 분위기, 모두 경청한다. 그때 구석에 서 있던 양미선이 메이에게 묻는다.

"어때? 덕분에 미국에서도 우리 신인류가 이렇게 모이게 되었지 않아? 오카에게까지 쫓기던 우리가 말이야."

"그렇죠."

쓴웃음을 지은 메이가 돌연변이들을 둘러본다.

"이게 다 돌연변이라니, 노다지를 본 기분이야."

"일부야, 처음 모인 것이 이 정도야, 이제 오카와 전쟁을 선포했으니까 우리 돌연변이도 떳떳하게 모일 거다.”

그때 이강진의 열변이 이어지고 있다.

“오카 감별력이 있는 분은 지원해 주시기 바랍니다. 인류는 여러분의 도움이 필요합니다. 이 전쟁을 승리로 끝내야 합니다. 이 지구는 우리 신인류와 인류가 공존해갈 고향이기 때문입니다.”

감동적인 연설이다.

그 시간의 LA의 코리안 타운, 곳곳에서 화염이 올랐고 부서진 차들이 거리에 쌓였기 때문에 도로는 폐쇄된 상태고 차량 통행은 끊겼다. 그러나 도로를 메우며 내달리는 폭도들, 제각기 총기를 든 터라 곳곳에서 총성이 울린다. 이제 경찰은 보이지 않고 무법천지, 길가에 쓰러진 시체들이 보인다. 한국식당 ‘아리랑’의 앞길에서 총격전이 벌어지고 있다.

“저기 왼쪽에 두 놈!”

아리랑 식당 2층의 창가에서 권총을 겨눈 안창수가 소리친다. 길 건너편 부서진 의상실 벽 옆에 흑인 둘이 붙어서 있다. 그때 장영만이 쏜 총탄이 흑인의 머리에 맞는다. 머리가 산산조각이 난 흑인 하나가 쓰러지자 옆에 서 있던 흑인이 혼비백산을 하고 도망친다. 손에 쥐고 있는 것은 AK-47 소총이다, 그때다.

“타타타타.”

기관총 소리가 들리더니 3층 창가에 있던 장영만의 몸이 바로 안창수의 눈앞을 스치고 아래쪽 바닥으로 떨어진다. 총에 맞은 것이다. 기겁을 한 안창수가 창 밑으로 몸을 숨겼을 때 다시 요란한 총성이 울리면서 위쪽 유리창이 박살난다. 흰 유리조각이 머리 위로 우박처럼 쏟아

280

진다.

"이런 썅!"

안창수가 악을 쓴다. 이제 건물에는 혼자 남았다. 종업원들은 다 도망갔고 처남 장영만, 건물에서 숙식하던 멕시칸 둘하고 폭도들의 침입을 막고 있었던 것이다. 멕시칸 둘은 한 시간쯤 전에 죽었고 이제 장영만까지 당했으니 혼자다.

오후 6시 반, 이곳에서 밤을 지내기는 글렀다. 40년 동안 피땀 흘려 일해서 이 3층짜리 건물을 세운 것이다. 이제 놔두고 도망치는 수밖에 없다. 그때 주머니에 넣은 핸드폰이 울렸으므로 안창수가 발신자를 본다, 아들 안수남이다.

"아버지, 어디 계세요?"

"가게다, 왜?"

소리쳐 묻자 안수남이 역시 소리쳐 대답한다.

"5분만 기다리세요, 제가 신인류하고 갈 테니까요."

"누구?"

"신인류요, 돌연변이."

안수남의 목소리에 생기가 띠어져 있다.

"저, 지금 성모병원 지났어요."

"이 자식아, 차도 안 다니는데 거기서 여기까진 세 시간도 더 걸리겠다."

절망에 빠진 안창수가 소리치듯 말했을 때 대답이 돌아온다.

"제 친구 피터 박이 돌연변이예요, 지금 점프로 날아가고 있어요."

영문을 모르는 안창수가 숨을 들이켰을 때 통화가 끊긴다.

"프랑크푸르트에서 독일 제2기갑사단이 나토군 2개 부대를 격파했습니다."

청와대 지하 상황실 안, 계엄군사령관 이우섭 대장이 안옥희 대통령에게 보고한다.

"유럽도 오카와의 전쟁이 이제 시작된 셈입니다."

"우리 군에서 그런 경우는 없겠지요?"

안옥희가 묻자 이우섭이 머리를 젓는다.

"감별관이 지휘관부터 오카를 색출했기 때문에 아직 없습니다."

이제 오카 감별은 감별관이 맡아서 체계적으로 진행한다. 한국의 신인류 지원군 체제가 가장 잘 정립되어 있다. 신인류 지원군은 이미 각 특징별로 부대를 편성, 계엄군과 합동작전을 펴고 있으며 특히 오카 감별관의 활약이 대단하다.

오카 감별부대는 3인 1조로 320개 조가 편성되어 각 부대, 최전선에까지 파견되어 있다. 한국의 감별 기반이 확보됨에 따라 우선 미국으로 30개 조를 내일 파견할 예정이다. 이제는 미국이 한국군의 지원을 절실하게 원하고 있는 상황이다.

안옥희가 다시 말을 잇는다.

"한국에서 먼저 오카와의 전쟁을 끝내고 세계 각 지역을 돕기로 합시다."

"준비."

특전사 제17여단 2연대장 홍창선 대령이 이 사이로 말한다. 오후 10시 반, 위치는 수원 남쪽의 국도에서 3킬로쯤 들어간 마을, 10여 호의 마을은 짙은 어둠 속에 묻혀 있다. 그러나 철저히 등화관제를 한 저 마을은 오카의 서부군 사령부다.

이제 각 기관, 부대, 정부 부처에 암세포처럼 박혀 있던 오카가 돌연 변이 감별관에 의해 20퍼센트 정도가 체포, 소멸되었고 80퍼센트가 각 지역별로 모이게 된 것이다. 지금 저쪽 민가에 모인 오카는 대략 1백여 명, 오카의 서부군을 지휘하는 사령부다. 옆에 선 감별관 강성호, 박채규는 잠자코 전방을 응시하고 있다, 심호흡을 한 홍창선이 이윽고 무전기에 대고 명령한다.

"발사!"

다음 순간 밤하늘에 격렬한 폭음이 울린다.

"쾅, 쾅, 콰르크, 쿠콰쾅! 쾅! 쾅!"

1개 미사일 대대가 내쏘는 미사일이 한 치의 오차도 없이 민가로 쏟아진다.

"꽈꽈꽈꽈꽝!"

어둠이 갈기갈기 찢겨지는 것 같은 섬광, 밤하늘이 터지는 것 같은 폭발음, 그리고 지상을 뒤덮는 화염, 사방에서 빈틈없이 에워싼 채 퍼붓는 지대지 미사일이다.

"됐다."

화염에 휩싸인 5백 미터 앞쪽 마을을 응시하던 홍창선이 다시 무전기를 든다.

"2대대 진격."

1개 대대, 4개 중대 병력이 마을을 포위하고 있는 터라 이제 도보로 접근, 살아남은 오카를 박멸할 것이다. 철저한 방역 작전이다, 그래서인지 이번 작전명이 '소독'이다.

제18지부장 김동준이 전화를 든다.

"예, 18지부장입니다."

김동준의 얼굴은 굳어져 있다, 강릉 경포대 위쪽의 모텔 안, 바닷가에 신축한 7층짜리 모텔이다, 그때 수화구에서 세계본부총재 재클린의 목소리가 울린다.

"지부장, 당신이 뿌린 불씨가 전 세계 오카로 번지게 되었어."

김동준이 숨만 들이켰고 재클린의 말이 이어진다.

"당신이 돌연변이를 진즉 청소했다면 이렇게까지 되지 않았어."

"총재 각하."

어깨를 부풀린 김동준이 다시 입을 열기도 전에 재클린이 덮어씌우듯 말한다.

"이 시간부터 당신의 제18지부장 직위를 해임합니다."

이 통신은 모텔 지하 3층 작전상황실에 스피커로 연결되어 있었기 때문에 둘러앉은 모두가 듣는다, 이제는 눈만 치켜뜬 김동준은 듣기만 한다.

"한국의 제18지부는 이 시간부터 존슨이 지부장 대리를 맡게 됩니다. 세계본부 총재의 명령이오."

통신이 끊기고 스피커가 꺼졌으나 방안은 무거운 정적에 덮인다, 그때 왼쪽 끝 좌석에 앉아 있던 존슨이 머리를 든다. 조금 전에 방으로 들어선 참모 마이클이 주춤대고 서 있었기 때문이다.

"마이클, 뭔가?"

존슨이 묻자 이번에는 모두의 시선이 마이클에게로 옮겨진다. 마이클이 붉은 코를 손끝으로 쓸더니 존슨을 본다.

"존슨, 아니, 지부장, 조금 전에 수원 교회의 서부군 사령부가 궤멸되었소."

모두 시선만 준 채 숨소리도 내지 않는다.

"메이가 이강진 옆에 있습니다."

호간이 말하자 치우가 머리만 끄덕인다.

"이식 받은 능력을 모두 회수당한 것 같습니다."

앞쪽을 응시한 채 호간이 말을 잇는다. 워싱턴 백악관이 바라보이는 길가의 카페다. 부대, 기관, 단체 등에 분산 배치시킨 것이다. 워싱턴에서 색출, 제거한 오카만 해도 2백여 명, 그중 절반을 이강진이 소멸시켰다. 2백여 명은 워싱턴 요직에 침투했던 오카의 8퍼센트 정도인 것이 드러났다.

갑자기 자취를 감춘 요직 인물이 2천 명 가깝게 되었다. 둘이 앉은 창밖으로 군 트럭들이 지나간다. 트럭 안에는 무장한 군인들이 가득 탑승하고 있다.

"대령, 한국에서는 고전을 하는 것 같습니다. 어제에 이어서 오늘도 사령부 한 곳이 소멸되었다던데요."

호간이 말하자 치우가 눈동자의 초점을 잡는다. 그동안 다른 생각을 한 것 같다.

"메이가 연락을 해올 거야."

치우가 말한다.

"능력을 회수 당했다고 해도 기억은 존재할 테니까."

치우가 호간을 향해 얼굴을 일그러뜨리며 웃는다.

"메이는 반(半)돌연변이야, 그래서 총재 호위대에 특채된 것이지."

"반(半)돌연변이라니요?"

"돌연변이에서 한 계단 더 진화된 종족이라고 해도 되겠지."

이제는 치우가 정색한다.

"돌연변이 특징을 감출 수가 있거든, 이건 이강진보다 더 진보된 돌연변이가 될 가능성이 있어."

"처음 듣는 말인데요."

독일계 오카인 호간이 치우를 본다. 호간도 호위대 소속 소령으로 지금은 치우를 보좌하고 있다. 장신, 사격에 능하고 현재 점프, 변신의 특징을 이식받은 상태다. 그때 치우가 말한다.

"메이가 이번 전쟁의 키를 쥐고 있는 거야."

이강진이 머리를 돌려 메이에게 말한다.

"메이, 네가 여기 남아 있어, 난 필라델피아의 미사일 기지에 간다."

"사령관, 이 여자를 혼자 남겨 놓아도 돼요?"

양미선이 물었으므로 이강진의 얼굴에 웃음이 떠오른다.

"메이 옆에 제니스가 있어."

제니스는 이번에 부르클린에서 모집한 오카 감별자, 25세의 백인 미녀로 안광력과 변신 특징의 소유자다. 그때 메이가 머리를 끄덕인다.

"내가 할 일은?"

지금까지 메이는 이강진을 보좌해 왔다, 물론 시킨 일을 했지만.

제5미사일 기지는 워싱턴을 방위하는 목적으로 총 70기의 대륙 간 탄도탄을 보유하고 있다. 사령부와 발사대가 모두 지하 깊숙이 설치되어 있어서 외부에서는 산비탈에 세워진 넓은 공장으로만 보인다.

이강진이 양미선과 함께 지하 사령부로 들어섰을 때는 오후 3시경,

기지사령관 허드슨 대령이 맞는다.

"와 주셔서 고맙습니다."

허드슨은 마른 얼굴, 큰 키, 잿빛 눈동자의 백인이다. 이강진의 손을 쥔 허드슨이 쓴웃음을 짓는다.

"내 부대원에 오카가 있다면 큰일 나는 거죠, 어서 체크를 해주십시오."

그때 옆에 선 참모가 정면의 상황 스크린을 가리킨다.

"스크린을 보시지요, 기지 부대원 현황을 브리핑하겠습니다."

이강진에게 자리도 권하지 않고 소령 계급장을 단 참모가 브리핑을 시작한다.

"기지 병력은 총원 475명, 장교 72명, 하사관 125명, 사병 278명입니다."

그러고는 각종 미사일과 방어체제, 경비체제가 스크린에 나타난다. 머리를 든 이강진이 참모에게 말한다.

"현재 기지 안에 있는 병력은 몇 명이오?"

"예, 외출자, 휴가자를 빼고 432명인데 그중 장교가…."

"잠깐."

허드슨이 소령의 말을 막는다.

"시간이 없다."

머리를 든 허드슨이 이강진을 본다.

"모두 집합 시킬까요?"

"현재 경계 상태는?"

이강진이 묻자 허드슨과 소령이 서로의 얼굴을 본다. 그러더니 허드슨이 대답한다.

"현재 발사 장치가 있는 상황실과 미사일 적재창, 발사대에는 각각 5명씩 2개 팀이 5시간 간격으로 교차 감시를 하고 있습니다."

허드슨이 지친 얼굴로 말을 잇는다.

"누가 오카인지 모르기 때문에 5명이 서로 마주보며 감시를 하는 방법을 만들어 내었지요, 조금만 이상한 행동을 해도 현장에서 사살하도록 했습니다."

"그렇군요."

"모두 지쳤기 때문에 오래 견딜 수 없을 것 같습니다."

허드슨이 이강진을 응시한 채 어깨를 늘어뜨린다.

"감별사가 오기를 눈이 빠지게 기다리고 있었는데 사령관이 직접 오셨군요."

아직도 감별사가 모자랐기 때문에 이강진도 직접 현장을 뛰는 것이다.

"가시죠, 회의실에 전원 집합시키도록 하겠습니다."

허드슨이 말했을 때 이강진이 머리를 젓는다.

"그럴 필요가 없어요."

"무슨 말씀인지?"

놀란 허드슨, 소령이 주춤거렸고 상황실에 있던 3명의 군인들도 주목한다. 이강진이 이제는 조직도가 떠 있는 스크린을 가리킨다.

"스크린에 기지 근무자 사진을 올릴 수 있지요?"

"그럼요."

소령의 얼굴이 밝아진다.

"10초면 다 올릴 수 있습니다, 사령관."

"그럼 스크린이 크니까 다 올려보세요."

288

"예, 사령관."

소령이 힘차게 대답하자 컴퓨터 앞에 앉은 장교 둘이 시키지도 않았는데 자판을 두드린다. 그들의 뒤로 다가간 이강진이 말한다.

"난 사진만 보고도 오카를 구별할 수 있습니다."

옆에 선 양미선이 숨을 들이켠다. 신인류의 지도자 능력이 또 업그레이드된 것이다. 놀란 것은 허드슨과 소령도 마찬가지다.

그들은 숨을 죽인 채 스크린을 응시했고 곧 스크린에 가득 기지원의 사진이 뜬다.

능력이 향상된 것이다. 돌연변이의 돌연변이, 컴퓨터를 통해서도 능력을 흡수했고 돌연변이를 만나 접촉한 순간 그 능력을 빼앗거나 소멸시키더니 이제는 사진으로만 보아도 오카를 감별할 수 있게 되었다.

그로부터 3시간쯤 후인 오후 6시경, 워싱턴으로 날아가는 헬기 안에서 이강진이 곽동호의 연락을 받는다.

"사령관, 메이가 도망쳤습니다."

이강진은 숨만 죽였고 곽동호의 말이 이어진다.

"제니스를 제압하고 사라졌습니다."

"제압하다니?"

"능력을 모두 빼앗아 갔습니다."

이강진이 숨을 들이켠다. 통화가 끝났을 때 양미선이 묻는다. 헤드셋을 쓰고 있었지만 옆에서 들은 것이다.

"메이가 그런 능력을 감추고 있었단 말인가요?"

"그런 것 같다."

"사령관도 눈치 채지 못했고?"

"그래."

"그럼 사령관보다 더 높은 등급인가?"

양미선의 눈을 본 이강진이 머리를 끄덕인다.

"메이도 돌연변이였어."

"돌연변이 배신자로군요."

혼잣소리처럼 말한 양미선이 이맛살을 찌푸린다.

"진즉 없애는 건데 사령관이 놔둔 이유를 모르겠어. 혹시 딴 생각을 품고 있었던 것 아냐?"

생각에 잠긴 이강진이 대답하지 않았으므로 양미선이 눈을 흘긴다.

'내 마음을 읽었으면 행동으로 옮겨, 사령관.'

양미선의 시선을 받은 이강진이 쓴웃음을 짓는다. 양미선은 기다리고 있고, 이윽고 머리를 끄덕인 이강진이 낮게 말한다.

'메이의 다음 행동이 궁금하다.'

"메이."

놀란 치우의 외침이 수화구를 울린다.

"너, 지금 어디야?"

"대령."

핸드폰을 귀에 붙인 메이의 얼굴에 웃음이 떠오른다.

"내가 어디 있는지 알고 있었지?"

"그래, 백악관에서 나온 거냐?"

치우의 목소리에 열기가 띠어진다.

"이강진은 어떻게 되었어?"

"지금 미사일 기지에 갔어."

"그럼 넌 탈출했구나."

"아직도 백악관이야."

"으음."

신음을 뱉은 치우의 목소리가 낮아진다.

"그럼 아직도 잡혀 있는 거야?"

"탈출했는데 백악관 안에 있다고."

"그, 그럼 숨어 있는 것이군."

"그렇다고 봐야지."

그때서야 치우는 메이의 말투가 이전과 달라졌다는 것을 느낀다.

"메이, 너, 별일 없어?"

"이제야 느낀 모양이군, 치우."

치우가 숨을 들이켠다. 메이를 자극하지 않으려고 화를 참는 것이다. 직속상관의 이름을 부르다니, 치우는 하극상을 사석에서도 용납하지 않는 성격이다. 그때 메이가 말한다.

"치우, 내가 반돌연변이라는 사실을 알고 있지?"

"무슨 말이야?"

"돌연변이에서 한 차원 더 개량된 품종이라고 할까? 카멜레온처럼 색상을 바꾸는 품종."

"…."

"인류가 되었다가 오카도 되고, 다시 돌연변이로 되었다가 또 반(半)돌연변이가 되는 단계."

"…."

"나는 이 사이클의 마지막 단계에 닿은 품종이야, 즉 인류가 되기 직전의 돌연변이지."

"이봐, 메이…."

"오카는 나를 오카와 돌연변이 사이로 착각했지만 지금쯤 실험실에서는 내 존재를 알게 되었을 거야, 내 등급은 그 멍청한 놈들이 계산했던 것보다 두 등급이나 위라는 것을."

"이봐, 우리도 대충 알고는 있었지만…."

"너희들의 앞잡이로 이용하다가 버릴 작정이었지."

메이의 목소리가 날카로워진다.

"너 지금 맨해튼의 스코필드 빌딩 1층의 인도 레스토랑에 있구나?"

"어엇!"

놀란 치우의 목소리.

"네 옆에 호간이란 놈이 앉아서 에스프레소를 마시고 있군."

다음 순간 통신이 끊겼으므로 메이가 이를 드러내고 웃는다. 핸드폰을 귀에서 뗀 메이가 두 다리를 길게 뻗고 기지개를 켠다. 이곳은 대통령 집무실 바로 옆방인 휴게실이다. 메이는 지금 휴게실의 침대에 비스듬히 누워 있는 것이다.

"제2 기갑사단 지휘부는 모두 사살했습니다."

제임스 와필드 나토 사령관이 보고한다.

"하지만 피해가 큽니다. 아군 3천여 명이 사망, 7천 명이 부상을 입었고…."

"사령관, 그쪽으로 감별대 증원팀이 두 시간 후에 출발할 거네."

윌리엄 스탬프 미국 계엄군 사령관 겸 세계연합군 사령관이 말한다.

"이번 증원팀은 50개 팀 150명이니까 효율적으로 운영할 수 있을 거야, 제임스."

"윌, 여기도 폭동이 번지고 있어요."

스탬프의 육사 3년 후배인 와필드가 말을 잇는다.

"그 감별사로 군(軍)관 경찰, 정부 기관부터 정비하겠지만 의심이 가는 인간은 무조건 사살하는 수밖에 없습니다."

"여기 신인류 사령관은 유럽에도 신인류가 아직도 많다는 거야, 그곳에서 신인류를 모아 자체적으로 방어하는 것이 가장 바람직하다는 것이네."

"글쎄, 모집을 공개적으로 했더니 피해가 많습니다. 갑작스럽게 모으려다 보니까 …."

와필드가 말끝을 흐린다. 그것은 나토 사령부에서 유럽의 각국 방송을 통해 신인류, 즉 돌연변이 의용군을 모으는 이야기이다. 시간과 장소를 공개하고 돌연변이를 모았으니 그 장소가 테러를 당해 수백 명씩의 사상자가 나온 것이다.

이틀간 돌연변이로 추측되는 테러 피해자가 1천여 명이 되었다. 갑자기 신인류 의용군을 모으려다가 기존의 철저하게 조직화된 오카에게 기습 테러를 당한 것이다. 그때 스탬프가 말한다.

"윌, 정신 바짝 차려. 지금 인류의 운명이 경각에 달려있단 말이야, 우린 신인류의 지원이 없었다면 지금쯤 멸망하고 있을 거네."

백악관으로 돌아온 이강진이 먼저 제니스부터 만난다. 별관 경호원 대기실에 앉아 있던 제니스가 이강진을 보더니 자리에서 일어난다. 푸른 눈동자의 미녀인 제니스는 변신과 안광력을 갖추었고 오카 감별력도 있는 터라 선발되었다. 앞쪽 자리에 앉은 이강진이 먼저 묻는다.

"메이가 어떤 방법으로 특징을 회수해 갔지?"

"방법을 모르겠어요."

제니스가 머리를 기울였다가 곧 젓는다.

"같이 있었는데, 서로 마주앉아서."

눈을 가늘게 뜬 제니스가 그 당시를 회상한다.

"메이는 내 시선을 받고 웃었어요, 아주 편하게, 인류의 시선이었죠. 인류니까 내 시선에 영향을 받지 않은 거죠. 오카는 2초만 받으면 기절을 하니까요, 그런데."

제니스의 얼굴에 쓴웃음이 떠오른다.

"제가 기절을 해버렸어요, 제 시선이 반사된 것처럼 말이죠."

이강진이 머리를 끄덕인다. 메이는 제니스를 해치지 않은 것이다. 기절만 시키고 떠났다. 그때 이강진의 주머니에 든 핸드폰이 울린다. 핸드폰을 꺼내 든 이강진이 숨을 들이켠다. 모르는 번호지만 번호 뒤에 박혀진 얼굴이 머릿속에 떠오른 것이다.

메이다. 이강진이 핸드폰을 귀에 붙인다.

"그래, 너, 여기 있구나."

"그래, 이젠 내 머릿속이 전파로 전달되는군."

메이의 부드러운 목소리가 들린다.

"미사일 기지에서 스크린으로 오카를 식별해냈지?"

"그래, 넌 전파로 머릿속 생각을 전달하는구나."

이강진이 부드럽게 말하자 메이가 대답한다.

"이제 우리 둘이 이곳에서 이 테러를 수습할 수 있지 않겠어?"

<끝>

인류정복자 2

초판 1쇄 : 2016년 9월 23일

지은이 : 이원호
펴낸이 : 박 연

펴낸곳 : 한결미디어
등록일자 : 2006년 7월 24일
등록번호 : 제313-2006-000152호
주소 : 서울시 마포구 모래내로 83 (성산동, 한올빌딩 6층)
전화 : 02・704・3331
팩스 : 02・704・3360
e-mail : okpk@hanmail.net

ISBN 979-11-5916-022-6 04810
ISBN 979-11-5916-020-2(세트)